最喜小儿无赖

一位六〇后的成长史

王向阳 著

目　录

剧变年代乡村的个体记录(自序)

"最喜小儿无赖,溪头卧剥莲蓬"

"小呀么小二郎,背着书包上学堂"

"挂在驴子眼前的胡萝卜，看得见吃不着"

跋

剧变年代乡村的个体记录（自序）

这是一个剧变的年代。二十世纪七八十年代,伴随着政治上的拨乱反正,经济上的改革开放,延续了上千年的中国乡村的传统生活方式,受到现代生活方式的猛烈撞击,经过短暂的相持阶段,传统很快被现代所颠覆,沧海终成桑田。

七十年代初,从我开始记事时起,就知道乡下灌溉用抽水机和水车,耕田用拖拉机和水牛,碾米用碾米机和麦磨,照明用电灯和煤油灯,洗浴用毛巾和高丽布,制衣用洋布和土布,传统生活方式和现代生活方式并行不悖。眼睛一闭一睁,历史进入八十年代中期,我也从不谙世事的小孩子变成充满好奇的小后生,离开乡村进入都市之际,传统生活方式已基本被现代生活方式所替代,前后不过短短的一二十年时间。

我很小的时候,在乡村的墙壁上经常看到一句"最高指示":"水利是农业的命脉。"单以灌溉工具而言,我们的祖先早在东汉时代就发明了水车,一直沿用到二十世纪。在我的青少年时代,水车依然是乡村主要的灌溉工具,与现代的抽水机并行不悖。八十年代初,实行"包产到户"以后,我参加了繁重的田间劳动。每年的"双抢"季节,为了让新插的秧苗喝饱,我有时踩水车,有时抬抽水机,感受到传统文明余晖的同时,也体会到现代文明的曙光。不久,水车走完一千七百年的漫长旅途,在博物馆里找到了最后的归宿,供后来者参观,发一发思古之幽情。一千七百年来,政权换了一朝又一朝,生命传了一代又一代,可中国传统的生活方式依然像蜗牛一样,缓缓而行,水车还是水车;到了七八十年代,改革开放的春风吹遍了大江南北,社会进步突然像骏马奔驰,一日千里,水车变成抽水机。往前看,我们的多少祖先曾不知道抽水机为何物,往后看,我们的多少子孙将不知道水车为何物,唯独我们这两三代人,在短短的一二十年时间里,亲身见证了从水车到抽水机的剧变过程,真可谓"前能追古人,后可启来者"。

当已不年轻的我请还不十分年迈的妈妈帮我一起回忆童年往事的时候,她的回答出乎意料:"以前的事情,你们小孩比我们大人记得清楚。"如今,我已从小孩变成大人,到了爹娘当时的年纪,我的儿子,也到了我当时的年纪。当我讲起青少年时代所见、所闻、所历的时候,生在都市、长在都市的儿子脱口而出:"那是旧社会。"所以,我们这一代从饥饿走向温饱、从乡村走向都市、从传统走向现代的人,有责任把那个时代、那个社会的生活方式原原本本地记录下来,形诸文字,为传统的乡村留一个影子,为逝去的时代留一丝痕迹,为未来的子孙留一点遗产。

回望中华民族五千年的历史长河,一部洋洋洒洒的《二十四史》,不外乎英雄的历史,主角无非是帝王将相和英雄豪杰,没有平民百姓的位置。好在如今已经告别了英雄的时代,迎来了草根的时代,平民百姓是社会的主体,柴米油盐是生活的主题,他们的喜怒哀乐、酸甜苦辣、悲欢离合、生老病死,平平淡淡,真实感人。草根虽小,背后蕴藏的力量不可小觑:它寻常,房前屋后、田间地头,随处可见;它顽强,可以从千钧巨石下面探出头来;它坚韧,可以在干旱荒凉的戈壁沙漠中生根发芽；它永生，野火烧不尽，春风吹又生。我们既然可以为英雄豪杰树碑立传，自然也可以为乡野草根留点痕迹，这是时代的发展、社会的进步和人性的回归。

一滴水可以见大海，一粒沙可以见宇宙，通过记录我这个草根的所见、所闻、所历，多少可以折射出时代的痕迹和社会的背景。通过我这份剧变年代乡村社会的草根个体记录的"一斑"，虽然未必能窥见那个时代和社会的"全豹"，但如果有十个、百个甚至更多的像我这样的"一斑"，庶几可以窥见那个时代和社会最接近真实面目的"全豹"了。

在身处生活方式急剧变革的青少年时代，作为一个后知后觉者，"当时只道是寻常"。直到离乡二十六年后的今天，蓦然回首，才懂得传统乡村生活的非同寻常，真有"此情可待成追忆，只是当时已惘然"之叹了。

好在如今的我已从惘然中走出，化做一个导游，穿越时间隧道，从现代暂回传统，引导好奇的读者像游客一样，跟随我的行踪，通过我的文字，一起重温那个剧变年代的乡村生活，追忆那些逝去的靓丽风景，构建一个温馨的精神家园，以图引起中老年朋友的回忆和共鸣、青少年朋友的好奇和追问。

『最喜小儿无赖，
溪头卧剥莲蓬』

『大儿锄豆溪东，中儿正织鸡笼。最喜小儿无赖，溪头卧剥莲蓬。』回首半饥半饱的幼年，我正是词人辛稼轩笔下的『无赖』『小儿』。那时候，整日肚里打鼓，日子清苦，过着一种『放羊式』的自由自在的生活，一天到晚忙于两件事：吃了玩，玩了吃。吃的无非是玉米、番薯和咸菜野菜，杂粮充饥，粗菜下饭；玩的无非是爬树、嬉水和折纸、玩泥巴，在树林、田畈、池塘和溪滩之间，悠游终日，乐而忘返。

第一趟出远门

> 这是一个兼容并包的时代,西医、中医、土医、巫医混杂,科学、现代、落后、愚昧并存。有人信奉西医,找全科医生或赤脚医生;有人信奉中医,找过路郎中;有人信奉土医,找土医土药;有人信奉巫医,找巫婆神汉迎神驱鬼,上演着人世间的一幕幕悲喜剧。

自从来到这个世界,我的活动范围都在我们郑宅公社,活动半径不过一二里路,从家里去外婆家,从外婆家回家里,两点一线。我第一趟离开公社出远门,是在一九七一年夏天,到城里的县人民医院看病。

因为我牙龈发炎,脸部浮肿得像一个大馒头,看着蛮吓人的。姆妈带我到公社卫生院诊治,无非是服用五分钱一颗的四环素或者三分半一颗的土霉素,总不见效。村里的一位邻居跟姆妈说:"你们再不到城里去看看,只怕这个小孩要毁容了!"这下姆妈着了急,忙叫在东家做木工的爹赶回家来,带我进城看病。

我家离城二十四里。有道是"长路无轻担",背着一个四岁的孩子走二十四里路,对爹来说不是一件轻松的事。好在当时家乡有一条浦郑公路,途经我家南面的黄宅公社。于是,爹背着我走了十里田间小路,先到黄宅公社,再乘乡村公共汽车进城。

那时,在外地工作的三伯伯正好回家探望寄养在老家的女儿,于是爹和他一起,轮流背我上路。我的脸部虽然浮肿,并不疼痛,尤其是第一趟出远门,看到一个完全陌生的世界,仿佛刘姥姥进大观园,兴致勃勃。路边的田里立着一根又一根的电线杆,有水泥的,也有木头的,因为平时羡慕大孩子爬树轻捷如猿猴,我不厌其烦地问爹:"这根电线杆你爬不爬得上去? 大伯伯爬不爬得上去? 三伯伯爬不爬得上去?"平时很不耐烦的爹,那天格外耐心,脸上总是笑嘻嘻的,一遍一遍地回答,说我"查三问四"、"查个萝卜不生根"。

来到县人民医院,看了病,配了药。在注射室里,我伏在爹的怀里,褪下开裆裤,露出的光屁股上,被医生扎了一针青霉素,疼得要命。从此以后,每当生病,医生问我喜欢打针还是喜欢吃药,我都毫不犹豫地选择吃药,哪怕是苦得要命的中药。

离开医院,已是傍晚时分。爹带我到附近的一家饭店,买了一碗肉丝面,只要一毛八分钱,我吃肉丝他吃面;又因为好奇,花两分钱买了一块番薯,觉得不好吃,咬了两口就扔了。

到了晚上,爹在医院对面找了一家当时整个浦江县城最高的建筑——三层楼的浦江旅社,坐落在后街的最南端。要睡觉了,我才发现旅社的床跟家里的不一样。家里的床左、右、后三面有挡板,前面有横档,被子不易掉下来,睡在里面感觉很安稳,而旅社的床四周没有挡板,空荡荡的;家里挂的是蓝色蚊帐,盖的是蓝色荷花夹被,而旅社里挂的是白色蚊帐,盖的是白色被单;家里是姆妈陪着睡,还有奶吃,而旅社里是爹陪着睡,没有奶吃。当晚,躺在那张陌生床上,我心里怕怕的,生怕一不小心滚下去,翻来覆去睡不着。还在吃奶的我,平生第一次离开姆妈,来到一个完全陌生的环境。

第二天,爹顺着原路带我回家。快到家了,我远远望见姆妈早已在村东南的池塘边张望。俗话说"孩儿见了娘,无事哭三场",到了姆妈身边,我猛地扑了过去,一把抓住她的头发,不停扭打,因为有一肚子的怨气,怪她没有陪我一起进城,让我一整天吃不着奶,一整晚睡不好觉。

再次光顾县人民医院,是在四五年后,我已经上小学了。有一天,村里请一个瞎子唱"新闻"(即"道情"),姆妈带我和妹妹一起去听。期间,妹妹缠着我,在耳边絮絮叨叨说个不停。于是我从口袋里摸出两颗豆子,塞进耳孔,得意地说:"随便你怎么说,反正我听不见了。"谁知塞进容易取出难,一挖两抠,豆子掉进耳孔里去了。这下我着了慌,只得告诉姆妈,但隐瞒了一半,只说右耳塞了一颗豆子。当晚,姆妈要我侧着右耳睡觉,说不定夜里会滚出来,可她哪里知道我的左耳也有一颗豆子。我只得佯装答应,等她走开了,马上平躺,生怕左耳的豆子越陷越深。

第二天,爹带着我到县人民医院五官科就诊。接诊的是一位中年女医师,身上穿着白大褂,头上戴着一个钢箍,上面有一面反光镜,灯光照进耳孔,把里面那个小乾坤看得一清二楚。她用一把小镊子,轻巧地把豆子夹了出来。我立马补上一句:"左耳还有一颗。"女医师如法炮制,把另一颗豆子也夹出来。这次就诊只花了几分钟时间,五分钱的挂号费。站在一旁的爹看着医生帮我夹豆子,哭笑不得。

在我家,有病看西医,到大队医疗站,或者公社卫生院,甚至县人民医院看病。而我小爷爷的独养儿子新正伯伯,一辈子只相信中医,不信西医。他是一位半专业的酿酒师,品酒既是个人爱好,也是职业习惯,一年三百六十五天,天天口不离酒。他长得一表人才,白花咙咙(即"皮肤白皙"),三杯下肚,马上变得红醉大面(即"满脸通红"),酒精无情地伤害着他的身体。中年以后,他得了咯血之症,估计是肺病。别人劝他上医院看西医,可他死活不肯。我经常看到一个手提藤箱的中医过路郎中到他家中,经过望闻问切,开好中药方,抓药煎服。中药方中的配伍增增减减,他的病情时好时坏,总没有断根。有一年大年三十,他大量咯血,自料不久人世,不上医院,反而花钱请木工给他做了一口上好的棺材。事后,病却奇迹般地痊愈了,虚惊一场。躲得过初一,躲不过十五,等我上大学以后,有一年寒假回家,姆妈告诉我新正伯伯已经走了,还是因为咯血,才六十挂零,中医的过路郎中还是没能留住他的生命。

在那个缺医少药的年代,很多人家既不看西医,也不看中医,只用土医土药,俗称"草头药"。我看到过的土医术,主要是"扭痧筋"、"针挑"和"打鬼箭"。

病人中暑,脸色苍白,四肢无力,把病人的眉心、脖子或背部,用食指和中指扭红,由红到紫,俗称"扭痧筋"。病人肚痛,用针挑肚痛穴位,头痛则挑眉心、眉角和太阳穴,用手挤出积血即可,俗称"针挑"。病人四肢突然酸痛,手足不能屈伸,俗称"鬼箭风"。用手指蘸着清水,拍打手臂或腿脚,右手酸痛宜拍打左手,左手酸痛宜拍打右手,腿脚也是一样。等到手脚露红,由红变紫以后,即可停止,俗称"打鬼箭"。有的病人边"打鬼箭",还边唱歌谣:"头戴八角巾,身穿八卦衣,手捏经书宝剑,天上取神箭,地下取鬼箭,屋前屋后扫阴箭,无箭,如敕令,刷啾啾!"俨然是一幅道士作法驱赶鬼怪图! 现在想想,那场面有些令人哭笑不得。

有一年春节,我喝了一点酒,突然感到胸口气闷,浑身难受,感觉要死了,原来中了"酒痧气"。我躺在躺椅上,人家帮我"扭痧筋"。扭背上痧筋的时候,开始没有感觉,只听得"勃勃勃"地响,渐渐地,有感觉了,有点痛,有点酸,有点痒,慢慢地气缓过来了,也算体验了一回死去活来的滋味。

不同的病情,服用不同的土药。患了伤风感冒,去田后礛挖茅草根,洗净以后,放在瓦罐里煎熬,服下汤汁。腹泻了,将鸡胗皮、白药(即"酒曲")和米饭烧焦,碾碎以后服用。火烫了,伤口火辣辣的,用鸡毛蘸尿垢涂上,感觉凉丝丝的。尤其是小孩子的童子尿,更金贵了,谁要是跌打扭伤了,必定要讨童子尿,和着草木灰,敷在患处。每当这个时候,伯母嫂嫂们会拿出好吃的零食,还一个劲儿地喊"小囡,乖",只为哄小孩子撒一泡童子尿。对小孩子来说,好比天上掉下馅饼,欣然从命,立马拉开开裆裤,掏出小鸡鸡,"勃勃勃"地撒上一泡,然后津津有味地享受用童子尿换来的零食,真是意外之喜。

每到冬天,我的手上、脚上都要生冻疮。天气冷时,手脚麻木,不听使唤;天气暖时,痒得出奇,抓个不停。听说萝卜汁可以治疗冻疮,趁姆妈给家里的肉猪煮萝卜丝的时候,我盛了满满的一碗,把手浸在其中,不停地搓,直到发烫,可收效甚微,冻疮照生不误。

后来,得知有个治疗冻疮的土方——白酒煮辣椒。于是,姆妈买了一串红辣椒和半斤白酒,一起倒进锅子里,直到烧开。我用酒精煮的辣椒水擦手,擦到发烫。这回终于见效了,整个晚上两只手烫得要死,"轰轰轰"得像火烧一样,烧得无法入睡。我只得在枕边放了一盆冷水,双手烫得实在受不了,在冷水里浸一浸,消消火,降降温,再睡觉,睡了一会儿,双手又发烫了,再浸在冷水里。就这样,我整整折腾了一宿。从此一劳永逸,不管数九寒天,双手再也不长冻疮了。

西医、中医、土医也有不见效的时候,迷信便乘虚而入。乡下的大多数老太婆相信菩萨,家人一旦生病,就赶到庙里烧香还愿,祈求菩萨保佑,顺便把神龛前的香灰带一撮回来,当做"仙药",泡在水里,让病人喝下。至于"仙药"是否灵验,只有鬼知道了。

"病来如山倒,病去如抽丝",病人如果持续高烧,迁延日久,目光呆滞,精神萎靡,有的老太婆便说是魂丢了,需要"叫魂"(也称"叫同年")。至于"叫魂"的仪式,我记得是先焚香跪拜,再用一只喝酒用的小盏,盛上满满的一盏白米,用布包好,按顺时针方向转上几圈,然后用手掌在包布上反复搓磨,嘴巴里不停喊叫:"某某哎——转来喽——"最后把布掀开,有时小盏里有一粒白米凸出来,边上有一个小坑凹进去。那粒凸出来的白米就是小孩的魂,那个凹进去的小坑就是井,刚才小孩的魂掉到井里去了。

民间信仰万物有神,家里灶头的神是"镬灶菩萨",猪圈的神是"猪栏土地",睡床的神是"床公床婆"。也有人认为,小孩子发烧,是床公床婆在作祟,所以有一首《退凉歌》,是这样唱的:"自己床中一盏灯,床公床婆来听经:上面挂了青丝帐,下面睡了安龙床。小孩发热也不妨,讲了七遍自会凉。"

当时,为了改善村民的医疗条件,每个大队都建立了医疗站,配有专职的赤脚医生,提供上门的贴心服务。可巫医毕竟具有几千年的历史,一时还难以根除。当时还有一些比"叫魂"更加复杂的迷信活动,诸如"扶乩"、"巫三姐"、"巫神"、"拜北斗"之类,在我家附近的千年古镇很是流行,也经常听村里的妇女说,从天上下凡的神仙是如何如何的"有准"。

我这辈子与"神仙"无缘,只是曾经被动地跟它发生一点瓜葛。在我还是婴儿的时候,发了一次高烧,吃药打针,总不见好,平素并不相信迷信的姆妈,六神无主,听了村里老太婆的劝,把我抱到街上的女巫家里,结果说我的魂丢了。对于人生中这段有趣的经历,在我脑子里没有一点影子,不能不说是一件令人遗憾的事。

比我"幸运"的是,爹比我早生三十年,从小经常跟嬷嬷一起烧香拜佛,见识过种种的巫婆神汉。在家乡,女巫叫"巫三姐",神汉叫"巫神"。女巫在家里设坛,点上香烛,神仙附身,脸色变白,口吐白沫,自报名号,对患者有问必答,告知你祸福休咎、邪祟病苦的来因和对策。按女巫的说法,如果患者是女性,神仙就下凡"嬉花园",今天说你是牡丹花,明天说你是芙蓉花,没有一定的名称;如果患者是男性,神仙就下凡"嬉树园",今天说你是冬青树,明天说你是大樟树,也没有一定的名称。因为花上、树上有蚜虫或者蛛网,主人因而得病,神仙就帮你驱虫掸尘,把花呀树啊弄得干干净净、清清爽爽,主人自然就痊愈了。为了赚钱,也有胆子大的女巫上门设坛,结果中了个别无良男人的计,被人调戏,财色两空,可见神仙还斗不过两个臭男人,法力不过尔尔!

据爹说,有一次,村里有人生病,请一个外村的神汉来"巫神"。另一个喜欢恶作剧的男人不信这一套,想乘机戏弄神汉一番。他躺在床上,装做大病不起,气息奄奄,叫老婆把神汉请到家来,给他看病。神汉到了他的家门,就作起法来,自称是"关老爷"附身,拿着大刀帮病人驱赶附在身上的妖魔鬼怪。这时,这个装病的男人猛然从床上跳了起来,破口大骂。弄得那个神汉一脸尴尬,灰溜溜地逃走了。

爷爷常常帮村人"治病",念的是一套口诀。小孩子玩累了,大腿根生了"火药核"(即"淋巴结肿大"),大人把小孩子领到我家,请爷爷念口诀。爷爷用拇指和食指轻轻地掐住小孩手掌的虎口,口里念念有词:"天亦摸,地亦摸,吉吉如赦令。"反复念上七遍,还叮嘱小孩在家里好好休息;人被狗咬了,爷爷用墨汁在伤者的伤口写上"食主县长治"五个字,连续写上七遍;鱼骨头卡在喉咙里,爷爷端上一碗清水,用筷子在水中写一个"獭"字,让患者把水喝下。爷爷的这些招数未必有什么实际的效果,不过是义务劳动,给患者一点心理安慰罢了。

最好笑的是,因为平时不注意卫生,村里很多小孩子肚里有蛔虫,晚上睡觉会咬牙齿。那时候,大家都用稻草擦屁股。据说,治疗咬牙齿有一个偏方,要先用牙齿把稻草咬几下,再去擦屁股,晚上就不会咬牙了。村里有一个孩子,不知是他自己听错了,还是有人故意作弄他,居然搞错了先后顺序,先用稻草擦屁股,再把它放在嘴里咬,令人喷饭。

当时很多人家因为贫困,孩子生病以后,延误治疗,以致一病不起。村里跟我妹妹同年的两个小女孩,一个患了脑膜炎,因延误治疗,导致弱智;还有一个发高烧,没钱看病,不幸夭折。

新屋被人放了火

法国大革命时期，罗兰夫人在被推上断头前留下了一句名言："自由，多少罪恶假汝之名以行。"在人民公社时期，我也说一句："集体，多少罪恶假汝之名以行。"因为不同意把新房借给生产队里堆稻草，家里遭到无情的报复：麦子被生产队扣下了，房子被别人放火了……

有一天，我逛到自家的新屋门口，猛一抬头，看见后窗塞了一把稻草，正燃起熊熊大火，发出"哔哔剥剥"的响声，摇曳的火舌快要引燃二楼的稻草堆。我见状撒腿就跑，边跑边喊："着火啦！着火啦！"正在生产队的晒场上做石灰地的姆妈，立马与社员们一起赶到现场，"乒乒乓乓"地将大火扑灭。

这令人终生难忘的一幕，发生在我四虚岁那年。我家刚刚造好的两间新屋，有人居然想在光天化日之下纵火焚烧，我家到底惹了谁？和谁有什么解不开的冤仇？说来话长。

记得那时乡村耕田的主力是水牛,每个生产队都要养两三头。到了冬天,水牛的主要饲料是积储的稻草和玉米秆,蓬松庞大,很占地方,生产队的牛栏堆不下。正好我家此前一年造了两间新屋,被生产队干部看中,要求无偿堆放。

爷爷素来性格懦弱,虽然心中老大不愿意,口里却不敢说半个"不"字。姆妈又是有求必应的老好人,也没反对。过了几天,两间空荡荡的新屋被生产队的稻草和玉米秆塞得严严实实。

有一天晚上,在外地东家做木工的爹回家了,发现新屋里塞满了稻草和玉米秆,一问才知是生产队里的。性格刚烈的他怒火中烧,找到队长,要求将集体的稻草和玉米秆马上搬走。队长以爷爷和姆妈已经答应为由,死活不肯搬。爹说万一被人放火,烧毁房屋,由谁负责?队长这才勉强答应第二天把东西搬走,可爹在盛怒之下有失冷静,当晚就动手将部分稻草和玉米秆从新屋里扔了出去。

第二天,生产队组织社员来我家新屋里搬稻草和玉米秆。几天前搬进来,大家有说有笑,其乐融融;几天后搬出去,大家脸色阴沉,一言不发。

转眼到了第二年麦收季节,全家人等着分新麦子的时候,生产队干部终于"出手"了,不给我家分麦子。任是姆妈低声下气,叫这个"哥哥",喊那个"伯伯",好话说尽,个个冷若冰霜,没有一点回旋的余地。好说歹说,后来小麦是分到了,却被拖延了很长一段时间。事后,生产队长洋洋得意地对姆妈说:"就是故意让你们难受难受!"

这其中更有个别丧心病狂的"疯子",心里还不解气,做出了疯狂的举动:放火焚烧我家的新屋。幸亏被我撞见,才没有酿成大祸。

对于这两间曾经给家里带来欢欣也带来灾难的新屋,我至今依稀还记得建造时的场景。

那是一九七〇年夏秋的一天,我来到这个世界上只有两周年,走起路来摇摇晃晃,跌跌撞撞,更多的时候,屁股坐在地上,用双手撑着泥地,身子慢慢向前爬。那天,我肚子饿了,去找姆妈吃奶,远远看到大人们正在用木台板搭成的架子上忙碌,有的搬石头,有的拌沙灰,有的砌石墙。正在工地上的姆妈看到了我,连忙跑过来,给我喂奶。这是今生今世我们娘囝两个共同拥有的第一份珍贵记忆。

我家的那幢两开间的新屋,是村里在新中国成立以后建造的第二幢,当时也算稀罕之事。到了七十年代,新中国成立后出生的孩子慢慢长大了,原来的老屋住不下了。当时,家乡大多数人家只有一间楼房,二楼隔开半间做卧室,还有半间堆放粮食和柴草,一楼隔开半间做客厅,还有半间做厨房、猪圈和厕所,做饭和如厕,人食和猪食,都贴在一起。还有更惨的,我当时的一位小伙伴,家里兄弟五个,只有半间楼房,无法想象他们是怎么过日子的。

虽然家家户户想建房,恶补二十年来的“欠账”,但腰包里没有铜钱,只能将就,望房兴叹。我家因为多做木工,经济条件相对好些,准备建造两间新屋。在乡村,石头不要钱,小溪里俯拾皆是。爷爷已经七十四岁了,自己挑了一些,还向村人买了一些,每一百斤八分钱。我家离小溪一里路,一天可以跑好多趟,挑好几百斤石头,帮我家挑石头的收入比参加生产队劳动还要高。

　　除了石头，建房还需要大量木材。每逢集日，山里人翻山越岭，要走十里甚至二十里路，到公社里来赶集，但苦于无钱可用。靠山吃山，山里有的是木头，山里人顺便背一根木头出来，送到我家，拿了四元钱，再去赶集，买一点家用物品。

　　建房用的生石灰，是请人用拖拉机从白马公社的嵩溪石灰厂运来的。姆妈挑了两桶井水，用木瓢舀，一瓢一瓢地泼向摊在地上的生石灰。有时候，她拿几个生鸡蛋，埋在生石灰堆里，泼水以后，冒出腾腾的热气，生石灰变成熟石灰，同时产生热量，将鸡蛋烧熟，俗称"石灰蛋"，闻起来特别香。后来读化学课，才知生石灰的主要成份是氧化钙，遇水反应，生成氢氧化钙，是一个放热反应，可以把生鸡蛋烤熟。

　　泥工是我家对门的一个老头做的，当时已经五十开外。一日三餐，规矩很大，泥水匠没有动筷子，帮忙的小工不能吃。每餐桌子上都有一碗肉，那是摆摆样子、装装门面的，只有到房子快建好的时候，大家才各吃一片。当时一斤猪肉才六角五分，一头猪总共才四五十块钱，可大多数人家还是吃不起。

　　家里花了五六百元钱，终于把新屋的"外壳"造好了。四面是墙壁，上面是瓦片，两间房子之间，竖了几根木柱子，没有隔开，没有做楼板，也没有做地面，空荡荡的，不折不扣的毛坯房。因为没有住人，只堆稻草，门窗上的玻璃也没有装，成为麻雀筑巢的天堂，飞进飞出，自由自在。

　　新屋造好了，而我们全家还是住在温馨而热闹的老屋里。老屋是前后相连的两间二层楼房。本来前面是一间两层的高屋，后面是一间一层的低屋。新中国成立前夕，因为大伯伯要讨老婆，房子不够住，爷爷把后面那间一层的低屋升做两层的高屋。

在低屋升高屋的时候，爷爷为了节省成本，偷工减料的程度实在出乎想象。一楼造了一个用木柱串联的框架，用砖头隔开，俗称"单壁"，二楼的隔断分成上中下三部分，下部用薄木板隔开，缝隙大得可以插筷子；中部用竹篱笆遮掩，外面抹上一层泥灰；上部用所谓的"茅扇"遮掩。所谓"茅扇"，就是在两条细细长长的木棍或竹竿之间，编一些茅草或者稻草，像一把扇子，挂在房子外侧，遮风挡雨，看起来像茅庐。风吹雨淋，"茅扇"腐烂以后，再取下来，换上新茅草或者新稻草，重新挂上去。

这样的老屋，笼统地说，是砖木结构；精确地说，是砖木竹草结构；其实介于砖木房和茅草房之间，两者的元素兼而有之。一辈子见过不少砖木房，也见过一些茅草房，但像我家这样的砖木竹草房，却是少有。

其实，当年在低屋升高屋的时候，做木工的大伯伯和二伯伯年富力强，也赚了一些辛苦钱，爷爷完全有能力把房屋造得好一些。可他的脑子里，造房屋只破财，无出息，越住越旧越不值钱，而"捉"田地会生财，有出息，越种越熟越值钱，这是千百年沿袭下来的贫苦农民的朴素观念。

住在砖木竹草结构的楼房里，每逢刮风下雨的日子，就要遭殃，屋外下大雨，屋里下小雨，只好拿各种容器去接漏，锅碗瓢盆齐上阵。尤其是下雪子的日子，雪子"窸窸索索"，撒得整个楼板上都是，好像一层白砂糖。

最要命的是我家与邻居之间虽然隔着一层薄木板，缝隙却大得可以插进筷子，几乎没有什么隔音效果。当时村里的很多房子都是如此。夜深人静,隔壁邻居有什么动静,说什么话语,听得一清二楚。有的少年夫妻,新婚燕尔,如胶似漆,难免弄出响动来,忘了隔墙有耳。第二天,多嘴的邻居在村里嘻嘻哈哈,将甚于"张畅画眉"的闺房之乐统统抖了出来……

断奶之痛

> 弗洛伊德认为,每个人幼年的经历,会影响后半生的生活习惯。生理断奶易,心理断奶难,我依然是姆妈的小尾巴,羞于同这个世界上形形色色的人交流,更加沉默寡言。

长到四虚岁,老大不小了,可我还在吃奶。我也看过五六岁的大小孩站在地上吃奶的情景,即使在乡村,也是极少数。

当时,我一边吃姆妈的奶水,一边吃姆妈做的粥饭。因为还在吃奶,娘囝两个整日形影不离,姆妈只得把我裹在围裙里,背在背上,无论是参加生产队劳动还是做家务,都碍手碍脚。

最后姆妈下了决心,要强制给我断奶了。我死活不肯,又哭又闹,不依不饶。姆妈迫不得已,想了一招,到大队的医疗站里,向赤脚医生讨了一点红药水,涂在乳头上。我看着姆妈涂成鲜红色的乳头,并没有什么不良的心理反应,还是照吃不误。一招不行,又出一招,姆妈又到大队的医疗站里,向赤脚医生讨了一张橡皮胶布,剪下两小块,贴在两个乳头上。我看着胶布,顿时感到一阵恶心,再也不想吃奶了。断奶以后,土话叫做"离苦"了,大约是指姆妈脱离了孩子吃奶的苦海。

我一生不碰橡皮胶,原因就在这里。人家的孩子摔伤了,到大队医疗站去用纱布和橡皮胶包扎一下,我哪怕摔得鲜血淋漓,也只是在伤口涂一涂红药水或者紫药水,不肯包扎。长大以后,才知道我幼年的心理反应与弗洛伊德的心理学不谋而合。

断奶的结果只有一个,而途径各不相同。有一位小学老师,当年长到六岁还在吃奶,他妈妈就在乳头上涂上了红辣椒,嘴巴一碰,辣得要命,于是他再也不吃奶了。

生理上断奶易,心理上断奶难。我平常就跟着姆妈,像她的一条小尾巴一样。家里虽然有爷爷嬷嬷(即"奶奶"),都已经七十多岁了,我虽然是他们最小的孙子,却不"粘身"。

六月夏天,烈日当空,姆妈戴着笠帽,扛着锄头,参加生产队劳动。行前,她怕我被毒日头晒坏,叫我待在家里,跟着嬷嬷。我死活不依,哭着闹着,非要跟去不可。她在前面走一阵,我在后面追一阵;她转过身来,赶我回家,我就先退回来;等她再走的时候,我又追上去,采取当年游击战争的策略,"你进我退,你退我进"。姆妈缠不过我,只能默许我跟着她。这样,她在田里劳动,我在田边玩泥巴,无论春夏秋冬,无论阴晴寒暑。即使在酷暑盛夏,我也一点不怕热,不戴笠帽,任凭烈日暴晒,晒得像一个黑炭头。

除了跟姆妈去田间劳动以外,还跟她去邻村碾米。六十年代,家乡有了柴油碾米机。每隔一段时间,姆妈都要挑稻谷到邻村去碾米。她挑着稻谷前面走,我远远地尾随,跑一阵,站一阵;她放下担子,拿起竹扁担来打我,我便边逃跑边捡起路边的小石子,远远地扔过去。最后,姆妈屈服了,叹了一口气:"像你这样难缠的小孩,真是世上少有。"

在加工场里,我第一次看到碾米机飞转的轮盘,听到隆隆的轰鸣声:"吧嗒吧嗒吧嗒……吱——",最后一声既刺耳又钻心。加工人员戴着一个口罩,须发皆白,因为巨大的噪音,他讲的话基本听不清楚,只得用手比划,变成一个会讲话的"哑巴"。我远远地望着那飞转的皮带和轮盘,真像一部绞肉机,心里慌兮兮的。多年以后,我的一位远房表姐的儿子不慎被皮带和轮盘绞了进去,造成终身残废。

断奶之后,我变得更加沉默寡言,除了家人和小伙伴,基本不与人说话。那时候,外婆家从生产队里分到一些糖蔗,埋在屋后的泥地下,我三天两头去外婆家,她也知道我的来意,每次从泥地下面挖出一根糖蔗,洗好擦干,让我带走。我拿了糖蔗,如获至宝,边吃边走回家。

一天早上,我从外婆家回来,途径临近的五房村,正好有一帮妇女在"明堂"(即"晒场")上晒谷。我坐在烈日下,静静地观看她们的劳动,一声不吭。妇女们先用猪八戒钉耙一样的木耙,将整堆的稻谷摊开,然后用竹扫帚清扫夹在稻谷中的稻叶,一遍、两遍、三篇,直到干净为止。干这个活需要手上的巧劲,轻了稻叶扫不起,重了稻谷也扫起了。稻叶扫净以后,将稻谷晒干,再用畚箕畚到风车的斗上,"哗哗哗"地扇干净,风车肚里流出来的是金黄的稻谷,风车屁股飘出来的是干瘪的秕谷。

我默默地看着妇女们的紧张劳动,沉醉其中,不知不觉快近正午。这时,一位正在扇谷的妇女神秘兮兮地对另一位说:"这个'小郎'(即'小孩')是'木佬'(即'傻瓜'),从早上坐到现在。"我闻言一脸尴尬,讪讪地走了,心里永远也不会忘记这句"经典"的评语。

是啊,无论是小时候在家乡,还是长大后到异乡,我给人的第一印象是一个沉默寡言的人,因为我喜欢用眼睛观察这个形形色色的世界,不喜欢用嘴巴与这个世界上形形色色的人说话,除了我姆妈!

陌生的爹

> 母爱如海，父爱如山。爹一辈子做木工，走家串户，起早落夜，十日半月，难得一见。我对爹的感情，有些陌生，有些害怕，可我们兄弟姐妹从口里吃的粮食到身上穿的衣服，都是他一斧头一斧头劈出来的。

俗话说"情同父子"，爷团两个理应亲密无间。可我从小很少见到爹的影子，即使见到他，心里也总是怕怕的，躲躲闪闪，不愿亲近。

爹是木匠，一年到头走家串户做东家活。一般在一个村坊干上十天半月甚至一个月，吃住都在东家。等到一个村坊的活干完了，准备换村坊时，才带着徒弟回家一次。

爹常常是半夜来，五更去，披星戴月。他头一天晚上回家时，我大多已经睡着了，姆妈会把我从梦中摇醒："爹来了，叫一声。"我睡眼蒙胧地叫了一声，倒头便睡，继续在枕头上梦周公。第二天鸡鸣，他起床离家，常常哼着越剧《梁山伯和祝英台》："十八里相送到长亭……",一个人又是"梁兄",又是"贤弟"。等天大亮起床以后,姆妈对我说:"爹早就走了。"

爹每次回家来,肩上总是扛着一把斧头,手里提着一根六尺杆,这是鲁班师的传人们的行规,据说这两样东西可以驱邪。徒弟挑的担子,一头挂着锯子和鲁班尺等大家伙,一头装着凿子和刨子等小家伙,此外还有墨斗、铁钉等工具,有百来斤重。

有一年冬天,爹带着舅舅在深山坳里的中余公社杨宅坞村做木工。下午回家,下起鹅毛大雪,山岭上的积雪有一尺多深。两个是师徒,也是"姐夫老婆舅",一个扛着斧头,一个挑着担子,深一脚浅一脚地翻过十里山岭——淡竹岭,又走了又湿又滑的五十里山路,期间的艰辛可想而知。到了家里的时候,已是深夜,我被姆妈叫醒,看到爹和舅舅的雨鞋外面,居然还绑了一层草绳,草绳上沾满了积雪。

做木匠干东家生活,天刚蒙蒙亮就得出门,只能早不能迟。可家里没有闹钟,几十元一只的手表更买不起。爷爷能在不同的日子根据月亮在天空中的具体位置,来判断大致的时辰,而爹不懂这套月亮计时法,只能毛估估。有一天,他去十五里路外的白马公社旌坞大队做木工,半夜就出门了,走了十里路,到了郑家铺村,天还是黑沉沉的,才知去早了,就倒头在路边的草地上睡了一个囫囵觉。还有一次,他一觉醒来,发现天已大亮,连忙穿衣下床,出了门,才发现白晃晃的不是日头,而是月光。在丘陵地带走夜路,有时会猛然窜出一只野猪什么的野兽,吓得人汗毛倒竖。有时远远看见前面的路边站着一个黑魆魆的东西,以为是一个人,走近一看,原来是一株桑树。

在我的印象中，爹对小孩子缺乏耐心。可姆妈说，哥哥刚出生的时候，爹初为人父，非常新鲜，第二天就把他抱到台门口，村里人都过来围观。他还曾给哥哥做了一头可以摇晃的木马、一把木手枪和一把木大刀，当时在村里绝无仅有。我小的时候，这些玩具都在，也算是沾了哥哥的光。等我出生了，爹的新鲜感也过去了，只是在心情好的时候，喜欢逗我，就两个花样：要么拿出六尺杆，给我量身高，看看有几尺高了，一边量一边哄："已经有几尺几寸高了，变成小后生了。"要么躺在躺椅上，跷起二郎腿，对我说："来，爹的大腿你背背看，看你力气大不大，背不背得动。"然后"嘻嘻嘻"地笑了起来，眼睛眯成一条缝。

虽然亲情不浓，口福倒是不淡。当时，爹带着一个徒弟，两人每天的工钱是三元，付给徒弟四角，可以净得二元六角，如果一个月一天不落下，可以赚七十八元，可以算"高薪"了，比当时的大学毕业生工资还要高。因为手里有点活钱，有时爹带着一捆带鱼回来，每斤才两三毛钱；有时买一两筒月饼回来，一筒十个，才五毛钱。

除了美食，爹也给我们带回许多故事或者笑话。有一次，他在白马公社旌坞大队做木工，目睹两个人打赌的情景。一个人说："你把地上的这块牛屙捡起来吃掉，我给你一元钱。"谁知另一个人二话没说，真的把那块牛屙捡起来，一口吞了下去，还得意地说："一块钱太多了，八角就够了！"而这八角钱，相当于一个十分工两三天的劳动所得。

在计划经济时代，木匠作为手工业者，生活比一般的农民强一点。我家父辈兄弟四个，除了一个上大学以外，其余三个都是木匠。大伯伯出师以后，就带二伯伯走家串户做东家生活。一九五三年，爹虚岁十五岁，实际上只有十三岁，高级小学还没有毕业，就跟着二伯伯到浙江西部的昌化县（现为临安市昌化镇）做木匠，从此这个"木匠之家"又多了一个新成员。因为年纪小，加上个子矮（只有一米六二），人称"小木匠"。后来，他加入了当地的木业社，成为居民户口。直到一九六二年下放，他回到老家，重新变成农业户口。

在我的幼年，好几个二十世纪五十年代出生的堂哥，已经长成小后生了，其中有四个当了大伯伯的徒弟，成为木匠。就这样，我家两代有七个木匠，可谓是人丁兴旺的"木匠之家"。也有几个堂哥只做过短期的木匠，最终不愿子承父业，有当兵的，也有开拖拉机的。甚至我的亲哥哥，在暑假期间，也曾跟着爹做过两个月的木匠，最终还是到金华供销学校读书去了。

等我稍稍长大以后，成了爹的小帮手，常年帮他锯板。那时候，乡村还没有电动锯板机，锯板纯粹是手工活。先把整根木头，用普通的锯子锯成一段一段的；后用墨斗给每段木头弹上均匀的墨线；再在木头的一端，钉上一枚大铁钉；又用麻绳把大铁钉紧紧地箍在大厅的屋柱上，从而达到间接固定木头的目的。准备完毕，我们爷囝两个抬起专门锯板用的大锯子，沿着弹好的墨线，你推我拉，此高彼低，将木头慢慢地锯成木板。

俗话说"龙生龙，凤生凤，老鼠生儿会打洞"，家庭环境对人生的成长确实有相当的影响。如果后来没有考上大学，我很可能会子承父业，成为家族的第八个木匠。

四岁做了小叔叔

> 多子多福的观念，导致多子多女的现象，侄儿与叔
> 叔、外甥与舅舅，辈分不同，年纪相近。四岁做了小叔
> 叔不稀奇，稀奇的是当我还躲在姆妈肚子里翻跟斗的
> 时候，我的一个表侄儿已经会在草地上翻跟斗了。

在我断奶之后不久，小哥(二伯伯的大儿子)讨了老婆。小嫂
嫂当年就生了一个胖儿子，就是我的大侄儿。只有四虚岁的我，就
稀里糊涂做了长辈，成为"小叔叔"了。

小哥是木匠，当时有手艺的人，比种田地的农民要强一些，更
容易受到大姑娘的青睐。小哥结婚那天，我站在新房里装稻谷的
钱柜上，看着男女老少来"讨果子"，也叫看"新孺人"，无比开心。
新房的墙上贴了一张年画，是《红灯记》里的李铁梅，穿着一件花
衣服，梳着一条长辫子，也蛮喜气。那时候，家家户户张贴毛主席
的标准像，还有革命样板戏的剧照，已成为一种时尚。

记得小嫂嫂端端正正地坐在椅子上，陪伴的"利市嬷嬷"(一

般是新郎的女性长辈)是小姑姑,她"抓果子"分给大家,来者不拒,人人有份。所谓果子,一般是爆玉米、瓜子和染红的花生,在半饥半饱的困难年代,算是难得的美食了。"讨果子"的人先说"一元介"(即"第一次"),"利市嬷嬷"抓一把果子;再说"凑双介"(即"第二次"),"利市嬷嬷"再抓一把果子;又说"三元介"(即"第三次"),"利市嬷嬷"又抓一把果子。当时的孩子还吃不饱饭,最喜欢人家讨老婆,可以去新房里"讨果子"。

肚子里有点墨水的人,"讨果子"的时候,"利市话"说起来一套一套的,妙语连珠,天花乱坠:"果子一碟,凑双来,三团圆,四季发财,五子登科,六国丞相,七子保状元,八仙过海,九子十登科,十碟全,生团中状元。"他讲一句,"利市嬷嬷"抓一把"果子"。如果碰到一个伶牙俐齿的"利市嬷嬷",也不是那么好对付的,反问一句:"六国丞相是哪六个国家? 八仙过海是哪八个神仙?"双方你来我往,一对一答,有点像传统折子戏《牡丹对课》的场面。如果"讨果子"的人答不出来,就出洋相了。

家乡闹新房的习俗,在于一个"偷"字。闹新房的人,一般是喜欢凑热闹的小后生,假装来到新房"讨果子",讲起一串"利市话":"炒榧两头尖,生团活神仙。花生花生,生团做先生。团糕团糕,生团做太公。瓜子瓜子,生团做太子。"无非是早生贵子、荣华富贵的意思,讲得新娘和"利市嬷嬷"喜笑颜开,给你抓一把又一把的炒榧、花生、团糕、瓜子等"果子"。趁人不备的时候,"讨果子"的人顺手牵羊,"偷"走新房中的毛巾、枕头之类的小东西,甚至是新娘子脚上穿的鞋子,要新郎拿糕点、香烟等礼物去换回来。

小哥结婚当天,小嫂嫂的堂姐作为伴娘,一起来到我家。有人以讹传讹,说姐妹两个嫁给同一个老公,变成天大的新闻,传遍了整个公社。闻风来看新鲜的外村人特别多,尤其是公社里的人。于是,新房里催"利市姑娘"(一般是新娘的姐妹)赶快把开水拿来,给外村来的客人们倒水泡茶。"利市姑娘"是我大姐(大伯伯的大女儿),当时还是一个十几岁的小姑娘,提着热水瓶匆匆上楼梯,一不小心,摔了一跤,摔破了热水瓶,烫得手上都起了水泡。

最让我兴奋的是,办酒宴的时候,家里从村人那里买了一条十二斤半的大草鱼,跟我的个子差不多高。六角钱一斤,一共七块五角钱。大草鱼养在一个木脚桶里,长长的尾巴露在外面。

这条大草鱼,是村里的一位钓鱼高手钓来的。此人斗大字不识一个,却颇健谈,把自己跟大鱼周旋的过程说得绘声绘色,神乎其神。当时钓鱼用普通的竹竿,钓一条斤把重的小鱼尚且不容易,何况钓十二三斤的大鱼。据他所言,大鱼上钩以后,一个劲地往前游,他就手持鱼竿顺着大鱼往前跑,大鱼往左,他也往左,大鱼往右,他也往右。等大鱼游累了,他再缓缓地拉钓竿,惹得大鱼性起,垂死挣扎,继续往前游,他也继续往前跑。一次、两次、三次……就这样,他不急不躁,陪着大鱼耗体力,直到大鱼筋疲力尽,他再跳进水中,用随身携带的男式围裙将大鱼裹住,捉上岸来。

后来,大侄儿出生了,阖家人欢天喜地。当时,爷爷已年过七旬,膝下有七个孙子承欢,如今又添了一个曾孙,四世同堂,人丁兴旺。在乡下,凡是重大的事件,无论是修族谱还是立墓碑,女性都不得参与。而我的大爷爷,膝下也有七个孙子,再下面只有一个曾孙女,没有曾孙。曾孙女也叫他"太公"(即"曾祖父"),可他还是闷闷不乐,自称是"假太公",不是"真太公",最后带着遗憾离开人世。隔壁有位老爷爷,听到长孙媳妇生产了,兴冲冲地赶了过去,走到门口,孩子生下了,听说是个女的,他连门也不进,拉下脸马上转身回家。

我比大侄儿早三年来到这个世界,早一年参加工作,名义上是叔侄,实际上是兄弟。

梦中玩火爱尿床

> 日有所思,夜有所梦。梦里有尴尬,有恐惧,也有欢欣,人世间的喜怒哀乐,应有尽有。人生亦如梦,"做一个好梦吧!"我把这个祝福送给别人,也送给自己。

在空旷的田野上,几个小伙伴正在一起玩耍,用火柴把田后礅上干枯的茅草点燃了。看着蔓延的火苗,大家跑前跑后,兴奋极了,最后淘气一把,从开裆裤里掏出小鸡鸡,"勃勃勃"地撒一泡尿,将火苗浇灭……突然,大腿根感到一阵滚烫,我从梦中惊醒,糟糕!尿床了。

这是我五六岁时夜里经常做的梦,每每以玩火开始,以尿床结束。所以,大人经常这样告诫我们:"小孩白天玩火,晚上尿床。"其实,小孩就是白天不玩火,晚上也要尿床。

当时,我家睡的是木板床。铺上一层干燥清白的稻草,垫上一条冰冷的草席,再盖一床棉被。在寒冬的夜晚,刚刚钻进被窝,冷得瑟瑟发抖。同床的还有爹娘和哥哥。尿床了,又不敢跟爹娘说,怕挨一顿骂,只能靠自己的体温,慢慢地把尿湿的棉被和草席烘干。

幼年尿床是正常的生理现象,可有的人长大了,甚至是十八九岁的小伙子还尿床,那就是一种毛病了。可当时乡下人不知道,患者也没有得到及时的治疗。村里有位小伙子,一直尿床到成人,绰号叫做"十八尿"。每次吵架,弟弟妹妹总是讥笑他:"十八尿、十八尿、十八尿……"让他羞愧难当,咬牙切齿。我因为幼年吃过尿床的苦头,感同身受,更能体会"十八尿"的尴尬和痛苦。

梦里有尴尬,有恐惧,也有欢欣,人世间的喜怒哀乐,梦中都有。幼年恐惧的梦,要算遇到蛇,一条、两条、三条……直到无数条,脚下踩的都是蛇,想要避开,却又无处逃避。在极度恐惧中,突然惊醒了,吓了一身冷汗。欣喜的梦,是捡硬币,一分、两分、五分,后来满地都是硬币,仿佛坐在一座钱山上。当时因为贫穷,小孩子把一两分的硬币看得像笠帽一样大,突然捡到这么多钱,一阵狂喜,等到梦醒,原来是一场空欢喜。

"你来呐!我不怕你!"深更半夜,万籁俱寂,当年睡梦中的我突然被这样的高声叫骂惊醒,知道姆妈又在做噩梦了。她性格内向,素来胆小,做噩梦的频率比常人高,况且爹常年在外面走家串户做木工,身边没有男人,缺乏安全感,而同床的只有年幼的哥哥和我两个小孩子,不能给她壮胆。按家乡迷信的说法,做噩梦是因为"压猫",好像有一只野猫压在胸口。据说,野猫怕铁器,姆妈的枕头下总是放着一把菜刀,与其说是用来驱赶"野猫"的,不如说是用来自我壮胆的。姆妈每当从噩梦中惊醒,除了高声大骂"野猫"以外,还从枕头下抽出菜刀,用刀背敲击床沿,"砰砰砰"敲得震天响。每次被姆妈的叫骂声和刀背的敲击声惊醒以后,我心里都慌兮兮的,仿佛真的有一只看不见的"野猫"对着我们虎视眈眈,随时有可能压下来。姆妈被噩梦搅得不安身,而我也被姆妈制造的恐怖气氛搅得不安身,这就是我在幼年时代经常遇到的恐怖夜晚。

最有意思的是梦游,有人会在梦中做出种种可笑的举动,醒后并无半点记忆。邻村有娘团两个相依为命,老娘年纪大了,儿子也过了娶亲的年纪。每每夜深人静,左邻右舍沉浸在梦乡时,总会传来高亢激昂的歌声,随即听到老娘呼叫儿子的声音,儿子渐渐安静下来。儿子在梦游中唱的,是家乡的戏剧音乐浦江乱弹。老娘说儿子白天干活累了,晚上会唱好几回戏,不累的话,就好一些。邻居们早已习惯了他的夜半歌声,碰到某天不唱了,反而不习惯。有时候白天见面,大家起哄,叫他唱几句,他很腼腆地说:"我又不会唱戏。"

日有所思,夜有所梦,长大以后才知道梦是一种心理活动,更是一份浪漫文化。有梦的典故,如庄生梦蝶、黄粱一梦、梦笔生花、南柯一梦;有梦的小说,如《红楼梦》《青楼梦》《风月梦》《生花梦》;有梦的戏曲,如汤显祖的"临川四梦"——《牡丹亭》《紫钗记》《邯郸记》《南柯记》;还有解梦的书籍,中国有《周公解梦》,西方有弗洛伊德的《梦的解析》。

梦一直陪伴着我们,从生命的起点,直到终点。"做一个好梦吧!"我把这个祝福送给别人,也送给自己。

你"阉"了吗?

> 　　从"光荣妈妈"到超生子女,从多子多女到独生子女,从鼓励生育到计划生育,前后不过短短的二十来年时间。几千年形成的传统观念,不是一夜之间可以轻易扭转的。

　　七十年代初,推行计划生育政策,乡村的一对夫妇生育三胎以后,要求绝育,一般是给女方做输卵管结扎手术。如果遇到女方有毛病,不宜做手术,就给男方做输精管结扎手术,不过大多是居民户口。结扎的土话叫做"阉",跟"阉鸡"、"阉猪"一样。当时的育龄妇女见了面,相互之间的问候语从"你吃了吗?"变成"你'阉'了吗?"难怪当时农村里流传着一种谣言,说男人结扎就是阉割睾丸,变成古代的太监了。

　　为什么七十年代初要实行计划生育呢? 这也是形势所迫。新中国成立以后,农村只知人多手多,种的粮食多,种的棉花多,"光荣妈妈"们"扑通、扑通、扑通"地生孩子;谁知人多口多,吃的粮食多,穿的衣服多,住的房子多,有限的土地资源,实在已经承受不了更多的人口压力。

开始的时候,公社里的驻村干部挨家挨户上门动员,做耐心的劝导工作,和风细雨,要求生育三胎的育龄妇女主动去公社的卫生院做结扎手术。我曾亲眼目睹当时的场景,驻村干部把村里的一位老太太请到会场,忆苦思甜,说以前多子多女,日本佬来了,带着一大帮子女逃难,左手拉一个,右手抱一个,背上背一个,哪里跑得动? 现在只生三胎,多少好啊!

一九七三年农历元宵,我家多了一个新成员,妹妹出生了。大伯母给她取名"淑宵",意谓元宵节出生的淑女。因为这是第三胎,公社里的干部上门动员,要求姆妈做绝育手续。姆妈是很通达的人,况且已有两男一女,确实够了,孩子多了养不起。于是在生了妹妹二十天之后,她就到公社卫生院做了绝育手术——输卵管结扎。

可是,老太婆苦口婆心的现身说法,并不能说动所有的育龄妇女,因为"不孝有三,无后为大"的传统观念延续了几千年,不是一夜之间就可以轻易改变的,没有儿子,断子绝孙,愧对先人;又因为农村里繁重的田间劳动,需要身强力壮的男劳动力,没有儿子,谁来挑担,谁来耕田?"养子防老,积谷防饥",没有儿子,谁来养老,谁来送终? 也有的少数人家,生育三胎以后,不愿到公社卫生院结扎,东躲西藏。为此,表叔家还挖了一个"地道"。

在一个天寒地冻的夜晚,七里公社以及后郎大队负责计划生育的干部,乘着一辆拖拉机,来到我的表叔家,将房子团团围住。

贴在门上,他们听到表叔夫妻俩睡在床上说话,就派人敲门。

表叔披衣起床,打开大门,干部们一拥而上,东翻西找,就是不见表婶的踪影。奇了怪了,明明听到夫妻俩刚才还在说话,难道会变成神仙飞走了?找了半个小时,有人发现猪圈里有一堆稻草,觉得可疑;掀开稻草,下面露出一块木板;揭开木板,发现是一个"地道",里面蹲着一个人,冻得浑身发抖,嘴唇发紫,差点晕倒,她就是我的表婶。

表叔为什么要在家里的猪圈挖一个地道呢?难道是为了防范半夜上门的土匪吗?非也!清平世界,荡荡乾坤,哪里来的土匪!因为表叔和表婶已经生育了三胎,按照当时的计划生育政策,要结扎绝育。因为不愿结扎,表叔就在猪圈挖了一个"地道",以躲避上门捉人的公社和大队干部,最终表婶还是没有漏网。

最有趣的是,妇女怀孕以后,总想知道肚子里的孩子是男是女。为了预测胎儿的性别,乡村妇女寄希望于迷信,土法用青草或筷子占卜。

占卜用的青草呈三面的菱形,俗称"三角草"。记得村里的两个姑姑将"三角草"的头部和根部去掉,只留下中间的茎部。两个人同时从两头将茎部撕开,看最后呈现的形状,判定胎儿的性别。如果两片之间连丝是单线,便意味着生儿子,如果成菱形,便意味着生女儿。还有一种办法是用一把筷子,也是同样的道理。

如今看来,这两种占卜方法未免荒诞可笑,但就地取材,不要成本,不管准不准,权当是玩耍。

爷爷的疑心病

> 家庭是社会的细胞。和谐社会离不开和谐家庭，和谐家庭离不开全体成员的信任、理解和宽容。而爷爷的疑心病，是拨草寻蛇，自寻烦恼，还给我们所有的家庭成员带来无穷无尽的烦恼痛苦和挥之不去的心灵创伤。

一九七三年，我们分家了。从此以后，爷爷的疑心病发作了，整天怀疑我爹娘偷他的东西，大吵大闹，弄得鸡飞狗跳，全村皆知。

按家乡的风俗，分家一般由舅舅主持，主要是给兄弟分房产，并定下赡养老人的数额，有论钱的，也有论物（包括粮食和柴火）的。当时，小舅公来到我家，主持分家，每家每年赡养爷爷嬷嬷五十元钱，这在当时不是一个小数目。

爷爷疑心病的根子，老早就种下了。从我懂事之日起，就是由爷爷管家，家里所有金钱来往都要经过他的手，并一笔一笔记在账上。爹每次从外地做木工回来，首先要到他的房间里，将工钱如数上交,在账簿上勾掉。如果爹先到我们自己的房间,爷爷就要怀疑爹把钱给姆妈了,留私房钱。

爷爷是异常细心的人,但细心过头,难免疑神疑鬼。当时民风淳朴,乡下几乎是夜不闭户,路不拾遗,白天家里从不锁门。我们虽然分家,分灶吃饭,但还住在一起。我们住在楼上的前半间,房门和抽屉从来不上锁,而爷爷住在楼上的后半间,房门整日锁着,因为里面藏着稻谷和棉花,生怕被别人偷走,还在柜子里上一道锁,加上"双保险"。当时,乡村的谷柜,是一层一层垒起来的,可以脱卸,细心的爷爷在层与层之间,都贴了红纸,俗称"封皮",以防止被人脱卸。

有一天,爷爷说二楼谷柜里的稻谷浅下去了,是被姆妈偷走的。后来,请大伯母来做中间人,看看房门的锁好好的,谷柜的锁好好的,谷柜层与层之间的封皮也是好好的,稻谷不可能被偷走。爷爷又改口说不是姆妈偷的,女人没有这个本事,偷不了的,而是爹偷的,是从房间外面跳进去的。大伯母劝解爷爷,自家人怎么会偷稻谷呢?

爷爷的棉花,是装在坛子里的,一共有几斤几两,事先称得一清二楚,一笔一笔全部记在账上。有一天,爷爷又发飙了,说他称过了,坛子里的棉花轻了,肯定被姆妈偷走了。大伯母又被叫来当中间人,重新帮他称了一遍,不仅没有轻下去,反而重起来了。爷爷又说,重起来说明有问题,好的棉花被偷走了,换上了差的棉花。大伯母再仔细检查了一遍,发现弄错了称棉花的篮子,换成原来的篮子,重量正好对上,不轻不重。

爷爷每犯一次疑心病,总要发一次飙,跟姆妈吵一次架。人家是家丑不可外扬,即使子女真的偷了自己的东西,也是打落牙齿和血吞,怪只怪自己家教不行。而爷爷只怕人家不知道,从家里吵到走廊,从走廊吵到天井,还要拉姆妈对天发愿,弄得满村皆知,门口每每围满了看热闹的人。

我当时虽然年幼,却已懂事了,因为稻谷柜放在二楼,人每天在楼板上走动,谷柜也在抖动,天长日久,里面的稻谷越抖越实,看起来自然浅下去了。一个五六岁的小孩子能够明白的浅显道理,一个七十五岁老人硬是弄不明白。面对疑神疑鬼甚至有点神经兮兮的爷爷,我的心里厌烦到了极点。

到了晚年,爷爷嬷嬷上下楼梯不便,床铺从二楼搬到一楼,所以我跟他们接触的机会更多了。我看他经常买红糖、白糖和蜂蜜吃,把它们藏在小衣柜里,还上了锁,零食整日与衣服做伴。老来嘴馋,走过去吃一勺,走过来吃一勺,"支格、支格、支格……"小衣柜的门开了又关,关了又开。

有一个冬天的晚上,爹从外地做木工回家,全家都早早地就寝了。夜里人静,就是楼下说句悄悄话,楼上也听得清清楚楚。睡在一楼的爷爷年迈重听,说话的声音特别响亮,又开始说我爹娘如何偷他的稻谷和棉花,喋喋不休。

爹实在忍无可忍,起床下楼,找了一只大碗,从水缸里舀了一碗冷水,掀开蚊帐,浇在爷爷的头上……

两个淘伴

> 每个人的童年记忆中，都有几个自己幼时的淘伴，他们陪自己度过了最纯真快乐的幼年时光，至今仍是我们心底珍贵的回忆。

分家那一年，小嫂嫂(二伯伯的大儿媳)生了第二个儿子。因为没有公婆照看，只得赶鸭子上架，第二年把她的小妹妹红珍叫到身边，帮她照看儿子。

红珍与我同庚，那年只有七虚岁。按今天的眼光，刚好上幼儿园大班，正是千宠百娇的年纪，可她却接受了与年纪不相称的重任。每天吃完早饭，小嫂嫂先用围裙把儿子裹好，然后让他俯卧在红珍的背上，再用带子绕到身前，形成十字交叉，最后绕到背后，打一个死结。

平时我们一起在村前村后游玩，红珍背着人，我空着手。印象最深的是，家里的茅厕是坐坑，上面有一个圆洞，架子太高了，小孩爬不上去，即使爬上去了，也容易从圆洞中掉下去。所以，爹专门为我做了一个小坐坑。红珍来了以后,我与她共用。红珍自己还是一个小孩子,上厕所的时候,还要背着一个更小的孩子,真是难为她了。

我比红珍轻松多了。前一年,家里虽然添了一个妹妹,基本由嬷嬷照管,我只是在高兴的时候,偶尔在边上帮一下忙。譬如搬一条小板凳,让妹妹扶着,我在前面拉,她在后面跟,慢慢地教她学步。有时妹妹坐在坐椅上,我站在一边,一口一口给她喂饭,或者用食指逗她的小脸:"宵宵,笑一口!"同样是七虚岁的孩子,我的动手能力和吃苦精神,比红珍差了一大截,或许是小女孩先天具有的母性吧。

一个七虚岁的小女孩背着一个两虚岁的小男孩,从大人的眼光来看,难免有照顾不周的地方。小嫂嫂有时候黑着脸骂红珍,我不知道是什么缘故,心里却为红珍抱屈。

第二年,红珍到了八虚岁,回自己家读书去了。没有红珍一起游玩的日子,我心里空落落的,这种感觉持续了很长一段时间。

过了两年,家里又来了一个淘伴,是比我小两岁的小男孩。我至今不知道他的名字,只知道绰号叫"左嬷嬷",他是我大嫂嫂(大伯伯的大儿媳)的小弟弟。

"左嬷嬷"是义乌县大陈公社人,长得又黑又瘦又小,是个小不点。为什么要取这个老太婆的绰号呢?我不清楚。每次跟他交谈,他讲义乌话,我讲浦江话,叽里咕噜,各说各话,不知所云,其难度跟村里的哑巴交谈差不多。经常由比我大四岁的三哥(大伯伯的三儿子)在中间,给我们两个做翻译。

入乡随俗,"左嬷嬷"到了浦江,自然要学浦江话,我们喜欢讲顺口溜："跷脚佬，跷一脚，滑一脚，牛屙里踏一脚，到溪滩里去洗脚，老虎赶'一晌'（即'一段路程'）。"他天天用夹杂着义乌的口音，学讲浦江的顺口溜，不料被村里一个患了小儿麻痹症的"跷脚佬"听到了，误以为在骂他，拿手中的拐棍来打他。

"左孈孈"小小年纪就贪杯，看到大人喝酒，他也要凑热闹。酒喝醉了，"左孈孈"异常兴奋，也异常可爱，喜欢用半生不熟的浦江话，跟大人一起吹牛皮。

七虚岁那年，"左孈孈"一个人挑着十斤梨子，从义乌县大陈公社自己家，来到四十里路外的大嫂嫂家。他先从义乌县大陈站上火车，到浦江县郑家坞站下火车，还逃了票；再从郑家坞汽车站坐乡村公共汽车，到后芦金站下车；然后从后芦金走了六里路，到大嫂嫂家，花了两个小时。路上，有好心人看到这么一个小不点挑着十斤梨子，歇歇停停，停停歇歇，想帮他挑一程，也被他谢绝了。

当时，大伯母家养了一头羊和几只兔，三哥是领头的，我和"左孈孈"是两个小尾巴，跟着他一起去割草，一起来饲养，跟小动物在一起，其乐无穷。大伯母家还养了一只狗，颇通人性，每次看到我，总是摇头摆尾，非常亲热，我也少不了把碗中的食物丢给它，与其分享。

那时，大伯母家从山区买了许多树桩，运到家里，打上密密麻麻的圆孔，在圆孔里种上菌种，种起了白木耳。几乎天天用喷雾器喷水，保持树桩的湿润。不久，从树桩上长出米粒大的白点，一点点长大，最后像一朵朵鲜嫩的白菊花，大伯母用刀子割下来，晒干，卖给供销社。在那段时间，我和"左孈孈"跑前跑后地帮忙，兴奋异常。

到了八虚岁上小学的年纪，"左嬷嬷"回家读书去了，我的心中充满了惆怅。

三十多年过去了，我仍经常想起当年一起游玩的两个淘伴：背着两岁小孩的七岁的红珍，挑着十斤梨子的七岁的"左嬷嬷"。

姆妈当了妇女队长

> 一个人的知识有多少,水平有高低,能力有大小,但只要是一个认真的人,一个公道的人,一个善良的人,就能得到大家的信赖和托付。姆妈没有文化,水平不高,能力不强,却能当上生产队里的妇女队长,一干就是十年。

大约在我六七岁的时候,姆妈当上了小队里的妇女队长,一干十年,直到包产到户为止。当时的生产队里,除了队长和副队长,还有妇女队长。

论文化,姆妈是文盲;论劳动,姆妈算不上好手;论能力,姆妈也不算能人。那么,她是怎么通过民主选举当上小队里的妇女队长呢?因为她做事认真,遇事谦让,处事公道,这些都为她赢得了好口碑,在村里没有一个冤家对头,不能不说是女人世界里的一个小小奇迹,因而成了人人可以接受的人选。再看那些个性强悍、能力出众的妇女,在村里难免有几个冤家对头,针尖对麦芒,各不相让。

姆妈的好人缘，并不是她有什么高超的处世技巧或者手段，能够拉拢别人，而是源自于她善良的本性。她从小教育我们"害人家一千，自己划到八百"，害人终要害己，要与人为善，千万不可有害人之心。

那么，这个妇女队长到底是个什么"官"呢？有什么权力？无非是叫妇女出工。"出工喽，出工喽!"每天上午和下午出工之前，生产队长总要扯开嗓门，不停吆喝，结果还是"出工一条龙，回家一阵风"，出工不出力。劳动了半天，妇女在十点左右先回家烧饭。烧完以后，十点半左右重新出工。个别不自觉的妇女，烧完饭就赖在家里做家务。这时，姆妈作为妇女队长，要挨家挨户上门吆喝，叫这个"婶婶"，那个"嫂嫂"的。到了收割季节，男女社员之间有相对的分工，男人以田间劳动为主，女人以晒场劳动为主。这时候，妇女队长就要独当一面，除了自己参加劳动，还要给所有妇女派工，谁扫地，谁扇谷，谁扛抬。

"妇女能顶半边天"的口号，挂在嘴上，喊得山响，实际上明显受到歧视。社员的工分，青壮年男子理所当然记10分，妇女的工分要打折，有的地方记8分，有的地方记7分，有的地方记6分，而我们生产队最缺德，只记5分，只能说一个妇女能当半个男人。实际上，男女因为生理上的区别，有些农活的工分可以有所区别，譬如挑担、耕田等重活，是男人的专长，但有些轻活不应分出高低，譬如晒谷、捡棉花、拔秧。不分青红皂白，男人一律记10分，妇女一律记5分，这是对妇女劳动的无情盘剥，也是对"妇女能顶半边天"的绝妙讽刺。

最有意思的是,在那个"以阶级斗争为纲"的年代,有一段时间生产队里曾经设过"政治队长"。这个职位一般由有文化的年轻人担任,主要职责是参加大队或公社里的会议,然后回生产队向社员传达会议精神。当时的不少队长是文盲,论种田是能手,一开会就糊涂,更不用说传达上面的指示精神了。我的大哥(大伯伯的大儿子)老三届初中毕业,曾经到杭州留下当过兵,复员回家以后,就因为年轻有文化,当过几年"政治队长",经常开会,比下田劳动轻松。

当时,大队的干部可以半脱产,小队的干部不脱产,与社员一起参加劳动。除了正副队长、妇女队长、政治队长以外,还有会计、出纳、记工员、粮食保管员和植保员。他们靠自己的劳动,获得工分。只有年底结算的时候,才加一点不多的职务分,以体现管理的价值。

我最感兴趣的还是记工员,负责给参加劳动的社员记工分,每天捧着一本大大的记工簿,把社员张三李四的名字都喊一遍。在农村里,年纪大的妇女只知道叫什么嬷嬷、什么伯母、什么婶婶,放在前面的永远是丈夫的名字,反而淹没了自己的真名。只有在记工员记工分的时候,她们的名字才派上了用场。小孩子从记工员嘴里听到什么嬷嬷的名字,仿佛是哥伦布发现新大陆似的,兴奋异常,奔走相告:"告诉你一个秘密,原来某某嬷嬷的名字叫某某。"

给社员分粮食,是粮食保管员的职责。每次分粮食前,先从生产队仓库里拿出一根长长的木杆秤,悬挂在秤架下面。这时候,大人小孩都喜欢称一称体重,当时村里最重的不过一百五十斤。小孩子称重蛮便当,双手抓住秤钩,双脚离地即可,大人就麻烦了,因为长得高，双脚容易碰到地面，所以右手先从右腿下绕过，双手抓住秤钩，把下半身也抬高。在那一穷二白的年代，"称人"也算是一种自得其乐的游戏。

到了年底结算，轮到会计大出风头的时候了。今年生产队里的分红多少，谁家余粮多少，谁家缺粮多少，随着他手下的算盘子的不断拨动，都算得清清楚楚。在我的眼中，会计是个厉害角色，什么都弄得一清二楚。

结算完毕，生产队里要吃一顿大会餐，仿佛是如今每个单位吃的年夜饭。在物资极度匮乏的七十年代，农民只有这顿饭可以放开裤带吃，不吃白不吃，反正不用自己掏腰包。有的社员三杯落肚，酒劲上来，开始豁拳："一定恭喜、哥俩好、三星高照、四季发财、五金魁、六六顺、七巧、八仙、九马块、全家福。"有人喝高了，发起酒疯来，脸红脖子粗，开始骂人，甚至动起了手脚，几乎每年都发生这种乐极生悲的事情。

只有参加生产队劳动的人，才有资格分享年终大会餐。我们一帮小孩子一直徘徊在门前，闻着从生产队仓库飘出来的肉香和酒香，垂涎三尺。只有等到各人的姆妈在里面一声喊叫，小孩子像奉了圣旨一样，欣欣然冲进去，接过夹来的一块肉，高高兴兴地跑出来，脸上笑开了花。

我家的"百草园"

> 爷爷在我家的自留地上建起了一个菜园,在那里可以捉蜜蜂、弹麻雀、摘红椿叶,可以尽情玩耍,尽情淘气,尽情疯狂,乐而忘返,成为我童年的"百草园"。

在村后,我家有一块自留地,不知是猴年马月从生产队里分来的。爷爷在自留地的南边和西边夯了泥墙,东边和北边种上灌木,久而久之,长成蓊蓊郁郁、密密麻麻的篱笆,围成一个长方形的菜园子,成为我童年尽情游玩的"百草园"。

春天来了,篱笆上开出一种白里带紫的花朵,不大不小,有点像蝴蝶兰。我不知道它的学名,只知道土话叫做"跌碗破",大人警告我们小孩子,如果摘了"跌碗破",捧在手里的碗会无缘无故地摔破。我想,大人是希望小孩不要去采摘任何一种花朵,故意用摔破碗来吓唬。可是为何只有这种花叫做"跌碗破"呢?我至今不得其解。

在密密麻麻的篱笆上,爬满了弯弯绕绕的金瓜(即"南瓜")

藤,藤上开出金黄色的鲜花,像一颗颗五角星,煞是好看。"跌碗破"花和金瓜花引来了"嗡嗡嗡"的蜜蜂,上下飞舞。我因为胆小,不敢赤膊上阵捉蜜蜂,而是等蜜蜂飞进花蕊采蜜的时候,悄悄地将花瓣卷起来,把蜜蜂裹在里面,然后把整朵鲜花摘下来,吃它的蜂蜜。最容易捉蜜蜂的是金瓜花,花瓣大而厚,不费吹灰之力;其次是"跌碗破"花,花瓣大小适中;最难的是芝麻花,花瓣很小,比蜜蜂的身体大不了多少,弄得不好,花瓣没有把蜜蜂裹住,手指头却被尾刺所蜇。

有的小孩有一套捉蜜蜂的高招:等蜜蜂停下来采蜜的时候,从背部轻轻地捉住,因为蜜蜂的尾刺会弯过来蜇人,所以预先要用唾液把衣角弄湿,让蜜蜂的尾部凑上去,尾刺就会去蜇衣角,这时再将尾刺去掉。这样,蜜蜂就没有丝毫危险了,成为小孩手中的玩物,不过很快就会死去。

小孩一旦被尾刺所蜇,始而疼痛,像被针刺一样;继而红肿,因为刺里有毒。找一点现成的解药,就是泥墙上的干泥巴,碾碎了,敷在红肿处,反复搓几次就好了。

前人栽树,后人乘凉,爷爷在"百草园"里栽了两棵树,已经长大,成了我的最爱。第一棵是红椿(即"香椿")树。每年的清明过后,红椿开始发芽,红红的,嫩嫩的,到谷雨前后,叶子已经长大了,变成了绿色,可以采摘了,这是我当年最爱干的活儿。红椿树的主干上,长出很多枝丫,每条枝丫上长着一片片密密麻麻的嫩叶子,像随风摇曳的小旗帜。我拿了一根竹竿,把红椿的枝丫打下来,然后摘下枝丫上的嫩叶,装进篮子,拎回家中。年过七旬的嬷嬷,将红椿叶切碎,用盐腌制。过了一段时间,腌好的红椿炒腊肉,香气馥郁,令人垂涎。

第二棵是刺树。树的浑身上下都长满了刺,又长又尖又硬,不小心被扎了,痛得要命,人根本爬不上去,因而成为麻雀栖息的天堂。三哥(大伯伯的三儿子)用小树杈做弹弓,两端各绑上十几条橡皮筋,橡皮筋的另一头扎在一块小皮上,用来夹石子。三哥拿着弹弓,带着我们这帮小孩子四处转悠,转到刺树附近,看到几十只麻雀密密麻麻地停在树上,悄悄靠近树下,左手持弓,右手将一粒石子包在皮中,用力往后拉,瞄准麻雀,突然松手,石子迅速弹出,运气好的话,能够击中只把麻雀。

说起弹麻雀,当时乡下流行一个"脑筋急转弯"的故事:"一棵树上停着二十只麻雀,有人用鸟枪开了一枪,打下一只,还剩几只?"性急的小孩不假思索,脱口而出:"还有十九只。"恭喜你,答错了!正确的答案是一只也没有了,鸟枪开了一枪,麻雀还敢停在树上吗?

一年四季,"百草园"里的蔬菜瓜果不断,有刀豆、长豇豆、茄子、苦麻、南瓜、九头芥、油冬菜和番薯。我最喜欢南瓜,不仅是因为南瓜花里可以捉蜜蜂,更因为爷爷喜欢养老南瓜,颜色先由浅绿到深绿,再由深绿到金黄,最后由金黄到深黄,还长出一层白毛,俗称"白醭"。为了防偷,爷爷总是在老南瓜上盖上一把麦秆,伪装起来,如果不是仔细看,不容易被发现。老南瓜摘下来以后,嬷嬷把它放在锅子里煮熟,再切成一块一块,那是相当的甜,也是相当的糯,成为当时难得的美食。

"百草园"里最有生命力的植物,就是苎麻。到了春天,苎麻一个劲地从地底下钻了出来,一丛丛的,密密麻麻;到了夏天,越长越高,蓊蓊郁郁,比大人还要高;到了秋天,割下苎麻,摘掉叶子,把苎麻的皮从茎上剥下来,晒干以后,里面的纤维可以搓成苎麻线,用来纳鞋底。春播秋收,一般的作物需要应时播种,而苎麻不要播种,应时而长,跟野草一样,有着顽强的生命力。

在"百草园"里,我最珍爱的是一丛山生姜,是爹从山里移植过来的。因为我从四岁开始脱发,爹在山里访得一个土方,用山生姜在醋中磨碎,再涂在头皮上。山生姜就是野生姜,叶子跟生姜无异,块茎也跟生姜类似,形体要稍微瘦一点。我三天两头去看它,不仅因为可以治疗脱发,更因为它长得蓬蓬勃勃,特别茂盛。

村里喜欢恶作剧的小孩,经常光临我家的"百草园",东找找,西翻翻,看到心爱的东西,就顺手牵羊带走了。这丛心爱的山生姜最终还是被人家挖走了,只留下一个小小的土坑。

两块高丽布

> 在恶劣的生存条件下，村民们凭着一股顽强的抵抗力和生命力，节衣缩食，因陋就简，度过了那个物质匮乏的困难年代，不做温室里的鲜花，甘做路边的野草。一家人合用两块高丽布，就是那个年代勤俭节约的一个缩影。

记得小时候，我们全家五口人洗脸用的是两块高丽布。不论是男的，还是女的，不论是擦脸，还是擦身，抑或擦脚，都用这两块布。

说起"高丽布"这个名字，或许有些遥远，它是一种织得很粗糙、很蓬松的土布。我当时年幼，只知其音，不知其义，后来才知道这种土布仿于古代的高丽国（即"朝鲜"），质厚耐久，擦在身上，感觉有点粗、有点硬。早在二十世纪初，高丽布就被外来柔软舒适的毛巾所代替。只是幼年乡村生活困难，家庭主妇买一块毛巾觉得心疼钱，而手工织的高丽布大多是亲戚馈赠的礼品。

　　当时心灵手巧的姑娘出嫁之时，要准备好自制的礼品，分赠亲友长辈，也是展示技艺的机会。一种是布鞋，要做得穿着舒适；一种是带子，要能织出花样；还有一种就是高丽布，经久耐用。我家的两块高丽布，就是爹娘去喝喜酒的时候，人家赠送的。

　　全家共用两块高丽布，在城里人看来似乎不够卫生。可当时在乡下，大家奉行的是"眼不见为净"的原则，只要看不出灰尘、泥巴和污渍，就算干净了。

　　说起"干净"两个字，代价有点高昂。夏天还好，到了秋、冬、春三个季节，因为气温较低，乡下人不能到池塘或者溪水里去洗澡，又没有公共澡堂，只能在自家的铁锅上烧一点热水，倒进木盆里，用高丽布洗一个囫囵澡。一般是在春节之前，给家里的房子大扫除的时候，也把人的身体进行一次"大扫除"。为了节省烧水的柴火，这样的机会一年当中也才一两次，平时最多用热水擦身而已。天长日久，大多数小孩子的脖子上积了一层污垢，土话叫做"金漆屋柱"。

　　除了洗脸，刷牙也是如今人们早晚必做的功课，男女老少概莫能外。而在当时的乡村，百分之九十以上的农民不刷牙，也都习以为常，刷牙的反而有点不正常。从我记事之日起，家里只有爹每天早上起来刷一次牙。全村刷牙最勤快、最科学的，是一个刑满释放的小偷，从劳改农场里学到了早晚要刷牙，而且是在饭后，不是饭前。

　　每次大便完毕，要擦屁股。我家算好的，姆妈买了土黄色的草纸，虽然粗糙，总算是纸。而爷爷像大多数乡下人一样，一辈子习惯用稻草，预先将它折成几折，用手搓软。有时人在田畈，身边连稻草也没有,只能找玉米秆等庄稼叶子解决问题,退而求其次,石头或者瓦片也可以,实在找不到东西,就用池塘或者田埂里的水洗。

当时,全村家家户户喝冷水,很少有人喝开水,因为浪费柴火。爹当年做木工,喜欢喝红茶,所以我家平时要烧开水,成为村里的另类。可我不喜欢喝茶,嫌味道苦,还是喜欢喝冷水。茶叶太贵,不能常年喝,姆妈就从集市里买回才一毛钱一小捆的"六月雪"。酷暑盛夏,烧一锅开水,舀到放了几根"六月雪"的大钵头里,泡成"六月雪"茶,再倒进陶制的茶壶里,拎到田间,放在田塍上。

有一天,村里的一个莽夫口渴难忍,看到人家的田塍上放了一把陶制的茶壶,想当然地以为里面是"六月雪"茶,拎起茶壶,嘴巴对准茶壶嘴,"咕咚咕咚"一阵猛灌,回过味来才发现原来里面装的是机油!为此,他的肠胃像水库开闸,一泻千里,拉得精光。

在夏天,农家的苍蝇蚊子特别多,嘤嘤嗡嗡,不胜其烦。当时没有冰箱,剩饭剩菜放在碗橱里,有蟑螂咬,放在桌子上,有苍蝇叮,这两样都是传播疾病的害虫。但大家不会因为饭菜被蟑螂咬过,被苍蝇叮过,就倒掉了,下餐还是照吃不误,总比饿肚皮强。更有甚者,米饭和稀饭馊气了,意味着已经腐败变质,也照吃不误。

因为从小生活在这样的环境里,村民对各种各样的细菌都有了较强的抵抗力,远远胜过城里人。所以,乡下有句老古话"肮脏吃吃肮脏大,干净吃吃变猴头",不无道理。

当时,乡村里大动干戈,年年搞爱国卫生运动。大扫除以后,大队里的妇女主任,带着生产队的妇女队长,挨家挨户上门检查,并当场判定清洁等次,"啪"的一声,在你家门口张贴一张评语:

"最清洁"、"清洁"或者"尚清洁"。我当时年幼,知道"最清洁"、"清洁"的意思,但不解"尚清洁"的"尚"为何意,问问大人,说就是"不清洁"。长大以后,从字面上理解,"尚清洁"是"还清洁"的意思,还是不错的,实际上是给"不清洁"的人家留一点面子。

因为贫穷,虽然五口人共用两块高丽布,可在搞爱国卫生运动的时候,大队干部年年在我家门上张贴的评语都是"最清洁"!

饥荒年代的美食

> 如今的熊掌鱼翅，为何食而不知其味？而童年时代"白萝卜垫底，胡萝卜当米"，为何吃得有滋有味？只有在饥肠辘辘的时候，才觉得什么东西都是好吃的。

在我的幼年，小小的肚子却像一个永远填不饱的"无底洞"，饥肠辘辘，整日打鼓。尤其是中饭之前，我实在饿得难受，催姆妈赶快开饭。这时，她总是说："到村口去看一看，哥哥放学没有？"巧妇难为无米之炊，可姆妈作为家庭主妇，还是变着法子，因陋就简，尽量给我们变出一些新花样来。

每当夏收夏种，日长夜短，农活又重，下午三点钟左右要吃一顿点心，是一日三餐以外多出来的第四餐，俗称"四餐午饭"。我们经常吃用面粉做的薄饼，土话叫做"麦叶"。"麦叶"的做法很简单，把面粉和成糊状，倒进烧红的锅子中，用锅铲将面糊从锅底向四周摊薄，等到有点焦黄的时候，再揭下来，就是一张又圆又薄又大的"麦叶"了。把"麦叶"摊开，里面放一点煮熟的蒿菜，然后卷起来，一口一口咬着吃。那血红的菜汁滴滴答答地流下来，滴在地上，留下鲜红的印迹，别有一番风味。

一般的家庭妇女，能用锅铲糊"麦叶"，有的高手不用锅铲，徒手抓一把面糊，在烧得滚烫的铁锅上迅速一糊，一张薄得如油光纸的"麦叶"就可以剥下来，松松的，香香的，令人叫绝！我家邻居有一个八岁的小男孩，有一次因为他娘不在家，实在想吃"麦叶"，自己动手，丰衣足食，居然用手糊得像模像样，让很多家庭主妇自叹弗如。

我还喜欢另一种面食，叫做"裙带面"，是一种又宽又厚的刀切面，因为形状像女人衣服上宽宽的裙带。做裙带面不难，就是把面皮擀得厚一点，切得宽一点，然后用手把它拉长拉薄拉匀，放进沸腾的滚水里，煮熟即可，比刀切面更有味，或许小孩子把拉面的过程，作为一种游戏。

夏收夏种，农活特别繁重，家庭主妇往往会准备一点额外的美食，犒劳全家，我最喜欢的是"酒卤糟"（即"甜酒酿"）。姆妈把浸湿的糯米倒进饭甑里，把饭甑放在锅子上，盖上锅盖，将锅子里的水烧滚，产生蒸汽，把饭甑里的糯米蒸熟，做成糯米饭。然后，在糯米饭里淋冷水，使其变冷，加入捣碎的白药（即"酒曲"），搅拌均匀，再倒进一只小缸里。把小缸放进箩筐里，底下和周围垫上稻草，盖上盖子，再在上面捂上一床棉被，严丝合缝，使其保温。拌了白药的糯米在小缸里发酵，经过一天一夜，就成为鲜甜的"酒卤糟"了。未加水的甜汁，俗称"酒卤"。

大家喜欢在炎热的夏季做"酒卤糟"，一者温度高，发酵时间相对较短；二者夏天日长夜短，"酒卤糟"正好可以作为"四餐午饭"饮用。

我因滴酒不沾,喜欢甜食,对"酒卤糟"情有独钟。还在发酵的时候,就已经等得迫不及待了,隔三差五地去"探望"一番,掀起棉被,打开盖子,看看有没有流出汁液,好不好吃。往往糯米还没有完全发酵,就有一小部分已经进入我的肚子了。等到真的完全发酵,可以开怀畅饮的时候,我的肚子已经撑饱了,反而吃不下去。

除了夏季可以多吃一餐以外,小孩子最盼望的是节日,尤其是春节,除了穿新衣、玩鞭炮以外,就是一个"吃"字,家家户户打年糕,做冻米糖,可以吃一个痛快。

其余的传统节日和时令节气,都有应时的美食。记得元宵节吃麦饼,取"团圆"之意。清明节习惯吃清明馃,分青色和白色两种,呈三角形,象征犁头,以示春耕开始。端午节吃粽子和鸡蛋。中秋节吃月饼,馅料有糖的,也有豆沙的。冬至日吃"擂头馃"或麻糍,先把糯米粉蒸熟,然后倒进石臼里,用棒槌捣烂,用红糖或者白糖做馅,外面黏上炒熟碾碎的芝麻。

每每想起饥荒年代家乡的"美食"来,口水总在嘴巴里打转。

一根泥鳅吃一个礼拜

> "食不厌精,脍不厌细",如今富裕起来的人们对山珍海味也迟钝麻木了。回头再来看看这个发生在家乡的"一根泥鳅吃一个礼拜"和"一片腌肉吃半年"的真实故事,应当有所感悟——知福惜福,修福积福,只知享福,终要折福。

二十世纪的"三年困难时期",我家对门的一个老头子在通济桥水库工地劳动。他将一根泥鳅干放进小碗里,抓一小撮毛盐,用开水冲满,摆在锅子里蒸,做成泥鳅干汤。每次吃饭的时候,他只喝汤,不吃泥鳅干。就这样,他把泥鳅干反反复复煮了一个礼拜。这就是小时候村里流传的"一根泥鳅吃一个礼拜"的故事。

在我的幼年,无论是池塘里,还是在田埂上,处处可以捉到泥鳅,它们体形瘦长,灰中带黄,貌似营养不良,其实味道鲜美。

村前的田畈里,有一条笔直的机耕路,把上下两丘田隔开,为了便于灌溉,在路上挖一条小水沟,中间铺上一块石板。石板下面,既有烂泥,又有水流,正是泥鳅逐水游戏的极乐世界,也是我捉泥鳅的好去处。先将小水沟的两头用烂泥筑好两道"堤坝",再用脸盆把水沟里的积水舀尽,然后用双手将每一寸烂泥摸一遍。俗话说"滑得像泥鳅一样",但离开了水,再滑的泥鳅也逃不过人的手心,只能乖乖就擒。

泥鳅最多的地方,不在水沟,而在池塘。只是无法将水彻底抽干,小孩子无能为力。但大人自有办法,他们特制了一种专门捉泥鳅的网兜,外形像一顶露营的帐篷,底部和三个倾斜的侧面用网罩住,敞开一个侧面。网泥鳅的人左手握着一根细竹竿,将网兜牢牢地撑在池塘的底部;右手握一个用三根细竹竿支成的三脚架,在池塘的底部慢慢地敲,"哧哧哧",一寸一寸,由远及近,将泥鳅从那个敞开的侧面赶进网兜;左手迅速将网兜提起来,离开水面,再将里面的泥鳅倒进系在腰间的栲栳(即用竹篾编成的容器)里。这种捉泥鳅的方法,俗称"兜泥鳅"。

泥鳅捉得多了,自己吃不掉,就烘成泥鳅干。烘泥鳅的工具是一只铁锅,里面倒进木炭,烧红;铁锅上放一只用铁丝编成的筛子,烧烫;筛子上放进一条条活蹦乱跳的泥鳅,泥鳅挣扎几下之后,就一动不动了。然后,用一双筷子夹住泥鳅,不停地拨动,以免烘焦。待泥鳅身上的水分渐渐蒸发,烘出了油,颜色从灰白变成焦黄以后,泥鳅干就烘好了,装进竹篮里,不易变质,可以长期保存,要么自家慢慢享用,要么拿到集市上出售。

每到夏天,我的一位隔壁邻居就以"兜泥鳅"为副业。他老婆每次烘泥鳅干的时候,我都喜欢待在一边旁观,闻着从焦黄的泥鳅干身上散发出来的气味,真是香。

泥鳅干的香气好闻,味道鲜美,当时是乡下难得的美食之一。抓几条泥鳅干,放进一只大碗,加一点猪油、食盐和生姜,用开水冲泡,然后把大碗放在锅子的蒸架上,盖上锅盖,随饭一起蒸熟,就是一碗香气四溢、味道鲜美的泥鳅干汤了。

一般人家通常把烘好的泥鳅干放在小篮子里,挂在楼板下面,让家里的"小馋猫"够不着,眼睁睁地看着篮子流口水。邻村有位年长的老人,孤身一人,全村男女老少都喜欢叫他"小太公"。"小太公"身后成天跟着一群屁颠屁颠的小孩子,因为他家的楼板下挂着香喷喷的泥鳅干,只要小嘴巴叫得甜一些,哄他开心,就给每人一根泥鳅干。

与"一根泥鳅吃一个礼拜"可以媲美的,是"一片腌肉吃半年"的故事。老家有一个篾匠,生活简朴。头一年农历十二月腌起来的一点腊肉,藏得好好的,只有客人来的时候,才切下薄薄的几片。他把客人吃剩的一片肉,放进摆在灶头的盐壶里。每次吃饭的时候,他把这片腊肉从盐壶里夹出来,放到自己的饭碗里,只是看看,最多舔舔这片腊肉上的盐分。饭吃好以后,再把这片腊肉重新放回盐壶里,等待吃下顿饭时再夹出来。如此反反复复,直到第二年六月夏天,这片腊肉已经发臭,他才狠心把它消灭掉。

门口有个讨饭佬

乞丐，这个流落街头、沿门乞讨的弱势群体，有多
少人关心他们的衣食住行，有多少人理解他们的喜怒
哀乐，又有多少人关注他们的生老病死？.

"伯母哎嫂嫂，门口有个讨饭佬，一点也好……"，在我的幼
年，家门口每每响起这样的"莲花落"（乞丐行乞而唱的民间曲
艺），就知道有人来讨饭了，便赶紧从碗柜里找一个小盏，一阵风
似的跑到楼上，揭开米甏的盖子，舀上一盏，"噔噔噔"地跑下楼
梯，飞到门口，将那一盏米倒进挂在讨饭佬肩上的布袋里。

"嬷嬷，讨么喽……"，讨饭佬沿门一家一家乞讨，倒也省心，
千篇一律都叫嬷嬷，并不问主人是男女老少，已约定俗成了。说来
好笑，自从能够拿着酒盏到米甏里舀米起，我就开始做嬷嬷了。

在我的幼年，已经记不清见过多少讨饭佬，似乎天天都有，甚
至一天有好几拨。随着岁月的流逝，已经渐渐把他们的大多数都
淡忘了，但有几个讨饭佬的印象反而加深了。

木法是一个唱"莲花落"的讨饭佬,约摸六十来岁,长得方面大耳。与一般的讨饭佬不同,他肚子里有点墨水,"书字眼脱脱落",或许比斗大字不识几个的农民还要强一些。至于他的莲花落唱点什么,我听不懂,但有件事情非常清晰地刻在脑海里。

有一天,村里有人娶亲,木法欣然前来,唱了几句利市的莲花落,就堂而皇之地坐在客人的酒席上,享用这顿难得的饕餮大餐。按家乡的规矩,讨饭佬是不能跟客人同席的,往往在门口放一张小桌子,摆上几个菜,还有烟酒,供他们专用。所以,同席的人故意刁难他:"木法,唱得太少了,再唱两句。"木法摆摆手,从容答道:"多则不贵,多则不贵!"好一个"多则不贵",我想就是一个小学毕业生也未必说得出来这样的话来,何况是一个讨饭佬!

令人惊奇的是,一人吃饱、全家不饿的木法,到晚年居然讨饭"讨"了一个老婆。他的老婆是一个傻子,目光呆滞,流着口水,走起路来颤颤巍巍,仿佛是得了帕金森综合征。傻老婆生活不能自理,成了木法的一个累赘。可他对老婆耐心细致,不厌其烦,真有点患难夫妻相濡以沫的味道。我想,木法为何在花甲之年"讨"一个傻老婆呢?要料理家务吧,她什么都不会;况且已经一把年纪,饥寒交迫,未必有男女的生理需求,毕竟"饱暖思淫欲"嘛!唯一合理的解释是,他受传统伦理的影响,就是干讨饭这种最低贱的行当,也需要一个家,哪怕是形式上的家,就是傻子也是好的。

有了老婆以后,木法即使早出晚归,也不敢在外面过夜了。因为当时也有不上路的人,趁木法不在的时候,去糟蹋他的痴呆老婆。到了傍晚,他常常对人说:"我要回去了,再迟了,有人就要结果我的'家里佬'(即'老婆')了!"

一个六旬老头,一个痴呆老婆,当然不可能有孩子。有一天,我突然发现木法的怀里居然抱着一个初生的女婴,正在用一个调羹喂她糖水,原来是路上捡来的弃婴。说真的,从喂养小女婴的耐心细致来看,木法是一个很有责任心的男人,比一般种田地的大男人强多了。他尽当时最大的财力,买了一斤白糖,一勺一勺地喂养,可他毕竟是个半饥半饱的讨饭佬,没有母乳,也没有奶粉,女婴几天以后就夭折了。

从此以后,我就格外留意木法,也格外关注他的身世,心里常想:这样一个细心体贴的男人,怎么会沦落到讨饭这步田地呢?据说,五十年代时,他在外面干事,家里只有一个老娘。老娘叫他回家成就一门亲事,最终没有成功。他因此受到刺激,渐渐地有点神经了。有一次,他来到郑宅公社驼背桥的柴市上,把所有的柴担都叫到家门口,排队等过秤付钱,可他却身无分文!他又喜欢故作神秘,给人看相,有时讲得很准,有时胡言乱语,便再也没有人叫他看了。他本来有一间二层楼房,因为没有正当职业,入不敷出,坐吃山空,只好将楼房里的东西一点一点卖掉,最后甚至连楼板也撬起来、架栅(楼板下面的横梁)也锯断来卖掉了,家徒四壁。这样,走投无路的木法,只剩下讨饭这条路了。

木法有个绰号,叫做"木法癫佬"。所谓"癫佬",就是指疯癫的人。可木法并不疯癫,疯癫的讨饭佬另有其人:那就是"文疯"财富和"武疯"木金。

财富当年已五十出头,白白胖胖,一脸傻笑,嘴巴里永远念念有词,不知道在说些什么。他呆呆地站在你家门口,你不给他,他既不催,也不走,像一根木头。你若问他,他会回答,声音轻得要命,嘤嘤嗡嗡,像蚊子一样,问了也是白问。

据大人们说,解放初期,财富初中毕业,曾经当过我们前店乡的文书,在附近也算得上一个秀才。他的故事想必波澜起伏,但可以浓缩成三句话:先是他爱上了一个姑娘,再是老娘不同意这门婚事,最后他为爱情而疯癫了。他有幸生活在比《小二黑结婚》还要迟的时代,却不幸没有享受到那个时代婚姻自主的自由空气。故事情节的曲折和丰富,如果原原本本写出来,当是一部令人动容的小说,可惜我们旁人只知道故事的梗概,不知道详尽的细节。可怜的财富,原来是一个多情的秀才和痴情的男子。

与财富的安静相比,是木金的躁动。所谓"武疯",顾名思义,是要闹出一点动静的。木金是一个二十出头的小伙子,他的全副行头,除了人人都有的一只讨饭袋和一个讨饭碗以外,还有一根讨饭棍,也叫"打狗棍"。每到一户人家,木金就大喊大叫:"嬷嬷!讨么喽!"喊得山响,只怕主人没有听见。假如户主是个小后生,想寻一点开心,便怂恿他:"木金,来一段舞棍!"于是,木金开始第N次挥舞那根讨饭棍,虎虎生风,颇为精彩,给人们枯燥的乡间生活增添了一点兴致,也算有点卖艺的成分。

绝大多数讨饭佬是丧失劳动能力的残疾人,迫不得已干这行,也有个别身体健康的人以此为生,属于职业乞丐。记得当时义乌县大陈公社有一个三十来岁的大后生,皮肤黝黑,嘴角两侧留下炙火以后的疤痕,像青蛙鼓起的泡泡。他手持夹板,不唱"莲花落",而唱越剧,亦有韵味。大嫂(大伯伯的大儿媳)嫁到我家时,他作为同乡,也来喝酒,送了红包。那到,他穿了一套笔挺的"的卡"中山装,风度翩翩,与平时判若两人。

讨饭佬大多让人怜悯，也有几个令人讨厌的。记得一个叫"贼兔"，大约名字里面有一个兔字，恐怕平时有点小偷小摸的坏习惯。新中国成立以后，实行一夫一妻制，而"贼兔"经常有一长串老婆，都是同行，有时两三个，甚至四五个，排成一长队，一起上门行乞，堪称"乞丐娘子军"，成为当时乡下一道奇特的风景。"贼兔"的老婆们，都是流浪的讨饭佬，半斤八两，露水夫妻，凑合着过，公社里的干部也懒得管了。"贼兔"因为"妻妾成群"，生的孩子也多，但只生不养，当做商品拿去卖掉。其中有一个老婆，在乡里有点名气，神经兮兮，喜欢头上插花，身上穿红披绿，弄得花枝招展，被人们戏称为"桂花小姐"。

还有一个八十多岁的老太婆，裹着小脚，挨家乞讨，摇摇晃晃，步履蹒跚。岁月在她的脸上留下了深深的印记，皱纹像松树皮一样，已经到了风烛残年。可村人在背后对她指指戳戳，说她年轻时颇有几分姿色，因为做人不正经，干过倚门卖笑的勾当，那都是民国时代的老皇历了。因为没有子女，没有房子，她平时就住在生产队的牛栏屋里。

后来，我再也没有看到这个讨饭的老太婆。据说，在一个寒冷的冬夜，她孤独地冻死在冰冷的牛栏屋里，给她送终的没有一个人，只有两头牛。

除夕赢了一毛八

> "近朱者赤,近墨者黑",社会像一只大染缸,不良习气容易污染孩子的赤子之心。"赌博"二字,让多少人欲哭无泪、欲罢不能啊! 我不幸从小生于嗜赌的环境,庆幸早年戒绝了赌博的诱惑。

记得六岁那年的除夕,村里的几个大人玩"推牌九"的赌博游戏,我也跃跃欲试。他们原以为对付一个小毛孩绰绰有余,想从我手里赢一点压岁钱过去,谁知我的牌技颇为纯熟,并不比大人逊色,加上手气特别好,赌了半夜,居然赢了"一大笔钱"——一毛八分,这是我平生第一次不劳而获,心里乐开了花。

七十年代初期,乡村的娱乐生活几乎是一片空白,有几千年"悠久"历史的赌博文化大行其道。我从小浸润其中,耳濡目染,在不知不觉中染上了赌瘾,成了一个小赌徒。

当时家乡最流行的赌博方式,就是"推牌九",开始是54张牌,后来改为32张牌。参赌者除了庄家以外,分上门(左侧)、下门(右侧)、天门(对面)。每人四张牌,两两相拼,分"前堂"与"后堂"。庄家分别与上门、下门、天门比对子、点数的大小,如果"前堂"与"后堂"都大,为赢;都小,为输;一大一小,为和。当然,32张牌比54张牌要讲究一些,先是比对子,以正副司令对为最大,叫做"至尊对",还有天天对、地地对、神神对、和和对、长对、短对和无名对。其次比点数,9点最大;如果点数相同,则要比牌性的大小。

每到冬闲,村里三人一群,五人一簇,到处有人赌博。到了春节,赌博几乎是天经地义的事了。乡下流行一句顺口溜"不嫖不赌,对不起上祖",似乎还有点"光荣"。小孩子赌博,没有季节的限制,一年四季都可以。在具体时段上,一般选在下午放学以后、回家之前。春节里小孩子拿了一点可怜巴巴的压岁钱,就去赌博,一分、两分,赌注很小;平时没有钱,就赌纸张,把旧的练习本撕下来,或者花钱去买纸张,一分钱可以买三十张;在割猪草的时候,赌注就是猪草。

更多的时候,我只是一个旁观者,看遍了赌场的人情世态。赌徒选中了谁的家,那里就是赌场,乡里乡亲的,主人也不好拒绝。我家和大伯母家因为是木匠人家,桌子、椅子和凳子特别多,加上主妇好客,所以屡屡被赌徒看中。

赌场里挤满了参赌和围观的人群,里三层、外三层,水泄不通。大家围在一张八仙桌四周,最里层的坐在四尺凳上,四条凳子可以坐八个人,中间层的站着,可以站十几个人,再外面看不清楚了,就把脖子伸得老长,像鹅一样,甚至要踮起脚跟,干脆搬来高高低低的凳子和椅子,站在上面观战,一站就是半天,也不觉得累。里层的赌徒十有八九吞云吐雾,一支接着一支,不停地抽烟,房间里烟雾缭绕,地上垃圾满地,痰迹遍地。

老家有句形容赌博的老古话,叫做"半夜财主半夜穷",形容钞票来得快,去得也快。有一年,村里有一个人在除夕输掉二百余元,比当时乡村娶亲的一份普通聘礼还要多。春节过后,他好像醒悟过来了,痛改前非,立马骑上自行车,带着两只麻袋,出门收购羊毛,从事当时所谓的"投机倒把"活动。从此,经常看到他在晒场上翻晒和拣挑羊毛,再卖给供销社。据说,他起早摸黑,走家串户,辛辛苦苦忙碌了一年,终于将赌博造成的窟窿填平了。

也有不懂玩牌却喜欢赌博的人,人称"猪头赌"。村里有一个小偷,他在赌博方面的智商甚至不及我一个小孩子,却一直乐此不疲。还有一个截肢的残疾乞丐,自己没有手不能赌了,可心里痒得很,叫旁人代劳,他自己在一旁动动嘴巴,也是十赌九输。

在赌场里,赌徒们喜欢制造一种神秘的气氛。在摸牌之前,故作高深,用嘴巴哈一哈气,搓一搓双手,据说"风头"会好一些;在拼牌之时,故作神秘,将牌一点一点地展开,仿佛一不小心好牌会从手里逃掉似的。有的赌徒运气不佳,输个不停,于是怪牌运不好,"啪啪啪"将扑克牌洗个不停,企望改变牌运。也有的赌徒心情不好,喜欢迁怒于人。

我经常耳闻有人在赌场里做手脚,俗称"杀瘟猪"。有一次,村里四个人用一副扑克打光牌,其中"近视眼"的牌很顺溜,3、4、5、6、7、8、9、10、J、Q、K、A一副顺子,从头连到尾,还有一张废牌,一甩而光。这时,对家把他喝住了:"慢,我手里还有一副4个Q的炸弹!"这时,"近视眼"惊讶地说:"哇呵,还有4个Q的炸弹哎!"于是赶忙把那张已经甩掉的废牌拣起来,居然从上游变成了下游。明眼人都知道,345678910JQKA 一副顺子连到底,哪里来的 4 个 Q 的炸弹! 令人捧腹的是,对家只是无意中的一个玩笑,"近视眼"居然信以为真,被"杀瘟猪"。我站在旁边,忍俊不禁,赶紧捂住鼻子,不敢笑出声音来,怕坏了人家的"好事"。

除了推牌九、搓麻将,乡下还流行跌骰子。一只大碗,几粒骰子,一把抓起,旋即松手,骰子在大碗里翻滚,发出银铃般的声音,停下以后,点数大者为赢。这种赌博方式立见输赢,不会拖泥带水。我看过几次,还没有看清楚到底是几点,骰子就被另一个人抓走了。

在我的家乡,跌骰子最有名的赌场在"牛尾巴塘"。我没有去过,大约那个池塘的形状有点像牛尾巴,吸引了临近几个公社的赌徒。我们公社里的干部,也经常到"牛尾巴塘"去抓赌,一抓一个准,从来没有空手的。每次抓赌,不仅没收赌资,还将赌鬼们的右手用麻绳缚起来,连成一串,从村前的大路上鱼贯而行,押到公社里去,等于变相的游街示众。

我的小姑夫一生就好"这一口",每次将家中的鸭群生下的成担鸭蛋挑到岩头供销社投售,换来一沓钞票,一溜烟跑到"牛尾巴塘",经常在顷刻间化为乌有。因为屡教不改,作为共产党员、副大队长的他,曾经带着高帽子,游街示众,可惜江山易改,本性难移,他还是一直赌到生命的最后。

我从五六岁开始"小搞搞",一直搞到十岁。有一次"推牌九",我做庄家,因为手气不好,连赌连输,越输越多,最后居然输给一个同伴一千五百张纸,折合人民币五角钱。这对于一个穷小子来讲,是一个无法偿还的天文数字。

那天下午,我的心情特别沉重,快快地回到家里。姆妈不知就里,叫我到自留地里去割番薯藤。我拎着一个竹篮,无精打采,一路走,一路想:哪来的钱还一千五百张纸呢? 只好赖账。从此,我因祸得福,再也不去赌博了。

先有"新闻"后有戏

> 我小时候很怀疑村人的价值：大家起早落夜，做死做活，既吃不饱，又穿不暖，还有什么意思呢？但也看他们忙中偷闲，在繁重的田间劳动之余，听听"新闻"，听听"说书"，苦中作乐，自得其乐，知足常乐，也算是人生的乐观哲学吧。

"自从盘古分天地，先有'新闻'后有戏"，在乡村的天井或晒场里，中间坐着一个盲人，左手拿着一副简板，不停地夹击，腋下夹着一个渔鼓，右手不停地敲击，口中唱着有韵律的曲词，四周围着密密麻麻的听众，听得津津有味，沉浸其中。这便是我从记事起就熟悉的唱"新闻"的场景。

这"新闻"两字，不是现在新闻记者的新闻，也不是《红楼梦》中"这真是新闻（即'新鲜事'）"的新闻。长大以后，才知这种说唱艺术叫做"道情"。据说，"新闻"的来历是由唱"朝报"官方新闻演化而来，后以唱社会新闻为主，实际上是唱故事了。

至于"戏"字,因为道情是一种将戏剧、相声、歌谣、说书和口技等众多艺术熔于一炉的民间艺术,从广义上来讲,也算"戏"的一种。戏剧作为一种舞台艺术,前身是只唱不演的坐唱班,由不同的角色分工合作完成;而道情也是一种坐唱艺术,一个艺人又说又唱又击鼓又夹板,扮演不同的角色,是一种独角戏,或许是坐唱的前身吧。这样说来,道情或许可以作为戏曲的远祖,"先有'新闻'后有戏",也不无道理。据说,家乡的浦江道情与浦江乱弹戏剧音乐有密切的关系,道情中的"宫灯调"、"紧板"、"慢板"等,都是从浦江乱弹中改编而成的。

"要唱新闻滩头戏",瞎子在唱正本以前,要先唱一段"滩头",一般比较短小,大多在半小时左右,相当于戏剧里的加演。一者可以酝酿气氛,二者可以等待更多的听众,来听正本。

姆妈是一个铁杆的"新闻"迷,每当临近村坊唱"新闻",她右手抱着妹妹,左手拉着我,跟隔壁的伯母们必定赶去,一场不漏,土话叫做"别贪"。遗憾的是,那时我实在太小了,到底跟着姆妈听过哪些"新闻",唱的是什么故事,里面有什么人物,一点也记不起来了。印象最深的是,一个盲人要唱多个角色,模仿不同声音,一会儿男,一会儿女,一会儿老,一会儿小,一张嘴巴几个角色,也够为难的了。在家乡的戏剧浦江乱弹中,"有十三顶半网巾(即男演员用来束发的网子)"之说,说明一个戏班起码有十四个角色,"新闻"的内容与浦江乱弹相仿佛,一本戏里,角色也少不到哪里去,都要从一个瞎子的嘴巴里唱出来,有点像单口相声。尤其是唱到打仗的时候,为了营造战场上激烈厮杀的紧张气氛,盲人加快击鼓夹板的节奏,口中不停地喊:"打啊——打呀——打啊——"每当这时候,沉浸其中的姆妈全神贯注,神情肃穆,情不自禁地喃喃自语:"啊呀,打得真厉害啊!"说明盲人发出的信息和营造的气氛,已经被听众所接收和共鸣了。

村里要"唱新闻"了,为首者先请盲人吃一顿晚饭,然后带头去七邻八舍凑大米,你一碗我半碗的,总共大约是十来斤,当时的米价是每斤四角,相当于四块钱,或者是小麦,要十五斤,俗称"一秤"。这是一笔不菲的收入,因为当时正式劳动力在生产队里劳动一天,记十分工分,只值几角钱。

当然,不是每个盲人都能唱"新闻",首先嗓子条件要好,男女老少不同角色都能唱;其次要博闻强记,一本"新闻"要唱三四个小时左右,唱词少说也有上千句,而且还要押韵,不是一般人能够记得住的。临近最有名的,当数外婆家的邻居——郑生兴,嗓音清亮高亢,"喉口"特别好,也算一个角儿,周围有一批女"粉丝"。我们这些小孩子调皮捣蛋,总想作弄他。每当郑生兴敲着一根竹棒,从村前的大路摸摸索索走过的时候,我们推举一个胆大的孩子,装着大人的腔调,去作弄他:"生兴,今天你不要回去了,夜里到我们村里来'唱新闻'。"他只是微微笑了笑,头也不回,继续赶路。别看盲人眼睛看不见,心里像明镜似的,六七岁孩子发出的稚嫩童音,怎么瞒得过他那双灵敏的耳朵?

当时"新闻"的听众,男女老少都有,文盲、半文盲居多。后来农村恢复演老戏,姆妈也喜欢看,但挂在嘴边的一句话是"太冗长"了,总没有听"新闻"那样忘我投入。据我的猜测,戏剧的唱词和念白大多是中州韵,俗中有雅,没有一定的文化是听不懂的,如果没有字幕,我至今也是似懂非懂,而姆妈没有正式念过一天书,恐怕只能根据演员的不同服饰，辨别小姐、公子、老爷、夫人等不同的角色，猜测大致的情节；而道情的曲词纯粹是浦江方言，最多夹杂一点浦江官话，语言不仅通俗，而且俚俗，明白如话，其实就是押韵的说话，特别适合没有文化的听众。

我当时因为年纪太小，稀里糊涂，不知道"自从盘古分天地"中的"盘古"是什么意思，是一只"盘"，还是一个"鼓"？在渔鼓声声中，我靠在姆妈的怀里，不久就迷迷糊糊地进入梦乡。直到散场，姆妈一手抱着酣然入梦的妹妹，一手拉着睡眼蒙眬的我，一起回家。这是听"新闻"留给我的最深印象。

妇女喜欢听"新闻"，而男子喜欢听说书。每到夏夜，家里像蒸笼一样，人待不住，就搬一根长板凳，到晒场上乘凉，要么听儿歌，要么听故事。天长日久，听来听去还是老一套，未免有些生厌。有一天，村人提议请临近樟桥头村的"维眯眼"来说书，大家都随之附和，你五分我一角的，凑足一两块钱，当晚派一个小后生跑步去请。

在村里的晒场里，"维眯眼"坐在一条凳子上，前面放一张桌子，桌上放一块惊堂木，这就是他的全部道具。凭着他的伶牙俐齿，让大家度过了一个个惊心动魄的夜晚。"维眯眼"老是眯着眼睛，我不知道他的真名叫什么，或许有一个"维"字吧，反正大家都这么叫，他也这么应。

在满天星斗下，透过摇曳的煤油灯光，我看"维眯眼"长得五短身材，又瘦又黑又小，模样有点像老烟鬼。说书说得渴了，乡下人没有喝开水的习惯，就喝一口冷水。大家买不起白糖，为了表示对说书先生的客气，只得在冷水里加一点廉价的糖精，权当是"糖开水"了。

"维眯眼"虽然身材短小,可口才极佳,属于柳敬亭一流的人物。他的记忆非常惊人,口齿清晰,语言流畅,表情生动,把听众逗得一会儿哈哈大笑,一会儿愁眉苦脸,可他自己始终是一脸严肃,不喜不怒,这就是说书人的能耐。

炎热的夏夜,听了"维眯眼"的说书,如沐春风,也不觉得热了,也不觉得蚊子叮了,也不觉得夏夜长了,老是觉得时间过得太快,说书说得太短,就怕到精彩之处,便是"欲知后事如何,且听下回分解",吊足人的胃口。在第二天接下去之前,满脑子都是问号,故事情节到底会怎么发展呢? 一个炎热而难熬的夏夜,就这样在听书中不知不觉度过了。

"维眯眼"当年说了哪些书,讲的是哪些故事,里面有哪些人物,因为年纪小,我大多记不起来了,似乎有《三国演义》和《说唐》。长大以后,我曾仔仔细细看过这两部白话小说,写得真好,可就是没有听他说书来得过瘾。

猜不透的谜语

> 谜语作为民间文学百花园中一朵奇葩,读起来朗朗上口,想起来趣味横生,看起来通俗易懂,它的生命力来自民间,"清水出芙蓉,天然去雕饰",处处闪耀着老百姓的幽默和智慧。

"婆婆的家里有个驼背佬,一日敲三次。这是什么?"在我开始懂事的时候,姆妈就给我猜这个谜语。我搔头抓耳,猜了半天,还是猜不透,最后还是她帮我揭开谜底——饭篮。

按家乡的风俗,吃饭要喝汤水。做饭的时候,水放得多一些,烧滚以后,舀出一部分来,作为汤水。如果直接用瓢舀,容易把汤水和米粒都舀出来。所以,预先在盛汤水的钵头上,放一只竹编的饭篮,用瓢把沸腾的汤水和米粒一起舀到饭篮里,汤水渗过篾条,流进钵头,米粒则剩在饭篮里,然后把饭篮倒过来,把米粒倒进锅里,可能还有几粒粘在饭篮上,再用瓢敲几下。一日要做三次饭,每次都要敲饭篮,而饭篮的底部圆圆的,像一个"驼背佬",所以我再一次听到这个谜语时,会心地笑了。

那时乡下的文化生活枯燥乏味,猜谜语成了一种"调节剂",给大家带来了不少的欢声笑语。制谜面的时候,经常要戴一顶帽子"婆婆的家里"。在小孩眼中,老婆婆是最亲的人之一,用"婆婆的家里"开头,一下子抓住小孩子的心,激发我们猜谜的兴趣。类似的谜语,还有"婆婆的家里有蓬葱,一日摘三通",谜底是筷子,形状像葱,每天用三次;"婆婆的家里有口井,螺蛳叮紧",谜底是家乡的特色小吃米筛爬,因为它呈螺旋形,像螺蛳,密密麻麻叮在铁锅里;"婆婆的家里十畦菜,畦畦有瓦盖",谜底是手指甲,因为每个人都有十个弯弯的手指甲,呈瓦片形;"婆婆家里有只乌骨鸡,客人来时爬到桌顶来放尿",谜底是茶壶,那时的茶壶是用黑陶制作的,像只乌骨鸡,倒茶水的时候确实像放尿;"婆婆的家里有只鳖,日日在水缸里嬉",谜底是舀水的木勺,漂在水缸里,形状像一只鳖;"婆婆的家里有根蛇,游来游去游在板壁上",谜底是老式的木杆秤,直直的木杆,配上弯弯的秤钩,挂在板壁上,真的像一条蛇。

这种比较形象的谜语,容易猜中。还有一类连环谜语,运用顶针格,头尾相连,环环相扣,就困难多了,但也有趣多了。譬如"冬瓜冬瓜,肚里开花——迎灯(每一盏灯的形状像肚里挖空的冬瓜)。迎灯迎灯,一记吹去无寻——泡(灯里面的蜡烛,跟水泡一样,一吹就灭)。泡,泡,嘴巴两记肿——田鸡(田鸡的嘴巴上有两个圆圆的气泡)。田鸡田鸡,抽筋剥皮——苎麻(杀田鸡和剥苎麻一样,都要'抽筋剥皮')。苎麻苎麻,竖记地来——火炮(即'鞭炮',苎麻与火炮一样竖在地上)。火炮火炮,正中缚一缚——篾垫(火炮一捆捆的,像篾垫一样,中间要缚一下)。篾垫篾垫,两头包皮板——鼓(篾垫与鼓一样,两头都要用皮板包一下)。鼓,鼓,青毛上白醭——冬瓜(鼓皮白白的,而冬瓜上也有一层白毛)。冬瓜冬瓜,肚里开花……"如此循环往复,可使小孩子在猜谜中增加兴趣,增强对事物的记忆。

还有一类谜语的谜面制得像诗词,有三言、四言、五言、七言,甚至更长,有的对仗工整,有的参差不齐,富有诗情画意:

"七七四十九,蜈蚣去买酒。去过桥顶走,来过桥下游。"谜底就是"水车车水"。"七七四十九"是虚数,形容水车踩得次数很多,水车的龙骨像蜈蚣,水像酒,龙骨把水翻上来,故称"蜈蚣去买酒",环形的龙骨连成一串,有的在车板的上面,有的在车板下面,所以有"桥顶"和"桥下"之分。

"三头六脚四眼睛,手拄拐杖口念经。前头稍一不用劲,皮鞭加身不容情。"谜底是"农夫耕田"。"三头"包括人头、牛头和犁头,"六脚"包括人的两只脚和牛的四只脚,"四眼睛"包括人的两只眼睛和牛的两只眼睛;"手拄拐杖"意谓人手把犁尾巴,"口念经"意谓人的嘴里不停地发出指令,指挥耕牛;如果前面的牛稍稍偷懒,后面的人手中的牛鞭就要落下来。

"同名各姓四兄弟,大哥送佛上殿,二哥平原走索,三哥水底望月,四哥家里动用。""大哥"是铜锣,用于敲敲打打,送佛上殿;"二哥"是天锣(即"丝瓜"),悬挂在绳索上;"三哥"是田螺,躺在水底望月亮;"四哥"是面锣(即"面盆"),在家里洗洗用用。这四样不同的东西,在家乡的方言里,都有一个"luo"字,所以称"同名各姓四兄弟"。

"四四方方一个台,'扭几扭几'来上台。'轰隆'一个大天雷,想想真是不该来。"谜底是抓老鼠的工具"老鼠匣"。"老鼠匣"的样子四四方方,像一个台,老鼠摇摇摆摆跑过来,跳了进去,触动里面的机关,上方又厚又重的木板砸下来,像一个轰隆隆的大天雷,砸得老鼠一命呜呼,后悔不及。

"有得带(戴)没得吃,没得带(戴)有得吃",谜底是"牛口包"。"牛口包"用篾条编制,成半圆形,戴在牛的嘴巴上,防止它偷吃,戴了无法偷吃,不戴容易偷吃。

"骨在青山,肉在田畈。别人看看威风相,自己看看罪过相",谜底是稻草人。稻草人的"骨头"是木头,长在青山,"肉"是稻草,长在田畈,人家看起来抛头露面好威风,自己却是风吹雨淋真可怜。

"山里的衣,田里的肉。穿起衣服好洗浴,脱下衣服好吃肉",谜底是粽子。裹粽子的箬叶,产自山里,像一件衣服;粽子里的糯米,产自田里,像一块肉。糯米用箬叶包好以后,随便怎么煮都行,解开箬叶,就可以大快朵颐了。

"一个向天,一个朝地,一个撒尿,一个不肯",谜底是瓦片。盖瓦的时候,一片向上,一片向下,下雨的时候,像撒尿一样。

一般的谜语比较形象,只要有一定的生活常识,稍做联想,不难猜中。还有一种谜语,是形象跟抽象的融合,有点脑筋急转弯的味道,猜起来着实伤脑筋。譬如"哥哥两岁,弟弟三岁,一共加起来二十八岁",弟弟居然比哥哥大,乍看起来有点荒诞。谜底是手指头,因为大拇指最大,是"哥哥",有两节,小拇指最小,是"弟弟",有三节,两只手加起来一共有二十八节。

在我的幼年,三天两头荡到镇上的外婆家去,跟在阿姨们的屁股后面。她们虽然年纪不同,但有一个共同的爱好——猜谜语。记得制作谜面的是外婆村里一位七十多岁的老爷爷,下巴留着一绺雪白的山羊胡子,脸上永远挂着微笑,和蔼可亲,精神矍铄,肚里装着许多讲不完的谜语,大家都叫他"文太公"。每天午饭以后,一群姑娘围着"文太公",绞尽脑汁地猜着他制作的谜语,如痴如醉,如疯如癫。阿姨们一时猜不出来,就嚷着叫"文太公"说"属什么",譬如谷米属"草",虫鸟属"活宝",碗盆属"烧土",大大缩小猜测的范围。我无意中也成了他的听众,至今还记得几个。譬如"头一担笠帽,第二担竹棍,第三担鸭蛋,第四担索粉",谜底是芋艿。芋艿的叶像"笠帽",茎像"竹棍",块像"鸭蛋",根像"索粉"。又如"远看梧桐树不高,近看梧桐生仙桃。开花结子不稀奇,结子开花更稀奇",谜底是棉花。棉花长得有点像梧桐树,就是矮了一点,枝叶里长了像仙桃一样的棉桃。木棉先开花,后结子——棉桃,等棉桃成熟以后,再一次"开花",吐出了雪白的棉花,所以"开花结子"以后,还要"结子开花"。

大约在我读小学三年级那年的"六一"儿童节,学校里举办"游园活动",其中有一项是猜谜,在教室里拉了好几条绳子,绳子上挂满纸片,纸片上写着不少谜语。按游戏规则,每猜中一个谜语,就可以拿到一张奖券,兑现一支铅笔。那一天,我猜中了好几个谜语,领了好几支铅笔,被颁奖的王美艳老师着实夸奖了一番,心里美滋滋的。这大都得益于我小时候喜欢猜谜。

"飞虎队"公路挖陷阱

> 游戏是孩子的天性,但超越分寸,就变成恶作剧。我们这帮小孩子在村后的简易公路上开挖"陷阱",不知逮住了多少拖拉机。当驾驶员愁眉不展的时候,我们却哈哈大笑,仿佛打了一个"大胜仗"。

在一条简易的公路上,三五成群地围着小孩子,或站或蹲,每人手拿一把小锄头,挖出一个个小坑,再在小坑上支起棉花秆,盖上草皮,撒上泥土,恢复原状,伪装得天衣无缝。然后,小孩子们急忙撤退到公路两旁的隐蔽处,埋伏好,等待"敌人"的到来,让他们掉入"陷阱"。

这个镜头不是电影《地雷战》里小孩子埋地雷炸鬼子、埋大便臭鬼子,而是幼年时代我村小孩子的恶作剧:挖陷阱逮拖拉机。

过了一会儿,只见一辆手扶拖拉机飞驰而来。拖拉机手压根儿没有想到前面会有陷阱等着他。只听得"咣当"一声,一个轮子陷入小坑,整辆拖拉机在原地空转。面对突如其来的意外事件,拖拉机手本能地吓了一跳,不知发生了什么紧急状况,赶忙刹车,下车检查,才发现一个轮子掉入陷阱。于是,加大油门,"突突突……",只见拖拉机冒出一阵阵黑烟,可车上十有八九载着满满的一车石灰,死沉死沉的,光凭一个人的力量,哪里推得动呢?!

这时,埋伏在路旁的小孩子,捂着嘴巴一个劲地窃笑。然后,一个个鱼贯而出,大摇大摆,装出一副若无其事的样子,上前围观。拖拉机手看这阵势,心里明白了七八分,也是哑子吃黄连——有苦说不出,脸上还得装出笑容,请小孩子帮忙推拖拉机。小孩子们装出一副仗义的模样,二话没说,"一二三……",总算把拖拉机推出陷阱。"突突突……",随着拖拉机的远去,满足了恶作剧心理的小孩子们哈哈大笑,仿佛打了一个"大胜仗"。

那么,小孩子为什么专门跟拖拉机手过不去,甚至以破坏公路来整他们呢?说来话长。大约一九七四年前后,我们郑宅公社和西边堂头公社的断头公路终于接通了,正好经过我村的北面。当时,公路上既没有客车,也很少有货车,大多是"突突突"冒着黑烟跑得欢的手扶拖拉机。当时,因为交通不便,拖拉机手非常吃香,不仅大姑娘、小伙子要乘,老人、小孩也要乘,有些拖拉机手不免有些摆架子。有人便有酸葡萄心理,编排了一首挖苦他们的顺口溜:"耕田么破,运输么快,大姑娘么带,小后生么跳,小孩子么挂,老太婆么跪和拜。"用普通话念不是很顺口,但用土话念起来却是朗朗上口。

开拖拉机很辛苦,风里来雨里去,风险大,但赚钱多,在当时是一个令人羡慕的职业,受到大姑娘的青睐。如果路遇美女招手搭车,拖拉机手往往做个顺水人情,让她坐在皮凳的边上,在男女授受不亲的年代,一路招摇,风光无限,这是"大姑娘么带"。在电影

《铁道游击队》里，飞虎队队长刘洪他们能跳上在铁道上飞驰的火车，而手扶拖拉机本来就开不快，加上简易公路坑坑洼洼，有点像老牛拖破车，对于身手矫健的小伙子来说，一个箭步就跳上去了，这是"小后生么跳"。我们这些小孩子，虽然一天到晚像猢狲一样，在树林里爬上爬下，可毕竟个子矮小，还不能一步到位，先是追上拖拉机，挂在拖斗后面，然后一个翻身，翻进拖斗，这是"小孩子么挂"。而对于年迈力衰的老太太来说，没有大姑娘的美貌，没有小后生的矫健，也没有小孩子的灵活，自然只有"跪和拜"，请拖拉机手格外开恩了。

在上学之前，我跟村里的小伙伴，一天到晚在村后的公路上游荡，亲身经历了"小孩子么挂"的滋味。其实，小孩子跳车并没有什么目的，纯粹是好玩，跳上拖拉机以后，开出三四里路，跳下来，再跳上一辆相反方向的拖拉机，回到原地，跳下来，俨然是"飞车党"。

当时，我们根据让不让搭车，简单地给拖拉机手打上"好"与"坏"的标签。一来二往，这些拖拉机手的面孔都混熟了，虽然不知道他们的名字。怎么向"坏"拖拉机手出一口恶气？于是想出在公路上挖陷阱的损招。

小孩子头脑简单，爱憎分明，也讲"义气"。挖好陷阱以后，如果看到"好"拖拉机手来了，赶快跑到公路上，将陷阱上伪装的草皮掀掉，免得让他中招。等"好"拖拉机手开过去了，再把陷阱伪装好，等待"坏"拖拉机手中招，也是煞费苦心。

大约到了我上小学三年级的时候，这条简易公路正式开通了客运的班车，还有专职的养护人员。从此，我们这些"飞车党"再也不敢去公路上挖陷阱了。

电灯亮了，洋油灯暗了

> 村里的电灯亮了，煤油灯暗了，大樟树倒了，这是历史的进步，抑或退步？一台变压器和一株千年古樟的分量，孰轻孰重，随着岁月的流逝，人们看得越来越清楚。

漫漫的冬夜里，摇曳的灯光下，姆妈在纺纱、织布或者纳鞋底，这是在我幼年对洋油灯的最初印象。

洋油灯简便实用，由三部分组成：玻璃瓶，用来盛煤油；灯头，一侧有一个调节灯芯的旋钮；底座和把柄，用来固定玻璃瓶。只要划一根洋火，立马将洋油灯的灯芯点燃，要亮一点还是要暗一点，调控方便，还可以拿过来拿过去，移动也轻便。还有一种高级的煤油灯，叫做"美孚灯"，外面套着一个玻璃罩，可以防风，大约最初出于美国美孚石油公司，西洋的舶来品。

在乡村盛行洋油灯之前，照明用的是灯草。据爹说，在一个灯盏上，倒一点油，点燃灯草，一灯如豆。那时候，家乡还没有打火机,也没有洋火,就用煤头纸引火。用火的时候,撮起嘴巴吹气,"呋"的一声,煤头纸便燃起黄豆大的火苗;用过以后,再"呋"的一声,把明火吹灭,成为暗火,煤着待用。那么,煤头纸的火是从哪里来的呢? 用采火刀和采火石碰撞取火,点燃煤头纸。三四十年代有了洋火(即"火柴")以后,采火石就弃而不用了。

值得庆幸的是,跟上辈用灯草和煤头纸比起来,我的幼年能用上洋油灯和洋火,真是太方便了。只是洋油灯亮度不够,晚上在灯下做细活,看不太清楚。微风一吹,火焰摇曳而闪烁,容易熄灭。即使在无风的日子里,也有一股未充分燃烧而产生的黑烟被吸进鼻孔。印象最深的是,我坐在洋油灯旁做作业,看书写字很费眼神,时间长了,无意中低下了头,前额的刘海碰到了洋油灯的火焰,"嗤嗤嗤"一下子就烧掉了,留下一股难闻的焦味。当然,有时作业做得久了,觉得无聊,也会故意从头上拔下几根头发,放在洋油灯的火焰上烧,发出"滋滋滋"的声音,权当自己闹着玩。

二十世纪六十年代,电灯进了镇上的普通人家。村里要装电灯,首先得有电才行。恰好七十年代初,西面的堂头公社办起了一家钢铁厂,特意架了一条高压线,正好从村前经过。天天看着高压线,却用不上电,村人的心思活络了。

要通电,先得安装一台变压器,那得多少钱哪! 对于我们这个一穷二白的村坊,这是不能承受之重。不知是谁出了一个馊主意:把村东坟地上几个人合抱的千年古樟砍倒卖了,不就有钱了吗? 这个法子好啊! 集体和个人都不用掏腰包,一呼百应,说干就干。

那段时间,村里处处热热闹闹,人人开开心心,像过节一样。为了砍树,村里特意从北面的诸暨县请来了专业的砍伐队,从树的底部锯起。锯到一大半,在几根粗大的树枝上拴上几条粗大的麻绳,"一,二,三!"几十个人同时拉麻绳,屹立千年的古樟瞬间轰然倒地,发出了震天动地的巨响。砍倒以后,锯掉树枝,将树干锯成一段一段的,再锯成一块一块的樟树板,最后做成一只一只的樟树箱,忙乎了好几个月。

变压器买来了,电线接到了门口,家家户户亮起了电灯,男女老少喜笑颜开,虽然只有 15 瓦和 25 瓦,但跟煤油灯比起来,一个天上,一个地下。

电灯虽然亮堂了,可村民的心里可不亮堂。在停电的日子里,依然要点煤油灯。当时每盏电灯每个月需要交三角钱的电费,有的人家用不起,还是点煤油灯。于是有人出了个馊主意——偷电,将连接村总电表两头的电线直接接上,即使用再多的电,电表上的指针也不会走。可供电所的电管员不是吃干饭的,这点小动作哪里能逃得过他们的火眼金睛,不久就被抓了现行,声言要重罚,否则就断电。

这一下子可忙坏了生产队的小队长,赶紧备下好酒好菜和好烟,体体面面地招待供电所的"电老虎"。我看到这只脸上长满雀斑的"电老虎",初尝甜头以后,隔三岔五光临生产队长家,每来必饮,每饮必醉,酒气熏天,满脸通红,像关老爷似的。喝高了,自然睁一只眼闭一只眼,不要说你偷电,就是偷人,他也视而不见了。

到了八十年代初,这只"电老虎"再上门的时候,已经没人理睬,因为村里不再偷电了。

『小呀么小二郎，
背着书包上学堂』……

『小呀么小二郎，背着那书包上学堂。

不怕太阳晒，也不怕那风雨狂。只怕先生骂我懒哪，没有学问无颜见爹娘。』带着忐忑不安的心情，我这个『小二郎』告别了无拘无束的日子，背起书包上学堂，被套上了人生中第一个无形的『牛轭』，只能进，不能退，一条道路走到黑，深深地体味到苏东坡老先生『人生识字忧患始，姓名粗记可以休』的个中三昧。

七岁上学堂，九岁做"老师"

> 上学了，我发现小学语文课本里不是阶级斗争的"火药味"，就是学农支农的"泥土味"，连算术课里的应用题也是这样，处处打上了深深的时代烙印。

"小呀么小二郎，背着那书包上学堂。不怕太阳晒，也不怕那风雨狂。只怕先生骂我懒哪，没有学问(啰)无颜见爹娘。(朗里格朗里呀朗格里格朗)，没有学问(啰)无颜见爹娘。"一九七五年九月，虽然千般不情愿，我这个无拘无束惯了的"小二郎"，也只有背起书包，被关进了学堂——浦江县前店联校。

学校是由一个古建筑群——王氏宗祠改建的，颇为轩敞。屋宇之间，错落地分布着大大小小的花园，花园与花园之间，隔着一扇扇月亮门，煞是好看，成了我们的"游乐园"。花园里种植了两排冬青树，四季常青，有的同学抓住两棵柔韧的冬青树，翻起了跟斗，正翻翻，反翻翻，成为锻炼手劲的好地方。尤其是在春天，红艳艳的芭蕉花在绿油油的芭蕉叶的衬托下，显得格外明艳。对于我们这些馋猫来说,芭蕉花好看倒在其次,主要是解馋,摘下一朵,吮吸花蒂,里面有一股甜丝丝的花露。

上课了,念书了。记得在小学第一册《语文》课本里,有一篇叫做《阶级斗争永不忘》的课文,让我终生难忘,至今能够一字不漏地把它背诵出来:"爷爷七岁去讨饭,爸爸七岁去逃荒。今年我又七岁了,高高兴兴把学上。"朗朗上口,容易背诵,容易理解。

先从修辞上来讲,该文运用的是对比手法,"爷爷"和"爸爸"生活在旧社会,他们的命运不是讨饭,就是逃荒,无比悲惨,而"我"生在新社会,长在红旗下,能够背着书包上学堂,该是多么的幸福啊,自然而然地得出"新旧社会两重天"的结论;而从音韵上来讲,四句顺口溜,第二句的末一字"荒"和第四句的末一字"上"押韵,都是"ang"韵,而第一句的末一字"饭",虽然是前鼻音"an",跟后鼻音"ang"不同,但南方人的普通话不太标准,往往分不清前鼻音与后鼻音,所以从宽泛的角度来看,也是押韵的,念起来就更朗朗上口了;再从语言上来讲,四句二十八个字,没有一个生僻字,"爷爷"、"爸爸"、"我"和"讨饭"、"逃荒"、"上学"都是具象的,而非抽象的,明白如话。

除此之外,语文课本的时代烙印无处不在。在《语文》第一册的扉页上,赫然印着三句口号:"毛主席万岁"、"中国共产党万岁"、"全国人民大团结万岁",然后才是正式的课文,第一课"好好学习,天天向上",是毛主席语录;第二课"为革命学文化",说的是读书的目的;第三课"批林批孔,反修防修",说在国内要批判林彪和孔老二,在国外要反对苏联修正主义。到了二、三年级的时候,还读了一篇批林批孔的文章《事实打他一耳光》:"骑竹马,走四方,看看公社好风光。茶山绿,果园香,金黄稻谷满晒场。猪满栏,鱼满塘,田里机器隆隆响。路成队,树成行,白墙黑瓦新村庄。夜明珠,放光芒,家家户户亮堂堂。老人笑,孩子唱,公社大地换一样。林彪瞎说农村苦,事实打他一耳光。"

在小学《语文》课本第一册里,记得还有这样一些课文:"学习张思德,全心全意为人民服务",写的是在延安烧炭时牺牲的八路军战士张思德;"学习白求恩",写的是不远万里从加拿大来到中国参加抗日战争的国际主义战士白求恩大夫;"生的伟大,死的光荣",写的是坚贞不屈、死在敌人铡刀下的十五岁女英雄刘胡兰;"天上星,亮晶晶,我在大桥望北京,望到北京天安门,毛主席是我们的大救星",写的是杭州钱塘江大桥的守桥战士蔡永祥烈士。这样的内容安排,切合当时的形势,可见编写者的良苦用心。

在整个小学阶段,除了张思德、白求恩、刘胡兰、蔡永祥等以外,我记得语文课里还塑造了一系列"高大全"的英雄形象:边给地主放猪边读书的高玉宝,舍生忘死炸碉堡的解放军战士董存瑞,被燃烧弹活活烧死的志愿军战士邱少云,以血肉之躯堵住敌人枪眼的志愿军战士黄继光,跳入冰窟窿救朝鲜落水儿童的志愿军战士罗盛教,为保护集体财产献出年轻生命的刘文学和张高谦,拦惊马救儿童的刘英俊,从火车轮下救出三个幼儿的戴碧蓉,做好事不留名的雷锋,大庆油田的"铁人"王进喜,县委书记的好榜样焦裕禄……

除了阶级斗争的"火药味"以外,语文课本里也充满了学农支农的"泥土味"。记得第四课是农村常用词:"水稻、棉花、花生、油菜"等。还有一课是《颗粒归仓》:"稻子熟,一片黄,贫下中农秋收忙。红小兵,拾稻穗,要教颗粒全归仓。"第二十课的题目叫做《五七道路宽又广》,画面上是一个小孩子拎着篮子拾牛粪,为生产队积肥,记得其中的两句是"红小兵,积肥忙"。所谓的"五七道路",现在已经很陌生了,那是在一九六六年五月七日,毛泽东主席所做的《五七指示》,大意是:人民解放军应该是一个大学校,要学政治,学军事,学文化,又能从事农副业生产,工人、农民、学生也要这样做。后来,便有了著名的"五七干校"。到了三年级以后,每册的课本后面附有一张非常实用的《农村常用词表》,我从那里知道"耘田"等农村常用词汇,受益匪浅。

每年到了春夏之交,农民忙于收割麦子,播种早稻,学校里专门为此放一个星期的"农忙假",让学生回家帮助父母干农活,可见对务农的重视程度。这符合"学生也要这样,以学为主,兼学别样。既要学文,也要学农、学工、学军,也要批判资产阶级"的最高指示。

我上语文课的最大兴趣,在于背书。记得当时年纪小,记性好,过目成诵。有一天,同桌的留级生神秘兮兮地拿着课本向我炫耀,我看他每课课文的题目边上多了一颗用红墨水画的五角星,很是羡慕,问了半天,他才得意地告诉我,那是语文老师画的,因为他把课文背诵了。背课文可以得五角星?那不是小菜一碟吗?我跟哥伦布发现新大陆一样,从此就缠着当时教我语文的方球琳老师背课文,跟同学们比一比,谁得的五角星多。后来,因为好胜心切,连没有学的课文,我都预先背熟了,想背给方老师听,结果挨了她的一顿批评。

至于当时的算术课,无非是十以内的加减乘除法,对我来说简直是小菜一碟。因为我从小喜欢玩叫做"推牌九"的赌博游戏,点数的计算早已了然于胸。当时的算术课,也要贯彻"以阶级斗争为纲"的路线。记得教数学的王兴育老师经常给我们出类似的题目:"新中国成立前,农民张大爷租了地主的 4 亩土地,每亩产量 300 斤,其中 250 斤要交给地主。张大爷辛苦一年,只能得到多少粮食?"答案很简单:(300 - 250)× 4 = 200(斤)。1000 斤交租了,200 斤留给自己,由此可见,农民受到了地主残酷的剥削。

至于每个学期的学费,包括书费和学杂费,好像才一两元。其中书费要在开学时缴清,家庭实在困难的学生,学费可以缓缴,等家里的猪仔或者麦子卖掉了,有了出息(即"收入"),再来补缴。所以,催促学生补缴学费,成为班主任一项常年的工作。学期结束,再给家庭困难的学生减免学杂费,大多是两三角,也有大队干部的子弟,可以减免五角,可见当时已有不正之风的苗头。

缴了书费,不一定马上能领到课本和练习簿。因为当年纸张匮乏,有时无法按时印刷,课本也要延期,练习簿更不能保证了,经常短缺。当时,邻村的一位小学老师颇有一点商品意识,不知从哪里弄到一批土黄的牛皮纸,裁成三十二开大小,装订成册,也是八分钱一本,与雪白的练习本一样的价格。虽然心里觉得不值,但能写字就行,只得将就着用。

一九七七年上半年,我念小学二年级下学期,已经认了几个字,便现炒现卖,稀里糊涂当起了"小老师"。我的学生不是别人,而是生我养我的姆妈。

当时,姆妈作为生产队里的妇女队长,当选为"贫下中农代表",出席浦江县贫下中农代表大会。作为一个农村妇女,能够参加县里的会议,自然是无上的光荣。会议开了三天,进场时会场两边还有人夹道欢迎。姆妈住在浦江县府塔山招待所,吃的菜有三样:鱼冻、猪肉和青菜豆腐。因为一字不识,她只能做点点人头、领领馒头的工作。

也难怪,姆妈从小没有正式上过一天学,只在十五六岁的时候,读过几天夜书,认得的几个字早已还给先生了。连外公、外婆都识字,当时目不识丁的姆妈痛下决心,要我教她识字。我二话没说,一口应承,似乎从小就有"好为人师"的嫌疑。

我这个"小老师"当时到底教给姆妈这个"学生"几个字,已经模糊了,似乎最初是"低语"二字,因为当时有一种练习本叫做"低语簿",或许是"低年级语文练习簿"的意思吧。尽管姆妈这次有感而发,决心很大,但不久还是无疾而终。到底是我教得太差,还是她缺乏耐心,我已记不得了,也不重要了。

民办教师

> 曾经占据三尺讲台的民办教师作为特定时期的产物，已然走进历史，但他们学而不厌、诲人不倦的职业风范，必将在中国教育史上留下浓墨重彩的一笔，在莘莘学子的心中树起一座师恩如海的丰碑。

上学以后，那种放羊式的日子一去不复返了。我像孙悟空一样，头上被套上了一个无形的紧箍咒，而那念咒语的唐僧，就是我的小学老师。爷娘的话可以当耳边风，爱听不听，而老师的话却是"圣旨口"，"一句顶一万句，句句是真理"。

在我们学校任教的，除了个别公办教师以外，大多是民办教师。他们每月有二十四元工资，有的地方规定其中十元归自己，十四元上缴生产队，买工分，实质上还属于生产队社员，只是分工不同，一种是体力劳动，一种是脑力劳动。论文化，他们大多初中或者高中毕业，并没有受过专业的师范教育或者业余的职业培训，也没有经过严格的选拔程序，之所以能够登上三尺讲台，往往是因为大队领导的一句话。

教一二年级语文、数学的方球琳老师，也是班主任，新中国成立前从金华师范学校毕业，是我小学时代任课老师中唯一的公办老师。那一年，周恩来总理在第四届全国人大第一次会议上提出了到二〇〇〇年实现"四个现代化"（即工业现代化、农业现代化、国防现代化、科学技术现代化）的宏伟目标。方老师在课堂上给我们描绘了实现"四化"的绚丽蓝图，对于还在饿肚皮的我来说，这个"馅饼"实在太美妙了。我在心里盘算：到二〇〇〇年实现"四化"的时候，我三十三岁，太遥远了吧！

到了三年级，语文和数学老师就不再一人兼任了。记得教语文的是民办教师王美顺老师，大大的眼睛，按我们乡下的说法，有点像"大水田鸡"。他教学一丝不苟，认真负责。在我的作业本上，毫不吝啬他的赞美之情，总是写上"认真、清楚、整齐"六个字，几乎每次都是这样。在他的心目中，想必我是一个好学生吧。有一回，全公社的小学三年级进行语文统考，我好像考了93.5分，名列第二。他把我叫到办公室，既为我取得了好名次而高兴，也为我犯了一些低级错误而惋惜，说如果我再仔细一点，完全可以拔得头筹。

有一次，我在公社里正在建造的金山水库工地上看到了用繁体字写的标语，出于小孩子的好奇心，也依样画葫芦，在作业本上写了几个。谁知王老师在课堂上大发雷霆，把我狠狠地训了一顿："这是复辟资本主义！"当时我只是一个充满好奇心的十岁小孩子，居然被他戴上"复辟资本主义"高帽子。因为那时文字改革的趋势是简化。一九五六年，国家推行第一套简体字；一九七七年，国家试行第二套简体字,譬如把"藏"字写成"芷","富"字写成"实","帮"字写成"邦",后一套方案于一九八六年被废止。后来,我在大学里读古典文献专业,大多课本用繁体字,真有一点老古董的味道了。

以后,我在任何场合碰到他,都沉默以对,"老师"二字再也叫不出来,喉咙里好像有什么东西堵住了。有时候,我跟哥哥在路上碰到他,哥哥叫了他,我就是不叫,这就是小孩子的心理吧。

接替王美顺老师教语文的,是身材高挑的陈宝花老师。她那时刚做了两个孩子的母亲,小女儿还在吃奶。她的教学颇为严格,手中的鞭子也没闲着,每当要抽打的时候,总要咬紧牙关,甚至比男老师还要"凶"。有一次,她叫同学们用"如果"两个字造句,大家踊跃举手,一个后进生把手举得老高,几乎要站起来,嘴巴里还一个劲地请战:"我,我,我……"陈老师点了他,他的回答出乎意料:"老师叫我用'如果'两个字造句。"同学们哈哈大笑,陈老师也哭笑不得,只得叫他坐下,手中的教鞭也没有落下来。

陈老师对一些不守纪律的同学特别"凶",对我却是特别的"慈"。记得有一次她把我叫宿舍里去,拿出另一位同学的作文本,上面有一些诸如"奋不顾身"、"当机立断"等成语,相比之下,我的作文就平淡无奇了。她借此循循善诱,帮助我分析不足,希望我始终能在班里保持第一。

我小学时代的最后一位语文老师,是郑小庆老师。当时,按教学大纲的要求,要注重培养学生的阅读能力,每篇课文都要分析段落大意和中心思想,我常被郑老师选中,回答问题。记得有一次上观摩课,讲的课文是《张高谦》:有一天傍晚放羊归来,当张高谦发现歹徒偷集体的羊时，毫不畏惧，与之拼夺，终因年幼力小，遭歹徒杀害。课文的段落大意和中心思想都是我归纳的，被他大大夸奖了一番。

对于个别吊儿郎当的学生来说，郑老师是有名的火爆脾气，体罚学生成家常便饭，那些"老牛皮"（即顽皮的学生）都敬畏他。人家只知道他有火爆的一面，不知道他也有温情的一面。有一次，我被爷娘训了一顿，说不要我这个儿子了。那一天放学以后，我在校园里逡巡，迟迟没有回家，被他看到了，把我叫到办公室。问明缘由以后，他脱口而出："如果你的爷娘不要你，你给我当儿子好了。"我知道他膝下虽有千金，苦无公子，虽然为人师表，但在"不孝有三，无后为大"的落后乡村，也算是人生的一大遗憾。这虽是一件小事，却让我感动至今。

后来郑老师得了肝病，英年早逝，好像还不到五十岁。我不知道是不是跟他平时肝火太旺、容易动怒有关。

小学毕业以后，我时常听到某某老师被辞退的传闻。教育主管部门屡屡对水平参差不齐的民办教师队伍进行越来越严格的筛选，按家乡的土话，是"纱筛"筛了筛"糠筛"，"糠筛"筛了筛"米筛"，"米筛"筛了筛"谷筛"，层层筛选，筛子的眼越来越大，漏下去的越来越多，很多民办教师就这样被淘汰了，留下来的部分幸运儿被转为公办教师。

教我体育课的是一名退伍军人，只有小学文化。每天上午，他站在操场的司令台上，带领我们做第五套广播体操，一招一式，有板有眼。这时，高音喇叭里传出了铿锵有力的声音："伟大领袖毛主席教导我们：发展体育运动，增强人民体质，提高警惕，保卫祖国。现在开始做广播体操,原地踏步——走! 一二一(七遍),立定! 上肢运动……冲拳运动……扩胸运动……踢腿运动……体侧运动……体转运动……腹背运动……跳跃运动,踏步——走! 一二一(七遍),立定!"他长得白白净净,方面大耳,在乡村里可谓风度翩翩。同时,他也教我们三年级数学。后来,据说他参加上面组织的文化课考试,吃了一个"鸭蛋",被辞退了。

同样因文化课不及格而被辞退的民办教师,还有一位林老师,是浦江中学毕业的高中生。我不知道他的全名,可以肯定不姓林,可能是名字里带了一个"林"字。林老师是一个残疾人——驼背,上身的弯曲度,几乎成九十度,外形跟砍柴、割草的钩刀相似,于是调皮捣蛋的学生在背后给他取了一个绰号——"林钩刀"。他虽然没有教过我,但我对他的教学风格早已有所耳闻,林老师以严厉著称,再吵的学生到了他的课堂上,也是服服帖帖,老老实实。他到底有什么独家武器呢? 或许是如炬的目光吧,只要他一眼盯过去,再调皮捣蛋的学生也不敢与其对视,自然而然把头低了下去。

林老师多子多女,他的长女雪飞是我的同班同学,为人和善友好。他的妻子平时做一点小本生意,无非卖卖瓜子、花生和生姜糖之类。他被学校辞退后,接过妻子的小本生意,在邻村的樟桥头汽车停靠站摆小摊。

那几年,我正在县城念高中。每次从家里回校,都要在樟桥头汽车停靠站候车,但见顾客寥寥,生意清淡,他独自一个人坐在椅子上发呆,留下一个弯曲而孤独的身影……

男子精和女客精

> 人世间最难得的是真情。小学时代男女同学的友情，没有利益冲突，没有男女之情，打也好，闹也好，哭也好，笑也好，出于天真，本乎自然，一片赤子之心。

小学时还不懂男女大防，男女同学在一起，叽叽呱呱，吵吵闹闹。可小孩子的脸，像三月的天，阴晴不定，一会儿好，一会儿恶，好的时候亲密无间，恶的时候破口对骂，女生骂男生是"男子精"，男生骂女生是"女客精"，唾沫横飞，各不相让，反正全班五十六号人都已"成精作怪"。

我虽然性格内向，很少主动交友，但在班里的"男子精"当中，也有几个臭味相投的死党，尤其以国光、环宇、东晓和平泉为甚。

说起"国光"两个字，可能想到大名鼎鼎的国光苹果。国光长着一张圆脸，胖胖的，红红的，与国光苹果倒有几分相像。他精力充沛，热情好客，一说起话来神采飞扬，滔滔不绝，跟我的内向、木讷、被动正好相反。或许是性格互补吧，我们从小学一年级开始，就成为同窗好友。加上他爹和我爹是同学,他大哥和我三哥(大伯伯的三儿子)是同学,几重缘分凑在一起,因而显得格外亲近。

当时与国光的关系,可以用"形影不离"四个字来描述。在学校,我们一起学习,一起游戏;放学了,一起玩到天黑再回家。小学的东面有一个操场,操场边上有一排杨树,他建议一起上树聊天。当时年纪幼小,身手矫健,不费吹灰之力,我们就背着书包爬上树梢,坐在树丫上有说有笑,一点也不惧怕。当然,说笑的主角自然是国光,他精神饱满,热情洋溢,总有说不完的话题,我只是扮演了忠实听众的角色。太阳落山了,我们才下树,依依而别。

国光的爹以养蜂为生,哪里的鲜花开了,就把蜂箱运到那里,一年四季过着逐花而居的流浪生涯。我从小喜欢吃甜食,蜂蜜更是甜食中的佳品,再加上经常听他讲起蜜蜂的故事,心里充满了好奇。有一天,在他的盛情邀请下,我禁不住蜜蜂的诱惑,欣然去他家玩。在那里,我第一次看到了排列着的一只只蜂箱,蜂箱里面的一排排蜂窝,蜂窝上面停着密密麻麻的蜜蜂,感到无比的新鲜和惊奇。他爹带着面罩,正在收割蜂蜜,给我热情介绍。他走路一瘸一拐的,据说曾经在一次搬运时被蜂箱砸中,砸断了一条腿,装了假肢。

跟国光在一起的日子,阳光灿烂,其乐无穷,但在一起打算盘时除外。老师每天叫我们打算盘,而且要到讲台上去打,每次都是相同的三个人:我、国光和另一个女同学玉芳,从一加到一百,答案是五千零五十。女孩子心灵手巧,每次都是玉芳第一个打完,国光第二个打完,他们打完都回到了座位上,孤零零留下我一个,涨红着脸,站在讲台上继续笨拙地打。我没有埋怨老师,也没有埋怨同学,只埋怨自己不够手巧,像一只大笨熊。

终于有一天,我忍不住瞥了并排而立的国光一眼,意外发现他的一个"秘密":从一开始打,才打到一半多一点,就一下子跳到一百,将算盘子拨到五千零五十,就算完成任务,回到自己的座位上。虽然发现了他的秘密,但我下次还是按照自己的方法,仍旧是最后一个打完。

与国光的阳光好动相比,环宇性格文静,气质有点像女孩子。他长得白白净净,文质彬彬,长睫毛,大眼睛,跟我们这班毛手毛脚的野孩子截然不同。他虽然也是农村户口,但他爹是县总工会的干部,姆妈是大队里的支部书记,是干部子弟。

记得在二年级结束前,班里要评出"三好学生"。按常规,谁能当上"三好学生",班主任老师一言九鼎。其实,所谓的"三好学生",只是"一好学生",老师一般只看成绩,谁的成绩好,谁就是"三好学生"。我的班主任是一位深孚众望、极端负责的老师,她先确定了几位学习好、纪律好的女同学,再来看男生,论成绩自然非我莫属,可我又是一个"牛皮人王",因为不遵守课堂纪律,甚至被她拎到教室前面过。踌躇再三,"三好学生"的桂冠第一次与我擦肩而过,落到了环宇头上,因为他学习好,纪律也好。

不知为什么,在小学里像女孩子一样文静的环宇,上初中以后像换了一个人,变成一个"牛皮大王",经常被我们的班主任、他的表哥郑晓军老师批评。我想大约是因为他小学阶段没有玩够的缘故,需要补偿一下吧。

与国光和环宇相比,东晓当时在班里的成绩并不突出,只是小组长。最引人注目的是,他念书的声音特别洪亮,字与字之间拖得很长，甚至有些夸张。只要他一朗读，声音就盖过其他同学，全班人都听得清清楚楚，而且脑袋还要摇来晃去，那模样有点像旧社会里的学童念四书五经，只是后脑勺少了一根辫子。

东晓的"晓"字，对于刚上一年级的学生来说，笔画太多，不易写好。于是，他用了同音替代法，改作"东小"。无独有偶，我班的两位女同学分别叫做"仙鹤"、"绛唇"，但我在她们的作业本上看到的却是"心红"、"江云"，在那个年代，"一颗红心"、"江上风云"，都很时尚。等到上大学以后，我读《孟子》，有"孔子登东山而小鲁，登泰山而小天下"的说法，于是，我给他硬加上"东小"的出典——"孔子登东山而小鲁"。

我当时心里有点为东晓不平，因为数学老师老是喜欢找他的岔子，有事没事叫他站起来，黑着脸，在全班同学面前劈头盖脸批评一顿，罪状永远只有两个字：骄傲！仿佛和东晓有什么深仇大恨似的。这时，我看东晓的头微微地摇动，嘴角抽动着，想努力控制自己的情绪，最后还是没能控制住，两颗豆大的泪珠"吧嗒吧嗒"地滚了下来，后面就源源不断，串珠成线了，只是不敢哭出声音来。后来才知道，数学老师与东晓同村，两个家族有宿怨，只是迁怒于一个小孩子，恐怕有失师道尊严。

东晓从小就慷慨豪爽，懂得与人分享。记得读一年级的时候，他带我们一帮同学到家里玩，他姆妈给每人一根糖蔗，吃得我们甜到心里。一根糖蔗现在看来或许不算什么，但在那个物资匮乏的年代，只有嬷嬷对孙子、外婆对外孙才会这样慷慨。汉代的韩信当年落魄的时候，漂母送他一碗饭，所以有了历史上的"一饭之恩"。平生感念东晓的，第一件事情就是三十多年前的"一糖蔗之恩"。

热情而好客的东晓,在生活上有点冒失,难免磕磕碰碰。记得小学毕业前夕的一天,他推着一辆独轮车从红梅岭冲下来,经过小溪的时候,方向把控不住,一个跟斗冲下石桥,掉进溪滩。幸好他的命大,只是额头上受了一点轻伤,吃了一点皮肉之苦,包扎了一下。过了几天,学校里组织毕业班学生拍小学毕业照,他的额头上用纱布包扎着,好像停了一只"八角蟢"(即"蜘蛛")。

小学之后,东晓的学习成绩和人生轨迹直线上升,从中学、大学、硕士、博士、博士后,到全国青年科学家、全国劳动模范、党的十七大代表,到了寻常人难以企及的高度。

与前面三位班干部相比,平泉默默无闻。他有两个弟弟,名字与众不同:一个叫"自力",一个叫"更生",合起来就是"自力更生"。我们喜欢开他的玩笑,问他那个当赤脚医生的爹,为什么不把他哥哥铁泉和他的名字取成"独立"和"自主"呢?

到了寒冬腊月,平泉就会叫人刮目相看,因为他没有棉衣、棉裤和棉靴,身上穿着单衣单裤,脚上拖着一双破布鞋,也没有穿袜子。我看他老是缩手缩脚,浑身颤抖,可也没有见他伤风感冒,贫穷或许早已锻炼了他的抵抗力,对寒冷也习以为常了。

平泉从小就显示了数学方面的天才,再难的应用题,到他手里都迎刃而解,仿佛三下五去二那么简单。在小学高年级,王兴育老师每次组织学生进行数学应用题比赛,他拔头筹的时候最多。可他的语文成绩平平,偏科现象严重。在高考讲究总分的时代,他后来能考上浙江工业大学,真不容易。

当时我们班里阴盛阳衰,除了以上这些"男子精",当然还有更多的"女客精",譬如玉芳和宝兰。

　　玉芳上学的时候，已经九虚岁，比我大一岁。她懂事早，读书用功，人也聪明，成绩优异，虽然身材娇小，像个长不大的"小萝卜头"。她在老师的眼里，人见人爱，一直当我们班的学习委员。

　　有一天，老师在课堂上朗读玉芳写的作文，大约是除夕吃年夜饭的时候，她的姆妈说，不要吃光，留一点给明年吃，就是年年有余的意思。当时我们写的作文，都像"八股文"，都爱模仿大人的口吻，开头必定要戴上"抓纲治国"之类的高帽子，大家听了玉芳的作文，清新自然，如沐春风，不由拍手叫好。

　　不久，玉芳的爹因病作古，她虽非长女，但下面还有弱弟，因而变得更懂事了。五年同窗，我隐约地感到，在她娇小的身躯里面，隐藏着一颗坚忍不拔的心，从来没有听她叫过一次苦。有一次，不知是什么原因，她代人受过，被老师批评了一顿。我看见她手里捧着一大摞作业本，从老师的办公室回来，眼里噙着泪花，一句也没有辩解。据说玉芳高中毕业后，回家务农，学做裁缝，认真细致。

　　与玉芳的文静内向相反，宝兰外向活泼，甚至有点大大咧咧，像一个男孩子。她当过我们的班长，倒不是因为读书最好，而是最懂事，也最能讨老师的欢心。

　　记得当时人人的书包里有一本小小的《新华字典》，我们一般按部首查字，速度很慢，而宝兰三下五去二，一下子就把生字查出来了。为什么这么神速呢？因为她会根据字形，大致判断字音，然后再用音序查字法。后来，我也改用音序查字法，果然提速不少。从这个意义上来说，宝兰是我当之无愧的"老师"。

　　有一次，宝兰从家里带来一本手抄本，内容是《孟姜女寻夫》："正月里来是新春，家家户户点红灯。别家夫妻团团圆圆，孟姜女丈夫造长城……"从正月一路唱到十二月,反反复复,荡气回肠。我第一次看到课本以外的世界,原来这么奇妙,真是大开眼界,比嬷嬷从小教我的完整多了。

不过,我跟宝兰也有过不快。有一天,同学们在乒乓球桌上爬上爬下,玩得不亦乐乎。我看宝兰站在球桌上,就从后面推了一把,她大约是没有提防,吓了一跳,当即就坐在球桌上,哭了起来。后来,姆妈问我,是不是有个女同学叫做宝兰,因为她的姆妈在大队里开会的时候,告了我的状。

与女客精的动口不动手不同,男子精喜欢动手不动口,打架是家常便饭。每天放学以后,大家背着书包,一离开校门,不同村庄的孩子拉帮结派,时不时干上一架。打架的工具主要是石头,飞来飞去,中彩的机会并不多。

我村的小孩常与两个村庄的孩子打仗。南面的西店村较弱,东面的枣园村较强。跟西店村打架,我村的孩子一路追赶,冲到朝西台门,直到大人出来干涉,方才骂骂咧咧地后撤。不过,老师傅也有失手的时候,有一次,西店村一个小孩的石头击中我村一个小孩的头部,砸出一个三角洞。这个受伤的小孩子是家里的独苗,还有五个姐妹,他的爹不肯罢休,扬言:"明天要到学堂里把那个人抓起来,在他的头上砸一个一模一样的洞!"第二天,对方的爹拎着"斤头"(即"礼物")上门,赔礼道歉,方才罢休。

与东面的枣园村打架,我村的孩子明显处于下风。因为他们住在镇里,我们住在镇外,如果今天把他们打了,明天到镇里去赶集,势必要经过他们的门口,容易被"关门打狗",因而底气不足。每次打架,先是打口水仗,相互丑化,他们骂:"相连宅,'麻秋'(即

'阴道')兑大麦。"意谓我们村的女人用身体来换取食物,作风不正;我们回敬:"枣园人,不是人,馊气豆腐裹馄饨,麦秆管,抵烟筒,食食去看灯。"意谓他们村里很穷,吃的是馊气豆腐,还把麦秆当做烟抽。

对骂已毕,立即动手,相互投掷石块。枣园村的小孩赶到我们村边,一个劲地扔石块,顿时瓦片响起一片响声"哐啷啷"、"哐啷啷"、"哐啷啷"……

到了四年级,班里突然多了一批插班生,原来是从附近的山头小学并过来的。山头小学地处山背,类似于北方的黄土高坡,其实是红壤高坡,离我们前店联校有三里路。因为这个小学只招收山头一个村的学生,同一个班里,有不同的年级,一、二、三、四、五年级的学生齐全。上课的似乎只有一两个老师,一会儿教一年级的课,其他年级的学生自学,一会儿教二年级的课,其他年级的学生自学,依次类推,无论是师资力量,还是教学质量,都无法保证,并校乃是高明之举,虽然小孩子每天上学的时候要多走三里路。

跟我四年级同桌的,就是山头小学插班的一位女生,叫做云英。四年级的女孩子,大约已解人事,而我还是一个懵懵懂懂的孩子。有一天,云英跟女同学说起家里的"卫生带",我随口插了一句:"我也有一条。"惹得女生们"吃吃吃"地抿嘴窃笑。当时,我因为穿不起毛线衣、毛线裤,冬天穿的是"卫生衣"、"卫生裤",想当然地以为,"卫生带"就是系在"卫生裤"上的那一条带子,谁知道是女孩子用的月经带!

从红小兵到少先队员

> 在不经意间，我从一名"红小兵"变成一名"少先队员"，懵懵懂懂，稀里糊涂。个人走了一小步，国家迈出一大步，从中折射出十一届三中全会以后，国家和社会在政治上的拨乱反正。

刚上小学，看见有些高年级哥哥姐姐的打扮与众不同，脖子上挂着一块"红领巾"，不由眼睛一亮，那是"红小兵"的标志。

"红小兵"诞生于"文化大革命"的第二年——一九六七年。当时，在大、中学校里，红卫兵代替了共青团，意谓"毛泽东的红色卫兵"；在小学，红小兵代替了少先队，意谓"毛泽东的红色小卫兵"。

能够成为一名"红小兵"，那是一件无上光荣的事情。盼星星，盼月亮，盼了两年，这一天终于盼到了。二年级的下学期，班主任方球琳老师说，要在我们班里发展第一批"红小兵"。当然，"红小兵"的条件，首先是成分要好，其次成绩要好，"又红又专"。我的学习成绩名列班级前茅，家庭成分是"下中农"，与"贫农"合称

"贫下中农",根正苗红。

有一天,方老师给新发展的"红小兵"领来了一叠红领巾,摆在讲台上。然后,她一脸庄严地对我们说,红领巾是红旗的一角,是千千万万的革命先烈用鲜血染红的,我们"生在新社会,长在红旗下",一定要倍加珍惜今天来之不易的幸福生活。说完,她耐耐心心地给我们每一个"红小兵"挂上了红领巾。

从此,我正式成为一名"红小兵",挂红领巾成为每天必做的功课。对于一个八九岁的小孩子,尤其对于像我这样笨手笨脚的男孩子来说,挂红领巾不是一件很容易的事情,低着头,弯着脖子,绕过来,绕过去,就是系不好看。长大以后,穿上笔挺的西装,还要配上一条领带,可我转学多师,学来学去,就是学不会打领带,最后还是请别人代劳。这时,不由想起儿时系红领巾的情景。

有的同学当不了"红小兵",吃不到葡萄就说葡萄酸,挖苦"红小兵"是"积极货",挂在脖子上的是"红尿布"。刚上小学的小孩子,虽然已记不得儿时屁股上裹尿布的情景,不过在上学之前,还玩过剃头的游戏:一个扮演"剃头师傅",左手的手指当做梳子,右手的手指当做剪刀,嘴巴里念着"扑哧扑哧扑哧……"就算是在剃头了;另一个配角扮演被剃头者,脖子上围着一块大尿布。告别尿布还没有几年,如今又被人说是"红尿布",而且还系在脖子上,格外难为情。为了不被人说,平时,我就把红领巾藏在书包里,快要走到学校的时候,才从里面取出来,胡乱挂上;放学了,走出校门,一把将红领巾拉下来,塞进书包里。

当了两年"红小兵"后,已习惯成自然了。有一天,老师突然宣布我们今后不叫"红小兵",而叫"少先队员"了,全称就是"中国少年先锋队队员",一时听起很别扭。原来在一九七八年底召开的共青团十届一中全会以后,决定撤销"红小兵",恢复"中国少年先锋队队员"的名称。

人的思维都有惯性,从小听惯了"红小兵"、"红卫兵"的名字,如今突然改变了,还真不习惯。作为一名少先队员,我并不觉得自己有多先进。如果有什么可取之处的话,就是学习成绩还不错,因而屡次蒙受老师的抬举。到了五年级的时候,居然把我抬上了"大队长"的轿子,实在出乎意料。

记得当时整个学校的少先队员组成一个大队的建制,一个班就是一个中队,一个小组就是一个小队。少先队干部的手臂上,都挂了一块徽标,三道杆的是大队干部,二道杆的是中队干部,一道杆的是小队干部。自从我的手臂上挂了三道杆以后,经常有人喊我"大队长",或许跟当年喊"红尿布"是一个道理。

说真的,我这个"大队长"纯粹是摆设。平时,少先队也不搞什么活动,只有到了"六一"儿童节,才开一个会,应一下景。我既无组织才能,也无演说才能,性格内向,怯于亮相,最怕上台发言。好在一切都由辅导员王兴育老师大包大揽,免得我结结巴巴出洋相。

记得有一次集会,司令台上只有辅导员王老师和我两个人。我虽然人站在上面,魂早已丢了,心里"扑扑扑"地跳个不停,两腿发抖。王老师讲话以后,肯定要轮到我了,我讲点什么呢? 当时的脑子里一片空白。

正当我魂不守舍的时候,突然听到王老师一声高喊:"解散!"谢天谢地,真是救命的活菩萨! 我心里如释重负,长长地舒了一口气,终于解放了!

难忘的童年歌曲

> 听着红色歌曲出生,唱着红色歌曲上学,在红色歌曲的汪洋大海中成长的一代人,那高亢激昂的旋律,从小深深地浸入血液之中,一经撩拨,便热血沸腾,不能自已。

"东方红,太阳升,中国出了个毛泽东。他为人民谋幸福,呼儿嗨哟!他是人民大救星……"在我的幼年,每天天刚蒙蒙亮,村里的有线广播便播出这首旋律优美的陕北民歌信天游。

上了小学一年级,音乐课老师正式教唱这首《东方红》的时候,我们像小和尚念经,有口无心,老是把"中国出了个毛泽东"唱成"中国出了一个毛泽东"。老师狠狠地批评我们:"中国出了一个毛泽东?中国难道还有第二个毛泽东!"从此以后,这句歌词就烙在脑子里,再也不会唱错了。

虽然生活在沉寂的乡村,可我自幼沉浸在音乐的海洋里,准确地说,是沉浸在红色歌曲的汪洋大海里,虽然内容离不开说教,可旋律倒也动听。有的壮美,如排山倒海,一泻千里,那是美声唱法的男高音;有的优美,如泉水叮咚,田园牧歌,那是民族唱法的女高音。听惯了七十年代的红色歌曲,后来再听八十年代的流行歌曲,难怪有人觉得那是"靡靡之音"了。

当时村里虽然没有电视机,也很少有收音机,可有线广播里天天播放红色歌曲,爱听也听,不爱听也得听。我从小耳濡目染,浸淫已久。

我最熟悉的红色歌曲,除了《东方红》以外,当数《国际歌》和《歌唱祖国》了,拜有线广播所赐,每天至少听一遍。每天晚上八点半,广播里准时响起《国际歌》:"起来,饥寒交迫的奴隶!起来,全世界受苦的人!……这是最后的斗争,团结起来到明天,英特纳雄耐尔就一定要实现!"旋律沉郁低回,只是最后一句"英特纳雄耐尔",对我们这些毛头小孩子来说,只知其声,不知其义。这时,传来了播音员的声音:"浦江县人民广播站,今天的播音到此结束。听众朋友们,再见!"《歌唱祖国》雄壮高亢,欢快流畅,几乎无人不会:"五星红旗迎风飘扬,胜利歌声多么响亮。歌唱我们亲爱的祖国,从今走向繁荣富强……",记得是县广播站开始中午播音的时候,必不可少的播放曲目。

此外,耳熟能详的还有作为国歌的《义勇军进行曲》:"起来!不愿做奴隶的人们!把我们的血肉,筑成我们新的长城!中华民族到了最危险的时候,每个人被迫着发出最后的吼声!起来!起来!起来!我们万众一心,冒着敌人的炮火前进,冒着敌人的炮火前进!前进!前进!进!"到了一九七八年,国歌有了新的版本,旋律不变,歌词变了:"前进!各民族英雄的人民,伟大的共产党,领导我们继续长征。万众一心奔向共产主义明天。建设祖国，保卫祖国英勇地斗争。前进！前进！前进！我们千秋万代，高举毛泽东旗帜前进！前进！前进！进！"这个版本只用了四年，到了一九八二年，国歌又恢复为原先的《义勇军进行曲》。

当时的红色歌曲，从内容上来分，不外乎歌唱党、歌唱军队、歌唱社会、歌唱乡村的，还有歌唱领袖的。

歌唱党的最著名的是《没有共产党就没有新中国》："没有共产党就没有新中国，共产党辛劳为民族，共产党他一心救中国⋯⋯"。还有藏族歌唱家才旦卓玛演唱的《唱支山歌给党听》："唱支山歌给党听，我把党来比母亲；母亲只生我的身，党的光辉照我心⋯⋯"前者雄壮，后者婉转。

军旅歌曲有《三大纪律八项注意》："革命军人个个要牢记，三大纪律八项注意。第一一切行动听指挥，步调一致才能得胜利⋯⋯"《游击队歌》："我们都是神枪手，每一颗子弹消灭一个敌人；我们都是飞行军，哪怕那山高水又深⋯⋯"前者雄壮，后者欢快。还有《中国人民志愿军战歌》："雄赳赳，气昂昂，跨过鸭绿江。保和平，为祖国，就是保家乡⋯⋯"慷慨激昂，荡气回肠。

歌唱社会的有《社会主义好》："社会主义好，社会主义好！社会主义国家人民地位高，反动派被打倒，帝国主义夹着尾巴逃跑了。全国人民大团结，掀起了社会主义建设高潮，建设高潮⋯⋯"旋律高昂明快。

歌唱乡村的歌曲，都带着明显的时代烙印。乡村里从一九五八年开始"走(人民公)社"，于是便有一首著名歌唱家王昆演唱的《社员都是向阳花》："公社是棵常青藤，社员都是藤上的瓜。瓜儿连着藤,藤儿牵着瓜,藤儿越肥瓜儿越甜,藤儿越壮瓜儿越大……"六十年代开始"农业学大寨",于是有了《学大寨,赶大寨》:"学习大寨呀赶大寨,大寨红旗迎风摆,它是咱公社的好榜样啊,自力更生改变那穷和白;坚决学习大寨人,敢把那山山水水另呀么另安排……"这两首歌曲,似乎是县广播站相关农村栏目的片头音乐或者背景音乐,反复传唱,耳熟能详。

　　歌唱领袖的歌曲更是不计其数,最著名的除了《东方红》以外,还有耳熟能详的《大海航行靠舵手》:"大海航行靠舵手,万物生长靠太阳,雨露滋润禾苗壮,干革命靠的是毛泽东思想。鱼儿离不开水呀,瓜儿离不开秧,革命群众离不开共产党,毛泽东思想是不落的太阳……"有一首《北京的金山上》:"北京的金山上光芒照四方,毛主席就是那金色的太阳。多么温暖多么慈祥,把翻身农奴的心儿照亮! 我们迈步走在社会主义幸福的大道上,哎巴扎嘿……"这也是才旦卓玛演唱的,婉转动听。

　　等我上小学的时候,音乐老师教我们的第一首歌是《学习雷锋好榜样》:"学习雷锋好榜样,忠于革命忠于党,爱憎分明不忘本,立场坚定斗志强,立场坚定斗志强……"还有一首《接过雷锋的枪》,难度要大一点:"接过雷锋的枪,我们都学习他的榜样;接过雷锋的枪,千万个雷锋在成长……"

　　"四人帮"倒台了,全国人民欢欣鼓舞,于是有了《打倒四人帮》:"打倒四人帮,人民喜洋洋,王张江姚篡党夺权不自量。我们团结在党中央的周围,四人帮滔天罪行要清算,要清算……"

　　我们小孩子唱的儿歌,也夹杂着说教的内容。一九七四年,"批林批孔"运动热火朝天,小学里的毛泽东思想文艺宣传队排演了一些应时的节目,送到村坊。当时,文宣队的小演员边演边唱《林彪孔老二都是坏东西》:"打倒林彪,孔老二,都是坏东西。嘴上讲仁义,肚里藏诡计。鼓吹克己复礼,一心想复辟。嗨!红小兵,齐上阵,大家都来狠狠批。红小兵,齐上阵,大家都来狠狠批。嗨!"至于"林彪"是谁,"孔老二"是谁,什么叫"仁义",什么叫"克己复礼",我都一无所知。又如一些朗朗上口的包含政治内容的儿歌《我爱北京天安门》:"我爱北京天安门,天安门上太阳升,伟大领袖毛主席,指引我们向前进……"《北京有个金太阳》:"北京有个金太阳金太阳,照得大地亮堂堂亮堂堂。哎,伟大领袖毛主席,您是我们心中的金色的太阳……"《我是公社小社员》:"我是公社小社员来,手拿小镰刀呀,身背小竹篮来。放学以后去劳动,割草积肥拾麦穗,越干越喜欢……"

只有一首《大家来做广播操》,还算是比较纯粹的儿歌:"晨风吹,阳光照,红小兵起得早,起得早。整整齐齐排好队,大家来做广播操。伸伸手,弯弯腰,踢踢腿,蹦蹦跳,认真锻炼身体好,长大要把祖国保。"

因为五音不全,长大以后,我对流行歌曲兴趣不高;而童年时代就耳熟能详的红色歌曲,至今依然记忆犹新。

墙壁上的风景

> 墙壁上到处刷满一条条红色的标语,成为当年乡村的一道风景。对我来说,这是一块学习汉字的黑板,虽然还不能理解每句标语的完整内涵,却让我认识并记住了上百个汉字,受益匪浅。

在我的童年,无论是学校,还是农居,无论是新屋,还是老屋,墙壁上到处写满了红色的标语,门窗上张贴了红色的春联,汇成一片红色的海洋。虽然还不能理解每句标语和春联的完整内涵,却让我认识并记住了上百个汉字,这是无意中的收获。

跟我们小学生最密切的"最高指示",就是教室前面的标语"好好学习,天天向上",教室后面的标语"团结,紧张,严肃,活泼"。每当我们在学习和生活上遇到困难和挫折的时候,老师就引用墙壁上的"最高指示":"世上无难事,只要肯登攀"、"一不怕死,二不怕苦"、"下定决心,不怕牺牲,排除万难,去争取更大的胜利",连死都不怕,学习上的一点小小困难算得了什么!

记得涂在我家新屋墙壁上的"最高指示",是"工农兵是学哲学的主人"、"种田人学好用好哲学",字体是当时流行的老宋体,朱色。当时我问过爹,"哲学"是什么意思,只见他支支吾吾,半天也答不出来。

那时的红色标语,大多是中小学老师所写。写标语的工具,是一张梯子、一把刷子、一桶油漆、一把尺子和一支铅笔。先把梯子靠在墙壁上,人爬上梯子,先用粗铅笔和尺子画好标语的轮廓,字体一般是老宋体,再打开油漆桶,刷子蘸满朱色的油漆,把轮廓涂满即可。

当时,涂在乡村墙上的,还有一些卫生宣传的标语:如讲吸血虫病的传染史:钉螺蛳从幼虫到成虫,进入人体,危害生命,圆圈的中间画了一个正在洗澡的男人,肩上还有一块毛巾。因为在二十世纪六七十年代,家乡爆发了一场瘟疫——吸血虫病。为了切断叮螺蛳的传播途径,疫区把家家户户的茅厕都填了,我从小到外婆家和三姑姑家,拉大便也用尿桶,很不习惯。这幅宣传画,成为那个年代乡村特有的一道风景。

墙壁上是红色的标语,门窗外是红色的对联。"爆竹声中一岁除,春风送暖入屠苏。千门万户曈曈日,总把新桃换旧符",贴春联是中国几千年来形成的习惯。

那时候,供销社里有历书出售,大小跟"红宝书"差不多。历书的前面是春联大全,可供选择,村民只要依样画葫芦就行。虽然主要是"破四旧",不过还保留了一些传统的吉祥用语,譬如"五谷丰登"、"六畜兴旺",还有一些毛主席诗词,譬如"春风杨柳万千条,六亿神州尽舜尧"、"四海翻腾云水怒,五洲震荡风雷激"、"五岭逶迤腾细浪,乌蒙磅礴走泥丸"。当时,在很多人家的客厅里,都贴着一张标准的毛主席像。

到了一九七九年春节前夕,村里有一位初中生一脸兴奋,奔走相告,说按上面的精神,春联的内容要大变样了,有关"革命"的用语不能写了,譬如"继续革命"、"将文化大革命进行到底"。

不久,乡村里有一系列的大动作:恢复传统戏剧的演出,给"四类分子"摘了帽……后来才知道这是一九七八年底召开的党的十一届三中全会给全国各地送来的春风。

迷人的连环画

> 　　每个读书人都有自己的启蒙读物。我的启蒙读物就是七十年代打着深深时代烙印的连环画，让我增长了古今中外的历史知识，在如饥似渴的阅读中度过了一段愉快的少年时光。

　　我少年时代的启蒙读物，既不是父辈读的《三字经》、《百家姓》和《神童诗》，也不是儿辈看的《小猫钓鱼》、《白雪公主》和《青蛙王子》，而是七十年代打着明显时代烙印的连环画，也叫"小人书"。因为体积小，可以揣进口袋里，又叫"口袋书"。

　　连环画内容通俗浅显，只有一两百页，薄薄的一册，而且价格便宜，每册不过一两毛钱，最适合小孩子。一般是 64 开本，只有课本的一半大小，故事中的人物画得很小，所以叫它"小人书"，再也妥帖不过了。

　　在我的家乡，"连环画"叫"画书"。说它是画，是因为每页都有图画，而且占据了页面的绝大部分空间；说它是书，是因为每页都有简洁的文字,串联成一个简明的故事。"画书""画书",既有图,也有文,以图带文,以文释图,图文并茂,形象易懂。

连环画虽然只要一两毛钱一本,但相当于一个十分工半天一天的收入,乡村孩子想买而买不起,大人不喜欢看也舍不得买。村里唯一买连环画的大人叫"王猪狗",我叫他"猪狗伯伯"。他虽然已经五十来岁了,还是童心未泯,脸上永远挂着五岁孩子般的灿烂笑容,平时除了参加生产队里的集体劳动以外,每逢临近公社的集市,都要向生产队长请半天假,去贩卖粮票,赚取差价。他喜欢看连环画,也有钱买连环画。他把连环画藏在二楼,吸引了成群结队的小孩子,闹哄哄的,争着要看,从头看到尾,再从尾看到头,翻来覆去,不厌其烦。

我当时年纪幼小,没有认识几个字,纯粹是"狗看花被单",在"猪狗伯伯"家看了哪些连环画,已记不得了。有时他高兴,在一旁给我讲解连环画的故事情节,从他口中我得知中国历史上有两个英雄人物,一个叫刘邦,一个叫项羽。有一天夜里,亭长刘邦喝醉了酒,路遇大蛇,挥剑将断,后来做了皇帝。他的老婆叫做吕后,凶残无比,把妃子戚夫人的四肢剁掉,挖出眼睛,割去舌头,使其不能言语,做成"人彘",扔到厕所里,让她求生不得,求死不能。

一九七一年五月由浙江人民出版社出版的《地道战》,扉页上有一段毛主席的语录:"革命战争是群众的战争,只有动员群众才能进行战争,只有依靠群众才能进行战争。"在《编后》中,有这么一段话:"我们必须遵照毛主席关于'备战、备荒、为人民'的教导,提高警惕,团结战斗,随时准备将一切敢于来犯的敌人埋葬在人民战争的汪洋大海中。"

这一时期出版的画书,在图案上,喜欢用光芒万丈的红太阳、飘扬的红旗和闪闪的红星,譬如在《地道战》里,打开包袱,露出毛泽东的《论持久战》一书,四周发出万丈光芒;在《红旗渠》里,总干渠修通以后,人们扛着招展的红旗,背后升起了一轮光芒万丈的红太阳;在《闪闪的红星》里,一颗红星同样闪耀着万丈光芒。

十一届三中全会以后,连环画迎来了一个繁荣期。作为一名小学生,我只关心打不打仗,有打仗内容的连环画我觉得最好看,也最喜欢。古代的战争题材,有三国系列的,譬如《桃园结义》、《三顾茅庐》、《三英战吕布》、《长坂坡》、《舌战群儒》、《千里走单骑》等;有杨家将系列的,譬如《李陵碑》、《杨七郎打擂》、《双龙会》、《穆柯寨》等;有水浒系列的,譬如《逼上梁山》、《三打祝家庄》、《快活林》、《鲁智深》等;有岳家将系列的,譬如《岳母刺字》、《黄天荡》、《小商河》、《牛头山》等现代战争的题材,有抗日战争的,譬如《地雷战》、《地道战》、《平原作战》、《铁道游击队》、《小兵张嘎》、《鸡毛信》等;有解放战争的,譬如《红岩》、《红日》、《桐柏英雄》、《智取华山》等;还有朝鲜战争的,譬如《黄继光》、《邱少云》、《上甘岭》……

我从小嗜书,却没有买过一本连环画。除了到"猪狗伯伯"家或者小朋友处借阅以外,就是到公社的连环画摊里租看,一分钱看一本。

那时的连环画摊,就是在街道边放一个木架子,上面密密麻麻地分成许多小格子,每个小格子上放一本连环画,前面用一条橡皮筋拦住,以防掉下。在连环画摊的前面,摆了几条小凳子,常常有一群小孩子坐在那里,一分钱看一本,看得津津有味、忘乎所以。

在这些痴痴迷迷、忽喜忽怒的小读者当中,也有我少年时代的身影。

多事之秋

> 一九七六年,这是一个多事之秋:三位伟人相继逝世,唐山发生大地震,粉碎"四人帮"…… 这些消息到了我家所在的那个偏僻乡村,在我这个八岁小孩的眼中,有的已是波澜不惊,有的只是一点涟漪,有的依然排山倒海。

"正月里闹元宵,金匾绣开了。金匾绣咱的毛主席,领导的主意高。二月里挂春风,金匾绣的红,金匾上绣的是,救星毛泽东。一绣毛主席,人民的好主席,你一心为我们,我们拥护你。二绣总司令,革命的老英雄,为人民谋生存,能过好光景。三绣周总理,人民的好总理,鞠躬尽瘁为革命,我们热爱你。"女高音歌唱家郭兰英演唱的一首感情深挚、旋律优美的《绣金匾》,道出了当年全国人民对毛主席、朱总司令、周总理三颗巨星相继陨落的深哀剧痛。

一九七六年,也就是我上学的第二年,除了三颗巨星相继陨落以外,国家接连发生了许多惊天大事,在全社会掀起了滔天巨浪。

这些消息到了我家所在的那个偏僻乡村,在我这个八岁小孩的眼中,有的已是波澜不惊,有的只是一点涟漪,有的依然排山倒海。

春季的一天,全校师生在大礼堂里集合,校长站在司令台上讲话,至于具体讲了些什么,我没有听清楚。回到教室以后,班主任方球琳老师一脸严肃地说,全国正在开展"反击右倾翻案风"运动,打倒了邓小平。我既不知道"反击右倾翻案风"是什么东西,也不知道邓小平是谁。

不久,学校的公告栏里贴出了画报,在周恩来总理的追悼会上,由副总理邓小平致悼词,不过脸上打了一个大叉叉,这是我第一次看见他的面容。大约给周恩来开追悼会的时候,邓小平还在台上,等到画报印好以后,却已被打倒了,照片来不及更换,只能在脸上打上一个红色的大叉叉,也算是新闻史上的一件奇闻。

到了夏天,河北唐山发生 7.8 级大地震,造成 20 多万人死亡。村人的神经一下子绷紧了,大家都在私下嘀咕:我们这里会不会地震? 当时的谣言满天飞,有人说马上要地震了,晚上不能住在屋子里,只能睡在天井上,一时间闹得人心惶惶。小孩子胆子小,我想象地震的时候,地面开裂成一个无底的深渊,人掉了进去,再合拢来,人被夹成肉饼。晚上睡在床上,我怕万一地震,屋顶要塌下来,把人砸死。

尤其是村里七老八十的老人,更是被"地震"二字吓得六神无主,偏偏有些年轻人喜欢作弄他们。记得隔壁有个大姑娘跟我的二爷爷说:"老爷爷,马上就要地震啦!"二爷爷满面愁容地叹息:"啊呀! 那怎么好呢?"

唐山大地震造成的恐慌还没有过去,那年秋天,毛主席逝世的消息传来,村里笼罩在一片愁云惨雾之中,仿佛天要塌下来了。正在外地做木工的爹被生产队里叫了回来,参加追悼会。我们大队的追悼会现场,设在我家门口的天井里,大家神色肃穆,大气不敢出,唯恐出什么差错。

一会儿,从广播里传来了低回的哀乐,照例是一鞠躬、二鞠躬、三鞠躬,默哀三分钟。这套现代的追悼仪式,跟我们乡下的传统丧礼完全不同,我觉得很好奇,但又不敢说,跟着姆妈,行礼如仪。偏偏在这个时候,有人忍俊不禁,笑了出来。幸亏乡下人比较忠厚,无人告发,否则吃不了兜着走。

虽然在国家的政治生活中接连发生各种变故,但对于普通老百姓来说,饭照吃,觉照睡,日子照样过。真正在家乡掀起轩然大波的,是那年底粉碎了"四人帮",全国各地都在清算他们的"流毒",从县里、公社和大队,都揪出了不少"代理人",需要"深揭狠批"。

印象最深的是,我村西边的深一大队樟桥头村的街上,贴满了揭批大队支部书记王××的大字报,除了文字,居然还有漫画,图文并茂,让人过目不忘。在大字报上,被打倒的支部书记身穿中山装,栽在脖子上的不是一颗人头,而是一只猪头,肩上扛着一根毛竹扁担,两头挑着两只金华火腿。从文字上看,这个"猪头"支部书记的罪行之一,就是挑着金华火腿贿赂上级领导。

其实,早在一九七四年的冬天,还没有到上学年龄的我,已经跟三哥(大伯伯的三儿子)给老师贴过大字报。放学了,我们还在校园里磨蹭。等到学生和教师渐渐离校了,三哥和他的同学突然从书包里取出事先写好的一张大字报,迅速张贴在公告栏上。因为怕学校追究,我们不敢从学校的大门堂而皇之地走出去,而是按照原先"侦察"好的路线,来到学校最后面的一个教室,从破损的窗户里慢慢爬出来。

几个懵懂的小学生,为什么要给老师张贴大字报? 有什么解不开的矛盾? 事情很简单,三哥跟他的同学想在放学以后打乒乓球,向一位姓王的年轻老师借乒乓球拍,遭到拒绝。于是,三哥和同学商量,要出一出这口恶气,自然想到当时最通行的一招:给王老师贴大字报。已经记不清是谁写的文章,谁抄的大字,反正是千篇一律的格式,我只记得开头是"强烈要求"四个字,大约是强烈要求学校处分王老师。大字报写好以后,因为心虚,不敢光明正大地去张贴,怕被老师撞见,所以在接近傍晚的时候,才神不知鬼不觉地贴上去。

当时,县里、公社里和大队里都在办"学习班",全称是"毛泽东思想学习班",其实是要求"被学习者"交代问题,改正思想。记得当时我们深二大队也办了一个学习班,对象是邻村的一位村民,关在我们学校的一间教室里,把几张课桌拼在一起,铺上草席和被褥,就是临时的床铺,门口有人把守。一日三餐,由家属做好饭菜,送到学习班里来。

那几年,运动一个接一个。在我的印象中,运动主要是两种形式,一种是群众游行,另一种是开会批斗。

《毛泽东选集》第五卷出版的时候,整个公社都组织游行,以大队为单位。队伍的最前面抬着一张大桌子,桌子上摆放着毛主席的像,接着是随风飘扬的红旗,后面是游行的队伍。游行的起点,是大队部,所有社员在此集合以后,一起出发,敲锣打鼓;终点是公社,游行后集中到公社中学的大操场上,召开庆祝大会。有的社员"觉悟"不高,游行开始,就想开溜,所以要点名,开始时点一次,结束时再点一次,也算正常出工,记工分。每次游行,队伍走得很慢,有人嘀咕是"粘小脚",也就是小脚老太婆走不快的意思。

除了庆祝大会,还有批斗大会,对象每次都是那几个地富反坏"四类分子"。会场上设一个主席台,大队干部坐在上面。"四类分子"在主席台前站成一排,低眉垂首,老老实实。我们深二大队的大队长王××,以前坐在主席台上,威风八面,批斗"四类分子"。等到粉碎"四人帮"以后,他摇身一变成为被批斗的对象,站在主席台前,垂头丧气。

每次搞游行和批斗,最兴奋要数我们这帮少不更事的小孩子,跑前跑后,追来追去,跟村里放露天电影差不多,好像在看一场精彩的大戏。

躲进牛栏打老 K

> 游戏是孩子的天性。我从小就是一个老 K 迷，在由五十四张牌组成的虚拟世界里，纵横驰骋，尽情遨游，领略其间的变幻莫测，精彩纷呈，乐而忘忧，不知肚里频频打鼓，也不顾牛栏里臭气熏天了。

在我的小学时代，喜爱打老 K。最令人难忘的是，大家躲在生产队臭气熏天的牛栏里，兴致勃勃，老 K 打得昏天黑地，"如入鲍鱼之肆，久而不闻其臭"了。

当时，人人都希望能拥有一副属于自己的老 K 牌，可以呼朋引伴，一试身手。扑克牌虽然只要一毛多一副，但大家都买不起。有一年，哥哥从舅舅那里拿了一幅老 K 牌，成了他炫耀的资本。村里有一个高年级的学生，一天到晚给哥哥灌蜜糖，两人成了"好朋友"，"好朋友"有了好东西，自然要"分享"，最终图穷匕见，把哥哥的老 K 牌"分享"走了。

小孩子打老 K，村边的"樟树干娘"是第一选择。它本是一株高度倾斜的千年古樟,老早空心,后来经过一场火灾,烧得只剩下小半边,依然枝叶繁茂,倔强地活着。在村人的眼里,这株樟树有了神力,逢年过节有人在树下烧纸插香。在半边倾斜的树干上,可以容纳七八个人,四人打老K,边上还可以坐几个旁观者。我们坐在离地丈把高的树上轻松地打老K,看着来来往往的行人从胯下走过,那种悠然自得的感觉,简直比神仙还要爽。因为名声在外,大人不见孩子回家干活和吃饭,第一个要寻找的地方,就是看看有没有坐在"樟树干娘"上打老K。

于是,我们转移到大队里的一个小砖窑里,继续打老K。在砖窑的南面有一个入口,本来是烧火的,人可以走进去,在顶上有一个圆孔,光可以照下来,外面的寒风吹不进,地上的草袋很柔软,这里便成了我们寒冬里温暖的游乐场。放学以后,大家在这里打老K,消磨时光。在那些艰难枯燥的岁月里,砖窑给我们带来不少乐趣。

砖窑虽好,无奈名声太大,大人都知道了,便找到这里,把孩子们叫回去帮助干农活。于是,我们像"地下党"一样,再一次转移到更隐蔽的地方。当时每个生产队都有一个牛棚,一楼养水牛,二楼堆稻草。我们爬上牛棚的二楼,在靠近窗户的地方,用一捆一捆的稻草筑了一个窝,又柔软,又温暖,又隐蔽,可以躲在里面尽情地打老K。只有在这个地方,大人根本找不到,甚至连想也没有想过,这便是狡兔的"第三窟"了。

记得当年老K主要有三类打法:第一类是"争上游"。一种是"打光牌",先把手中的牌出光为赢,记下其他人手中的牌数,越少越好;另一种是"抓分数",看谁抓的总分高,谁就赢。第二类是

"打下台"和"打红5"。打法跟如今相同，但是没有三打一的玩法，也没有"打方5"的玩法。第三类是"推牌九"。也有两种玩法，一种是32张牌，另一种是54张牌。

除了这三类，还有几种不经常用的玩法。一种是玩"十点半"，向庄家要牌，合计十点半为最大，比大小，大者为赢。如果超过十点半，不战自败，叫做"撑破了"；一种是"接龙"，为黑桃、红桃、草花、方块四路，从A开始，一路接下去，接不下去了，可以向上家讨一张，先将手中的牌脱手者为胜；还有一种是"骗人"，将手里的牌埋下去，埋牌者先说一声"几个几"，对家如果不相信，可以翻开，如果骗人了，为翻牌者赢，如果没有骗人，为翻牌者输，先把手中所有的牌脱手者为胜。另外，老人们喜欢用老K牌代替象棋"斗棋子"，正司令做帅，副司令做将，老K做士，Q做相（或者象），J做车，10做马，9做炮，以下就是兵（或者卒）了。

棋逢对手，才有劲头。或许是早慧的缘故，我不喜欢跟同龄人打牌，因为水平不在同一个档次上。当时我刚上小学，老是屁颠屁颠跟在高年级同学后面，作为替补队员，站在一边看上半天，过过眼瘾。要是有人被爷娘叫去干活，三缺一了，我这个替补队员欣然上场，好像捡到了美差。

读初中以后，我告别了懵懂的少年时代，有点"懂事"了，知道圣人说的"业精于勤而荒于嬉"的道理，把打老K当做一种"嬉"，再也不敢去碰了。从此，我本已枯寂的人生又少了一种乐趣。

乡村乒乓擂台赛

> 　　游戏的乐趣,不在于金钱,而在于参与,在于过程,更在于创造,有条件的要玩,没有条件的要创造条件玩。那时的孩子虽然穷得叮当响,买不起最基本的玩具,却能因陋就简,因地制宜,照样玩得天昏地暗,忘乎所以。

　　在少年时代,村里三天两头举行的"乒乓擂台赛",给我带来了无穷的欢乐。因为技艺蹩脚,我只能作个陪衬,凑个热闹,也算重在参与吧。

　　打乒乓最起码要有乒乓球、乒乓球桌、乒乓球网和乒乓球拍。而小孩子好不容易存的钱只能买一只乒乓球,其他的设备就只能因陋就简,将就着用了。

　　没有乒乓球桌,大家就自力更生,在晒场上画一张。用粉笔画最好,要是没有粉笔,用南瓜叶也行,要是连南瓜叶也没有,就用瓦片了。这样的影子"乒乓球桌"倒也简单,却有一个缺憾,就是乒乒球有没有出界,用肉眼很难界定,比赛双方往往公说公有理,婆说婆有理,争得面红耳赤,谁也不服谁。还有一种办法要好一点,临时将堂楼上的大门拆一扇下来,搁在两条四尺凳上,就成了一张简易的乒乓球桌。至于乒乓球网,也是没有的,在门板的中间放两块砖头,搁上一条木棍或者竹竿即可。乒乓球拍有两种,一种是木制的,就是一块长方形的木板;另一种是肉制的,就是人的一双手。我因为不会握球拍,从小都徒手打乒乓球,只会托球,不会推挡抽杀,相当蹩脚。

　　"乒乓擂台赛"的第一道程序,有一个很有意思的名字,叫做"谋皇",就是图谋做皇帝的意思。比赛的双方一般"打三块",也就是打三个球,率先赢得两个者为胜。还有一种"打五块",也就是打五个球,率先赢得三个球的为胜。此外,还有"打十一块"和"打二十一块"的,一般在人少的时候进行。如果有一大群人挤在那里,大家都手里痒痒,虎视眈眈,想急吼吼地上场厮杀,哪有耐心让你们两个酣畅淋漓地"打十一块"或"打二十一块"呢!擂台赛开始后,两人交锋,失败者下,胜利者留,接受下一个人的挑战。就这样,杀得昏天暗地,一个个挑战者败下阵来,谁杀到最后,谁就是胜利者。等到只剩下最后两个人了,就成为"皇帝","谋皇"成功了。

　　第二道程序是"点将"。先由两个"皇帝"对打厮杀,获胜的一方可以"点一个将",要他与自己对打,将他打败了,就收为手下的"将"。然后,两个"皇帝"再一次对打,继续"点将",直到所有的"将"都被"皇帝""点"完为止。先点的"将"为大,后点的"将"为小,分为"大将"、"二将"、"三将"……

第三道程序是"打仗"。两个"皇帝"麾下的"将",按从小到大的顺序,依次出场,相互厮杀,一直杀到"三将"、"二将"、"大将",全部杀光了,"皇帝"只好亲自披挂出阵,进行厮杀,如果也被杀了,就彻底失败,擂台赛就此结束。这种打法,跟后来的中、日、韩三国围棋擂台赛类似。

第四道程序是"喝酒"。获胜的一方为了庆祝胜利,一对一依次上场喝庆功酒,直到所有人"喝"完为止。所谓"喝酒",就是两个人托球,把球托得老高老高,慢条斯理,喜笑颜开,仿佛真的得胜回朝、举杯庆功似的。

除了打乒乓球以外,我们还喜欢打土制的"羽毛球"。"羽毛球"有两种:一种选一个玉米棒,将外面的玉米粒搓去,只剩下里面的棒子,折去上半部分,留下下半部分,在玉米棒子的内芯插上三根相对硬朗的母鸡毛,就做好了。另一种用几根相对柔软的公鸡毛,插在橡皮瓶塞上。橡皮瓶塞跟玉米棒相比,富有弹性,打起来更高更远更飘,更有趣味。

打"羽毛球"需要球拍,无非是薄薄的长木板,托来托去,发出"笃笃笃"的声响。不像打乒乓球,可以用手掌,因为玉米棒子打在手掌上,痛得要命,真吃不消。

打"羽毛球"的最大好处是,连买乒乓球的几分钱也省下了,纯粹是就地取材。玉米棒在乡下有的是,鸡毛、鹅毛也一文不值,木板也是现成的,可它带来的乐趣却没有因此打折。

小孩子除了打乒乓球和打"羽毛球",也喜欢下棋。当时,村里没有人会下围棋,一般是大人下象棋,小孩下军棋。我从小喜欢在一旁看大人下象棋,有时候也想插嘴,看看到楚河汉界上写的

"观棋不语真君子,落子无悔大丈夫",就不敢置喙了。最有意思的是下土棋,无论在室内室外,田间地头,明堂树荫,只要用黑炭或者石灰头就地画一个棋盘,找石子、柴棒或者碎瓦碎片即可对弈,不分男女老少,都可以参加。我至今还记得有好几种走法:

第一种是"走三直"。每人各执三子,先走至对角为一直时为胜。

第二种是"走金木水火土"。在地上画一个井字,四面封口,即成棋盘。双方各执四子,花样不同。开始走时,每次只能走一步,倘若前面能越过三个空格到达对方棋子,可以连续走五步,口念"金木水火土",把对方的棋子吃掉,剩子多者为胜。

第三种是"走牛角",两人在牛角状的棋盘上对弈,娘一粒棋子,团两粒棋子。娘先走,横竖都可以走。走团者将娘赶至牛角尖,使其不能退回为胜,走娘者以逃回牛角跟为胜。

第四种是"走西瓜皮",双方各拣子四颗,分布在西瓜皮形状棋盘的自己一侧,逐步进攻,将对方分割包围而消灭之,剩下子多者为胜。

还有一种是"走八角蟢",至今只知其名,已经记不起它具体的走法了。在我的家乡,"八角蟢"是蜘蛛的俗称,记得棋盘的形状像一只八角的蜘蛛。

好在我当时上小学,课业负担不重,课余有很多空闲的时间,打打乒乓球和羽毛球,下下土棋,成为童年时代的一段美好记忆。

放牛娃的不了情

> 耕牛是人类的伙伴，也是劳动的帮手。"前头背
> 个牛轭头，后头拖过铁犁头"，以流汗开始；穿牛鼻子、
> 阉割睾丸、抽筋剥皮，以流血告终。善待动物，就是善
> 待人类；善待耕牛，就是善待劳动。

在历代画家的笔下，骑在水牛背上的牧童，往往剃着一个扎箕头，梳着两个抓髻，穿着一个红肚兜，双手握着一支短笛，从笛子里飘出清越的乐声，怡然自乐，生趣盎然。上小学以后，我虽然不是吹笛的牧童，在生产队里也确实当过几天"放牛娃"。

当时生产队里的牛，有水牛和黄牛两种。水牛灰色，黄牛黄色，水牛力大，黄牛稍逊，水牛胃口大，黄牛胃口小。我们生产队里养的是水牛，由社员轮流放养，一户一天。因为爹外出做木工，姆妈参加生产队劳动，放牛的事有时落在哥哥身上，有时落在我身上，一天早晚放两次。

轮到放牛的日子，天刚蒙蒙亮，我就早早地起床了。到生产队

的牛棚里,把水牛牵出来,牵往村前的乡间小路。水牛一边慢慢地走,一边不停地吃路边的青草,偶尔也偷吃两口田里的庄稼。只要不是太过分,我总是睁一只眼闭一只眼,不敢用牛鞭去打它。虽然水牛性情温顺,毕竟是庞然大物,体重几乎要比我这个十来岁的小孩子重十倍,心里难免胆怯,生怕会激起它的反抗,如果那尖尖的牛角顶你一下,肚子上保准顶出一个大窟窿。

放牛看看是一件富有诗意的轻松活儿,却有不为人知的辛苦。一大早穿行于田野之间,路边的杂草和田里的水稻都沾满了露水,将你浑身打湿。尤其是黎明时分,蚊虫虻子一起出动,往你头发里钻,叮在头皮上,奇痒无比,拍又拍不死,赶又赶不走,只好不停地搔首抓耳。加上那股熏天的牛粪臭,招引了更多的蚊虫虻子,逐臭而来。牛身上还有一种像跳蚤一样的寄生虫,俗称"牛草鳖",叮在牛皮上,只会吸血,不会排泄。不久,肚子胀得滚滚圆,像一颗豆子。最后,吸得胀破肚皮,"牛草鳖"就呜呼哀哉了。

性格温顺的水牛,偶尔也有反抗的时候,挣脱牛绳,在田野上狂奔。不过,孙悟空一个筋斗纵然能翻十万八千里,也逃不出如来佛的手掌心。水牛不管如何狂奔,还是逃不过人们的控制,几个人前后左右一包围,水牛迟早会被抓住牛鼻子,只能乖乖就范。

最有趣的是,牛的肚子里有两个胃。白天吃的草料,进入牛的第一个胃;晚上休息的时候,再把草料吐出来,重新咀嚼,进入第二个胃,这种现象叫做"反刍"。

除了偶尔给生产队放几天牛,更多的时候,我只是一个旁观者,默默地关注水牛,水牛的这一生,没有半点诗意,只有流汗和流血。

　　母牛生产的时候，有经验的老农守在一旁，当"接生婆"。如果牛犊的头先钻出来，那是顺产；如果脚先钻出来，容易难产，母牛和牛犊随时都有生命危险。这时，"接生婆"的双手伸进母牛撑开的子宫里，将牛犊一点点地拽出来。呱呱坠地的牛犊，刚睁开眼睛，就挣扎着站起来，颤颤巍巍，跌倒，再站起来，再跌倒，再站起来……直到能够站立为止，俗称"牛百跌"。

　　牛犊稍稍长大以后，就要穿牛鼻子了。牛犊的两个鼻孔之间，有一层皮肉相连，布满神经。聪明的人类知道，只要控制了这一神经的敏感区，就控制了整头牛。于是，人一手抓住牛鼻子，一手拿着一根锐利的铁钻，猛地一下刺进牛鼻孔，迅速穿上牛绳，牛的鼻孔顿时血流如注。等到伤口愈合之后，牛鼻子里留下了一条牛绳，成为牛被人类控制的终身把柄。只要一拉牛绳，牛鼻子就疼痛无比，你要向东，它不敢向西，你要向南，它不敢向北，哪怕力大无比，也只得乖乖就范。这就是一个十岁小孩也可以控制一头千斤水牛的奥秘。

　　为了驯服好斗的公牛，使其勤于耕田，都要阉割睾丸，比穿牛鼻子更为残忍。没有麻药，用刀切除睾丸，任何动物都要拼死挣扎，何况是力大无比的公牛。聪明的人类又想出一个绝妙的方法，预先将公牛牵进一条狭窄的弄堂里，前后各有三四个彪形大汉把守，有的牵牛鼻子，有的拉牛尾巴。这时，兽医蹲下身子，手起刀落，迅速将阴部的牛皮剖开，切除睾丸，然后用苎麻丝扎好，再在创口涂上碘酒，以防发炎。平时性格温顺的水牛，因为剧烈的疼痛，拼命地挣扎，可怜庞大的身躯夹在狭窄的弄堂里，欲进不能，欲退不得，跳又跳不起，躺又躺不倒，因为挣扎，连厚厚的牛皮都擦出了鲜血,其酷烈的程度,比起古代太监受的宫刑来,有过之而无不及。

除了流血,更多的是流汗。老家有一句俗话"像教牛一样",形容一个人太愚笨,教不会。牛长大以后,就套上牛轭,学习耕田。耕田是力气活,动作简单,无非是前行、暂停、左转、右转四种。在我的家乡,有一套约定俗成的"牛语":前行的口令是"嗨——";暂停的口令是"哇——";要水牛往人所在的同一侧转,拉一拉牛绳;要水牛往人所在的另一侧转,抖一抖牛绳。要让愚笨的水牛领会这四个简单动作,并非易事,往往需要两三个耕田的"老把式"忙上几天的时间,耐心地教,久而久之,形成条件反射,就算教会了。水牛学会了耕田,从此开始为人类流汗。

勤勤恳恳耕了一辈子田,等到年迈体衰,等待牛的不是颐养天年,而是无情宰杀,以留血告终。牛通灵性,一旦预感末日来临,两眼血红,不停流泪,却不挣扎。这时,我们一帮围观的小孩子,连忙将双手放在身后,意思是没有空,不能救你。宰杀之前,人们先用围裙裹住牛的头部,让它看不见,算是一点人道;再用麻绳套住它的四条腿,准备就绪,屠夫抡起斧头背,猛地砸在水牛的脑门上,其他的人一齐拉麻绳,把水牛扳倒在地,顷刻断气,没有太长的痛苦,也算是一点人道。接下来,剥皮、抽筋、割肉、剖腹、挖内脏,最后只剩下一副森森的白骨。牛皮成为脚底鞋,牛肉成为盘中餐,牛骨头、牛内脏、牛血熬成牛清汤,做成一道具有乡土特色的美味。

家乡有一首《牛郎歌》,形象地描绘了耕牛悲惨的一生:"牛呵牛,食口青草眼泪流:前头背个牛轭头,后头拖过铁犁头。爬起五更耕长丘,牛鞭棒头狠命抽! 耕呀耕,无出头:日来吊吊树根头,夜来眠眠栏角头。肚饥荒草嚼两口,还要骂我死瘟牛!"

一年四季偷到头

> 偷了地上水下,偷了家里野外,偷了春夏秋冬,怎一个偷字了得!在食不果腹的年代,正是小孩子长身体的年纪,一天到晚饥肠辘辘,肚子打鼓,四处偷吃,实在是逼上梁山,情有可原。

孔乙己说"窃书不算偷"。在我的家乡,偷水果也不算偷,而叫"糟蹋"(读成 chen kc),因为偷走的少,糟蹋的多。一般的小孩子偷水果被主人发现了,马上逃之夭夭;也有强悍的小孩子,不怕主人,反而振振有词,说出一套道理来。

有一年,东明大队一位老会计家的桃子熟了,有一个小孩子路过,就上树摘桃,不料被他发现,就大喊:"有人偷桃!"小孩子来不及躲避,主人已经到了树下。他不慌不忙,盯着老会计说:"摘个桃子也算偷?你半夜三更把集体的粮食藏在木炭下,背回家去,那才真的叫做'偷'!"老会计无言以对,气得差点吐血晕倒,当场就把这株桃树砍了。

在我的少年时代，每每熬过青黄不接的"三荒春头"，到了初夏季节，水果次第成熟：樱桃、杏子、枇杷、桃子、李子，等等。在我们小学的东边，有一个叫"四份头"的小村庄，家家户户的菜园里种了各种各样的水果，尤以杏子和桃子为多。在上学和放学的路上，路过菜园子，果树枝头累累的水果，着实让饥肠辘辘的小孩子垂涎欲滴。

怎么把枝头沉甸甸的水果，填进空落落的肚子？有的菜园砌了泥墙，也有的菜园围了篱笆，这些只是摆设。胆子小一点的，捡起一块小石子，远远地向果树砸过去，落下来的时候，有时掉在屋顶的瓦片上，发出"哐啷啷"的脆亮声音，提醒主人有人在砸水果了，等主人赶了出来，小孩子做贼心虚，撒腿就跑。胆子大一点的，越过泥墙、篱笆，身如猿猴，三下两下爬上枝头，随手摘取，像孙悟空偷吃人参果，吃得津津有味。如果被主人发觉，就直接从枝头跳下来，一溜烟似的跑走了。

偷水果算不上偷，就是抓住了，也打不得，罚不得，主人有时赶一阵，有时骂几句。即使被主人骂几声"麻痘鬼"，小孩子也不生气，反而笑嘻嘻的。反正今天偷不成，明天再来过。孩子们就采用"游击战术"，你进我退，你退我进，反正他们有的是时间，跟你比耐心。

我因为胆子小，既不敢用石头砸水果，更不敢爬上枝头摘水果，只是作为一个旁观者。得手以后，主事者论功行赏，按理是没有我的份，但有时候主事者一高兴，见者有份，我也分得几个，算是意外之喜，算是"不劳而获"了。

在我村后的田畈，有一片邻村的梨树。每到夏天，那沉甸甸的梨子,老早就让小孩子垂涎三尺。梨子还没有成熟,三天两头就有小孩子去"光临"了,虽然味道有点酸涩,但聊胜于无。因为防不胜防,邻村有人一不做二不休,背起喷雾器,在梨子上喷了农药乐果。

有一天,一个与我同龄的小孩子说肚子痛,痛得在泥地上打滚。一问才知道,他刚刚偷吃了邻村的梨子,边上的人说前几天看见人家喷了农药。最后,小孩子没有被送医院治疗,反而挨了他爹结结实实的一顿打,居然没有什么大碍,可见乡村的孩子命贱。

偷了地里长的,还要偷水里生的。炎炎夏日,小孩子最喜欢到池塘里嬉水。圆圆的荷叶上,滚动着几颗水珠,晶莹剔透。小孩子摘取一片,举在头顶,当做遮阳的笠帽。藕塘的莲花开了,粉红色的花瓣,金黄色的花蕊,喷壶型的莲蓬,躲在碧绿色的荷叶丛中,格外耀眼,摘下一个,剥开莲房,露出莲子,尚未成熟,中看不中吃。沿着长满刺的茎,潜水到池塘的底部,想挖藕吃,只是季节未到,没有长成,徒然糟蹋莲藕,划伤皮肤。

伏旱季节,池塘里的水浅了,浅到小孩子可以踩着塘底的烂泥,在水里行走。这时候,一大群小孩子,人人只穿一条短裤,手里拿着一个网兜,下塘偷鱼。七八个小孩子站成一排,组成人墙,从池塘的这边,赶到池塘的那边。这时,水里的白鲢受了惊吓,纷纷跳出水面,少数几条跳进小孩子预先撑开的网兜里,成了瓮中之鳖。一旦偷鱼被发现,又不免被大人们一阵骂。我经常看到大孩子抱着白鲢在前面逃,大人提着锄头在后面追的场景。

春华秋实,秋天是收获的季节,野外的果实格外得多。田里的糖蔗、荸荠和番薯,都吸引着小孩子馋猫似的目光。

糖蔗田由生产队统一划定,分到各家各户,自己种植,自己养护,自己收获。糖蔗成熟的季节,密密麻麻的,像一道青纱帐,小孩子一头钻进去,消失得无影无踪,也许掰自己家的,也许掰别人家的,反正钻在里面,谁也看不到。

等泥土下的荸荠果实成熟以后,泥土上笔直的像小葱一样的圆叶子也干枯了,里面是一格一格的,用手一捋,"哔哔"作响,小孩子最爱捋着玩。赤着脚踩在荸荠田上,软软的,凉凉的,脚板感觉特别舒服。小孩子喜欢在上面追赶、摔跤,还可以翻跟斗、"滚葫芦",荸荠田成为游戏的乐园。小孩子最喜欢的劳动就是掘荸荠,一锄头下去,满是希望和期待。淘气的小孩,总要到别家的地方偷挖几个,因为偷来的总觉得比自家的更好吃。

糖蔗和荸荠虽是农民的土产品,但上了水果的档次。番薯作为人的杂粮和猪的饲料,漫山遍野,到处都是。在秋高气爽的日子里,小孩子一起去爬山,渴了,舀两口山泉水喝喝,饿了,挖两块红番薯吃吃。尤其是山上的番薯,种在由岩石分化而成的砂土中,土质疏松,只要抓住番薯藤的根部,轻轻一提,整株番薯破土而出,大大小小一堆,活像一窝小老鼠。还有一种红芯番薯,俗称"金瓜(即'南瓜')番薯",味道就更甜了。

也有个别特别嘴馋的小孩子,会偷吃一些常人看来不能吃的东西,照样吃得津津有味。春天,有的小孩将麦穗摘下来,放在缓缓燃烧的焦灰堆里,慢慢煨熟,再取出来,吹掉麦壳,将烤熟的麦子当做零食吃;夏天,有的小孩把挂满支架的长豇豆摘下来,剥开青皮,专挖里面的生豆吃;秋天,有的小孩摘下一个圆滚滚的、胀鼓鼓的青棉桃,用牙齿把皮咬开,里面还没有长好的棉絮湿漉漉的,有一丝甜味,或者折断长得特别孱弱的玉米秆,当糖蔗吃;冬天,有的小孩拔起一个白萝卜,用随身携带的小刀削去表皮,吃起来非常爽口,也有点甜味。

在漫漫的冬季里,当野外的果实收获完以后,小孩子把眼光转向了家里的坛子、罐子和瓶子。

寒冬腊月,小孩子每人拎着一只铁皮火熜,一为取暖御寒,二为煨食充饥。出门之前,背着爷娘,偷偷地在坛子里抓一把黄豆或者玉米,或者偷一条年糕,切成薄片,或者偷几根粉丝,煨在火熜的炭火里,运气好的话,还会爆裂,就更有兴味了。

我的一位老友,说起来小时候与她哥哥合作偷食的情景,至今还眉飞色舞。他们趁大人不在家或者不注意的时候,偷偷上楼,把藏在罐子里的黄豆,偷几把塞在口袋里。那时候,黄豆是很稀罕的,一般舍不得吃,只有逢年过节,才用来做豆腐,或者遇到下雨天没法干农活了,在锅里炒一点,解解馋,奢侈一回。哥哥偷了黄豆,给妹妹使眼色,妹妹心里意会,给哥哥打掩护,两人装作若无其事的样子,带着火熜出门了。找到一个没人的地方,哥哥一脚踏进火熜,把炭火压实压平,接着掏出口袋里的黄豆撒上去,时不时拿起火熜左右摇晃,以免烧焦。不一会儿,香喷喷脆生生的烤黄豆新鲜出炉了。更绝的是,兄妹俩还把甘蔗水倒进一个小盖子,放进火熜里蒸,等甘蔗水滚烫以后,变成红色,闻起来很香很香,吃起来很甜很甜。

在我的少年时代,爷娘把零钱放在抽屉里,没有上锁,我偷一点零用,他们也不计较,而且我的嘴巴也没有一般人家的小孩子那么馋,几乎与“偷食”两字无缘。只有一次到邻村偷花生,恰恰被人家抓住。

有一天,我生病请假。吃过早饭,服了药片,到村前的田畈闲逛。一逛两逛,逛到邻村的花生田边。鬼使神差,我拔了一株花生,下面挂满了果实。正想一颗颗摘下来的时候,猛然发现有个小伙子悄悄地追上来。没有退路,我只得钻进边上的糖蔗田里,很快被抓住了。糟糕!我平生第一次偷食就失手了。

我心存侥幸,以为被揍一顿以后,就会放我走,最多吃一点皮肉之苦,忍一忍就过去了。谁知那个小伙子一脸坏笑,既不打也不骂,像猫逗老鼠一样,叫我帮他们生产队干活。当时恨不得变成一根蚯蚓,钻到地缝里去。我低头干活,耳畔时不时传来"这是某某某的儿子"之类刺耳的话语。就这样,在众目睽睽之下,帮他们干了半天农活,直到中午收工,才放我走。我都不知道那半天时间是怎么熬过来的。

第二天上学,邻村的同学看见我,脸上带着一丝神秘的微笑。我从那微笑中读懂了隐含的内容:我前一天偷花生的丑事被曝光了!

十岁成了小戏迷

> 人的兴趣爱好,跟环境有关,尤其与童年的环境有关。儿童像一张白纸,画什么都会留下深深的印记,甚至影响一生。培育戏曲演员,要从娃娃抓起;培育戏曲观众,也要从娃娃抓起。

一九七八年,我刚满十岁。这本是流着鼻涕玩泥巴的年纪,可我突然有了一种与年龄极不相称的爱好——看戏,看着戏台上演绎的那些帝王将相、才子佳人的故事,与他们同悲戚、共欢笑,成了一个不折不扣的小戏迷。

从一九六三年开始,提倡"大写十三年",现代戏风靡一时,从此传统戏销声匿迹。到了"文化大革命"时期,更是八个革命样板戏独占舞台。直到一九七八年,传统戏才重新登上舞台,我正好赶上这个看传统戏的"黄金时代"。

看戏不仅仅是当时乡下主要的娱乐方式,还是精神生活中的一桩大事,甚至还有浓重的宗族甚至宗教色彩。什么时候做戏,是大有讲究的。一种是节日戏，在春节、中秋节、重阳节等传统节日演出，喜庆佳节。还有一种是庙会戏，新中国成立以后改名物资交流大会，乡下叫"时节"，名异实同。譬如，我们镇上的"时节"农历二月十九日，是观音菩萨的诞辰，其他乡镇的"时节"还有二月廿七、三月初三、三月十五、八月十三、十月二十，一个接着一个。每到"时节"，很多村庄请戏班唱戏给菩萨听，各家各户邀请亲朋好友，广开宴席。当然，还有的纯粹是为了娱乐，跟节日和庙会都不搭界。

每到做戏的日子，数小孩子最高兴。一个是有得吃，做戏的时候，招待亲朋好友，有鱼有肉，小孩子也跟着沾光；一个是有得玩，大戏还没有开始，一大堆小孩子的游戏先开始了，在戏台上跑上跑下，跑来跑去。

乡下的戏台，大多是草台（即为演戏临时搭建的戏台），很少有广场台。草台面积只有二三十平方米，设施简陋，也不结实，演员在台上跑一个圆场，台板支格支格响，台柱摇摇晃晃。只有县婺剧团备有可以拆卸的专门舞台，无论是面积大小还是牢固程度，跟农村里的草台不可同日而语。有些集体经济实力比较雄厚的村庄，三天两头要开会，逢年过节要演戏，嫌搭台拆台麻烦，干脆用钢筋水泥建造一个固定的广场台，不仅牢固，面积也大。白马公社旌坞大队的广场台，光设计费就花了三千元，在当时是令人咋舌的天文数字。

演戏不光要给剧团支付戏金，还要招待来看戏的亲朋好友，这是一笔不小的开支，不是每个村庄、每个人都演得起的。有的人打赌，相互激将："你如果演得起戏的话，我用豆腐皮盖台！"所谓"豆腐皮盖台",就是用家乡的特产豆腐皮在草台的顶棚上一张一张盖满。我们相邻的上郑村,两个村民相互激将,后来一个果然搭台演戏,另一个要赖皮,只是在草台上象征性地盖了几张豆腐皮。

正式演戏之前,先要过几道关。第一关是敲花头台。一者展示一个剧团的音乐水平,后台的乐手或先或后,或单独或集体,都要演奏;二者营造热闹的氛围,尤其是梨花吉子一吹,顿时龙吟虎啸,地动山摇,声震乡村;三者提醒观众马上开演了,要看戏得抓紧了。"锣鼓响,脚底痒",这时,临近村坊的男女老少从四面八方赶来,汇集到戏台前,人头攒动,黑压压的一片。

第二关是踏八仙。据说有文武八仙、对花八仙、蟠桃八仙、三星八仙、赐福八仙、九头八仙等,但我因为年纪小,分不清这么多,只是觉得《文武八仙》中的"猴头精"孙悟空很好玩。在戏台中间的高台上,坐着紫薇大帝,两侧分别是文曲星孟子和武曲星关羽。文曲星的侍者是天聋、地哑,武曲星的侍者是关平、周仓。各位神仙各就各位,做出各种身段造型:关公捋髯,周仓持刀,关平捧印,孙悟空挥动金箍棒,孟子执云帚,天聋、地哑持书笔,魁星执斗拿巨笔,大家一齐唱起很难听懂的昆曲。

第三关是三跳——跳魁星、跳加官、跳财神。跳魁星是由小花脸表演,穿魁星衣,戴头壳,左手捧斗,右手执笔,祝福后生皇榜高中,光宗耀祖,尤其是那一摇一摆的魁星舞,相当滑稽。跳加官是由白面老生头戴面壳,身穿蟒袍表演,一出场就打开条幅,写着"一品当朝"、"天官赐福"、"风调雨顺"、"国泰民安"等吉利话。跳财神,由大花脸扮成财神老爷,头戴面壳,身穿蟒袍,双手捧出大元宝,走起路来动作特别夸张,祝福村民招财进宝、四季发财,恭喜商人"生意兴隆通四海,财源茂盛达三江"。然后,村干部走上台去,将一个预先包好的红纸包放在财神捧的托盘上。这时锣鼓齐鸣,鞭炮百响,达到高潮。

过了这三关,才是正式的演出。先是一场加演,乡下叫做"剧头",大多演一些经典的折子戏,譬如《磨豆腐》、《断桥》、《哑背疯》、《李大打更》、《送徐庶》等,一般在半个小时左右。再是演正本,时间大约两三个小时。

尤其值得一提的是,老家有一种在戏台前"推搡"的习俗。平时男女相处,授受不亲,有所顾忌,但在戏台前例外,允许男女杂处,公开"推搡"。小伙子看哪里大姑娘多,就往哪里推。戏台前密密麻麻的人头,只要这头一推,人潮汹涌,此起彼伏,涌到那头,还伴随着惊叫声、嬉笑声和谩骂声,很像大海里的波浪。一推二推,把戏台前的大姑娘吓跑了,只能逃到人群的后面看戏。后面的人推得实在太厉害了,前面的小伙子就双手紧紧扳住台板,小孩子就凌空挂在台板下面,整个戏台发出"吱吱吱"的响声,摇摇晃晃。

一九八〇年,我到公社里读初中,看戏的条件更好了。当时,公社里同时办了两个剧团:郑宅越剧团和郑宅婺剧团。我在放学的路上,经常顺路去看剧团的排练或演出。

郑宅越剧团以柔软细腻的风格见长,颇得女性的喜爱。剧团的大花旦是我哥哥的初中同学,小花旦是我外婆家的对门邻居,同名同姓,都叫"郑雪英"。为了相互区别,名字前冠以大小,一个叫"大雪英",一个叫"小雪英"。当时,"大小雪英"都是公社里的明星,人们茶余饭后谈论的对象,就像现在的小年轻谈论明星一样。我曾亲耳听到隔壁的一位小伙子说:"和越剧团的花旦眠一夜的话,死也心甘!"我放学回家,路过郑宅下街路,有时碰到"大雪英",见她穿着一条灯笼裤,晃来晃去,肥大得有些夸张。后来,"大雪英"被余杭的专业越剧团招聘了,转成居民户口,大家啧啧赞叹。

说实在的,郑宅越剧团虽然时常在公社里演出,但我也没有看过几回,除了"大小雪英"以外,其他的已经没有多少印象了,倒是郑宅婺剧团的演出,至今历历在目。记得婺剧团排练的第一本戏是《铁灵关》,此外,还有《双狮图》、《打登州》、《王庆起解》等剧目。

在郑宅婺剧团里,本来应该成为门面和台柱的小生和花旦却乏善可陈,倒是小丑的表演可圈可点。他演的经典作品,因为斧头脱了柄,有句经典台词"脱柄斧头",便成了他的绰号。只要他一上台,观众们就会叫喊"脱柄斧头"上来了。

演老生的是一位三十来岁的后生,在舞台上弓腰驼背,步履蹒跚,两只脚要平行,从八字步改为11字步。他跟我的同班同学"小宁波"都是丰产村人。放学以后在路上偶遇,"小宁波"就去学他弓腰驼背11字步的模样。他自己看了哈哈大笑,就去追"小宁波",两人追来追去,背后留下一串串朗朗的笑声。

民间剧团毕竟是业余的,我真正体会到戏曲的魅力,来自于专业的浦江婺剧团。每年的正月初五初六,邻近的三郑村都要邀请县婺剧团演两天两夜的戏,雷打不动。

正月初五,我跟爹到三姑姑家拜年,早已身在曹营心在汉,有点魂不守舍,吃什么馒头煸肉,拿什么红纸包,都不在乎。匆匆吃完中饭,只盼早点开溜,因为从三姑姑家东庄村到三郑村,还有五六里地,路上至少得花一个小时,去晚了就来不及了。

　　我当时还是个小孩子,个子太矮了,站在戏台前,踮着脚跟,仰着脖子,也不一定看得到,有时得捡两块砖头垫脚。当时演的戏,有些至今还记得,譬如《十一郎》、《银瓶仙子》、《哑背疯》、《九件衣》。印象最深的是,《银瓶仙子》的舞台背景实在太绚丽了,民间剧团根本无法望其项背;《哑背疯》中一个演员同时演哑巴和疯婆爷图两个角色,应付自若,天衣无缝,也颇新奇。尤其滑稽的是,疯婆唱着唱着,居然唱起了"英明领袖华主席",也算是与时俱进吧。

　　因为年纪小个子矮,既然台前不太看得清,不如溜到后台去,看演员们化妆。能够近距离接触心中的偶像,既好奇又兴奋,有一种莫名的冲动,跟后来的追星族也差不多。

　　那时候,戏曲在经历了长期的压抑以后,迎来了短暂的春天。考进县婺剧团,当一名演员,成为不少年轻人的梦想,一者跳出农门,变成居民户口,二者上台演出,风光无限。所以,浦江婺剧团一招聘,便吸引了许多青年才俊。记得当时的花旦黄笑君、小生吴宪从、小丑张智慧,成了全县三十六万人民心中崇拜的偶像。我家隔壁一位大嫂,她的侄女黄红英考进了浦江婺剧团,于是她像祥林嫂逢人便说"我家阿毛"一样,开口闭门就是"我家红英"。村里的另一户人家,其外孙女是白马公社夏张婺剧团的花旦,我看她演过《断桥》里的白蛇,一身素衣,背上还插了两把宝剑,飒爽英姿,柔中带刚,让人羡慕得不得了。

　　除了三天两头有戏看,每天还有戏听。当时,深二大队的服装厂办在我们生产队的仓库里,安装了一个高音大喇叭,不知疲倦地播放唱片,除了歌剧《洪湖赤卫队》以外,主要还是戏曲,包括婺剧

《三请梨花》和越剧《碧玉簪》。可能是乡下人的粗犷,喇叭的分贝调到最高,远在十里八里都能听到。大家都不以为吵,有的只是赞许:"某某村的喇叭有点响的!"耳朵里天天被灌输戏曲,所以村里的小伙子大姑娘都能哼上一段越剧的《送凤冠》、《十八相送》、《楼台会》什么的,反倒很少有人唱家乡的地方戏婺剧,毕竟难学难唱。

有一次,大人们说越剧《碧玉簪》很好看,可是放电影的村庄在隔壁的堂头公社,离家八里地,而且在一个小山坳里。小孩子最怕黑,最怕鬼,在黑灯瞎火的晚上,我们深一脚浅一脚地走在崎岖不平的山坳里,连手电筒也没有,遇到有什么响动便汗毛倒竖。好在有一班天不怕地不怕的小伙伴同行,一路大声说话,相互壮胆,可见我们小孩子对越剧的喜爱。

还有一次,我跟爹去邻村看电影《尤三姐》。直到影片放映以后,才知是戏曲艺术片,唱的是传统说剧。虽然我从小经常被动地观看现代京剧革命样板戏,耳朵里只听得"咿咿呀呀"的,不知道唱的是什么,对于传统京剧更是一头雾水。爹在一旁耐心地给我讲解,这个是贾珍,那个是贾琏,还有一个是贾蓉,可我还是不知道他们是何许人,纯粹是狗看花被单。不过记住了两个姐妹,一个是懦弱文静的尤二姐,另一个是泼辣脆利的尤三姐;还记住了两场好戏:一场戏是尤三姐深夜陪贾珍、贾琏饮酒,脱掉罩衫,露出红袄,一屁股坐在桌子上,嬉笑怒骂,把这对心怀叵测的兄弟骂得个狗血喷头,只得讨饶,真是痛快淋漓;另一场戏是柳湘莲得知尤三姐的身份以后,断定贾府里只有立在门口的两只石头狮子是干净的,幡然悔婚,索还先前赠与的定情之物鸳鸯剑,尤三姐为明心志,拔剑自刎,血洒梅花,让人伤感。银幕上那个性格刚烈的尤三姐,一举一动干脆利落,两只眼睛滴溜溜的会说话。等到年过不惑,我对京剧的感情反而在越剧之上,忘不了小学时代结下的这段因缘。

到了八十年代中期我离家上大学前夕,乡村已经普及电视机,人们可以悠然坐在电视机前看戏,再也不必站在戏台前风吹雨淋。记得当时浙江电视台每周播放一次越剧,雷打不动。坐在电视机前看戏,又轻松,又免费,传统剧团走上了下坡路……

为啥请小偷喝酒?

预防孩子偷窃,需要温暖的家庭环境,而不是靠身体暴力和语言暴力;矫正偷窃,需要温暖的社会环境,而不是靠藤条抽打。为什么有人失足后,几进几出,还是终身不改? 根本原因还是环境问题。

我少年时代碰到最奇怪的事情,莫过于村里人家的自行车被偷,查出小偷后,不但没有惩罚,反而奖赏,还请他到家里喝酒,真是咄咄怪事!

村里有个大后生,到江西打了一年工,赚了一百五六十元钱,买了一辆当时的稀罕物——"永久牌"自行车。那时的自行车,比如今的小轿车还要金贵,因此大后生保养得非常小心仔细。平时把塑料布剪成一条一条的,绕在自行车的三脚架上,一层一层又一层,包裹得严严实实,以免喷漆被尖锐硬物意外刮破,造成破相。下雨天骑车,多少会沾上一些泥浆,事后要用井水反复冲洗,擦得干干净净,纤尘不染。看起来,自行车仿佛是财主家中的少爷,主人反而是伺候少爷的奴才。我当时就想，是自行车为人服务，还是人为自行车服务？

令人惊讶的是，有一天村里出了一个爆炸性的新闻：这个大后生的自行车被偷了，引起了全村的轰动。大家纷纷猜测，到底会是谁偷的呢？是本村人，还是外村人？那段时间，看这个大后生脸色凝重，进进出出，行色匆匆，寝食难安。几天之后，居然被他破了案：是村里的一个小伙子穿针引线，预先踩点，提供线索，再请邻村人下的手。自行车失而复得，大后生的姆妈天天指名道姓，把内贼骂得狗血喷头。

最令人惊讶的是，有一天，大后生家里摆了酒，请外村的偷车贼来喝酒。小偷二十多岁，矮个子，梳了一个大背头，像贵宾似的坐在椅子上，一支接着一支地抽烟。是大后生吃错药了吗？原来，当时村民之间经常发生各类纠纷，一般不找公社干部调解，而是找强横霸道的靠山。偷车贼是大村人，有势力，是个厉害角色，日后也许用得着他，不如趁机交个朋友，也算一着妙棋。

这次自行车被盗，两个偷车贼是一时手痒，偶一为之。村里另有一专业的小偷，是我的一个远房堂兄。他有一个悲惨的童年，在二十世纪的"三年困难"时期，他的姆妈被饥饿所迫，来到池塘边刮榆树皮，不慎掉进水里淹死了。那时，他才十几岁，还要照顾一个弟弟和一个妹妹。更糟糕的是，他爹是一个只顾自己大咀大嚼而不顾子女死活的人。是他爹的冷漠和饥饿的驱使，让他走上了这条路。

第一次，他到村里一户人家的碗柜里偷吃，被人抓住，押到他爹那里，等待他的是一顿暴打。打完以后，驱使他去偷窃的两条根子依旧存在,天天依旧饥肠辘辘,他爹依旧漠不关心。有了第一次,就有第二次,就这样,越偷越打,越打越偷,越陷越深,难以自拔。

大约是在七十年代初,他终于因屡次偷窃落入法网,被判了八年徒刑。等他刑满释放的时候,大约是在七十年代末,我小学快要毕业了。他绘声绘色地向村人介绍了劳改农场里的情形,印象最深的是他说起在那里服刑的同道,高手如林,相互切磋,在"前辈"的指导下,他的"技艺"反而"精进"了。不过他从此兔子不吃窝边草,一般到外县下手。当时,他家里三天两头人满为患,热闹异常,因为有嗑不完的瓜子和吃不完的花生,正等待着喜欢占小便宜的村人分享。那时候,村人私底下也知道他又在干老行当了,反正风险由他独自承担,那些用赃钱买来的瓜子和花生,不吃白不吃。

我上学放学,不断念书,他入狱出狱,不断劳改。虽然技艺"精进",毕竟老师傅也有失手的时候。在我离家读大学之前,他已经是"三进宫"了,劳改农场仿佛成了外婆家。

有一年,我就读的前店联校所在的前店村,抓了一个小偷。我闻讯赶去凑热闹,只见小偷五花大绑,被绑在大厅的屋柱上。边上的一个村人怒不可遏,手中的藤条像雨点般地落在小偷的脸上,马上绽起一道道血红的鞭痕。可怜那个小偷,全身被绑,动弹不得,只有头部能稍稍转动,虽然也想躲闪,可哪里躲闪得过!奇怪的是,那小偷咬着牙关,既不讨饶,也不喊叫,始终默不作声。

据说,藤条是对付小偷的最佳刑具,可以打得人皮开肉绽,吃尽皮肉之苦,但不会伤筋动骨,更不会危及性命。还有一种说法,小偷随身携带一种叫做"草乌"的药物,眼看被抓,马上吞下。吞下这种特效药以后，藤条不打反而浑身难受，越打越舒坦，而且马上绽起一道道血红的鞭痕，以博得旁人的同情。

我不知道世上是否真有这样的药，但至今还记得那个小偷咬紧牙关、默默挨打的情形。

打麦秆扇

> "一有阳光就灿烂，一遇雨露就发芽"，浙江人创造财富的热情，在改革开放以前就已暗潮汹涌。别看一把小小的麦秆扇，只值一毛三分钱，小产品大产业，小商品大世界，麦秆扇成为当时家乡出口创汇的拳头产品，也为村民积累了第一桶金。

　　七十年代虽然是一穷二白的大集体时代，但我们郑宅公社老百姓的日子过得相对滋润些，因为几乎家家户户、男女老少都从事一门副业——打麦秆扇。

　　当时，郑宅工艺厂请来了一个工艺美术师，叫张咸镇。他来到郑宅，在小小的麦秆扇上，找到了施展才华的广阔天地，设计了许许多多的新花样。

　　当年，麦秆扇的外销量大，只靠工艺厂的工人，远远满足不了出口创汇的需求，于是就发动全公社的男女老少一起上阵。每当一种新产品设计出来以后，先教会工艺厂的女工，再教给心灵手巧的农家姑娘,最后在全公社遍地开花。这是一种创造性的劳动,足见人民群众的智慧。

农家打的麦秆扇,主要有串扇和团扇。本色的串扇,形似南国棕榈扇,麦秆犹如棕榈叶脉,从柄端向四面辐射而出,显出脉理美,不过棕榈扇是天然的,串扇是用绣花针在麦秆中间串了几道线制成的。麦秆可以染成不同的颜色,进行不同的组合,既美观,又轻便。别看小小的一把麦秆扇,从摘麦秆、选麦秆、染麦秆开始,到串扇、包边、包柄,工序繁多,若非心灵手巧,断难做得美观牢固,自然是姑娘们的拿手好戏。

有一天,我的一位老同学的大姑姑看见两个都不会打串扇的姑娘正在教学,其中一个热心地教另一个。大姑姑就笑话她们了:"乌龟教鳖,教到田后礁才歇。"这句俗语的意思是,乌龟嫌鳖爬得慢,教鳖爬快一点,两个一起爬到田后礁,都爬不上去,半斤八两。一句话说得大家捧腹大笑,可两个姑娘都没有听懂,还是在认真地教、认真地学,可见当时姑娘们的学习热情。

打好的串扇,大多由郑宅工艺厂收购,一把只要一毛三分钱。个别有经营头脑的人,从农家少量收购串扇,运到杭州和上海等大城市,自行销售,赚取差价,也算是"投机倒把"一回了。挑着两大麻袋串扇在上海街头叫卖,有时碰见几个"小赤佬",你也看看,他也扇扇,都说扇子很轻便,就是不掏腰包,卖主一个人管得了东面管不了西面,管得了南面管不了北面,有些扇子就被人偷走了。

与串扇不同,团扇是由麦秆编的三股辫或者五股辫团转缝扎而成。所谓三股辫,就是用三根麦秆,像编辫子一样,相互交错着编织。五股辫也是这个道理,只是麦秆从三根增加到五根,稍稍复杂一点。扇子核心饰有一个小巧的绣花扇芯，再配上竹制扇柄。为了增加花色图案，有的三股辫或者五股辫中，用一两根染色麦秆，巧妙地编出各种花纹。

哥哥擅长编三股辫，常常腋下夹着一把大麦秆，编得飞快，走到哪里，编到哪里，辫不离手，手不离辫，从早到晚，孜孜不倦。麦秆是自家的，不要成本，编好的三股辫，卖给人家。有一年暑假，哥哥编了几百米三股辫，卖了十多块钱。姆妈把卖三股辫的钱，给爱臭美的哥哥买了一双"回力"牌球鞋，让他屁颠屁颠地乐呵了好一阵子！

相比编麦秆扇，笨手笨脚的我更喜欢摘麦秆，虽然动作反复，单调乏味，却简单易行。小麦秆比较硬，容易开裂，要选用比较软的大麦秆，用指甲把麦秆的第一节摘下来，不能开裂，没有折痕，颜色白净，才算是上好的麦秆扇材料。有时，姆妈叫我一天到晚摘麦秆，摘得我腰背发酸，手指发痛，头昏脑涨。

后来，电风扇取代了麦秆扇，空调又取代了电风扇。可我至今依然怀念旧时又轻飘又美观的麦秆扇，扇扇风凉，带带轻便，低碳环保。

到江西去打工

> 改革开放前，乡人纷纷去江西打工，那里幅员辽阔，土地肥沃，觅食的机会较多；改革开放后，江西人纷纷来家乡打工，家乡作为沿海地区，工商业较发达，就业机会较多。这正因了那句古话："三十年河东，三十年河西。"

到了七十年代，新中国成立以后出生的孩子纷纷长大成人，要房子，要妻子，前提是要票子，如果光靠生产队里的分红，无疑是杯水车薪。穷则思变，于是村人想方设法地去赚钱，单身小伙去江西打工，成家男人到山里贩树，以积蓄资金，改善生活。

在家乡，一般儿子养到十八岁，爹娘算是尽了养育之责。盖房子、讨老婆等人生大事，主要靠自己的本事去赚钱，然后请爹娘操办。男子十八岁以后，过了元宵节，就要出去打工，直到寒冬腊月才回家。周而复始，年年如此，一直到结婚，才能安居乐业。当时的打工者，也是亲带亲、邻带邻，一去就是一大帮，不是亲戚朋友，就是隔壁邻居。

打工者的首选之地，是西南边的江西。在计划经济时代，江西幅员辽阔、土地肥沃，堪称鱼米之乡，觅食的机会较多；而家乡地处山区，人多地少，浇薄的土地养活不了那么多人，只能外出打工。而在市场经济时代，家乡位于沿海地区，得改革开放的风气之先，尤其是临近素有"世界超市"之称的义乌小商品市场，工商业发达，就业机会较多；而江西地处中部地区，作为传统的农业大省，工商业欠发达，成为劳务输出大省。这正因了那句古话："三十年河东，三十年河西。"

当年，我因为年幼无知，对于打工者的生涯，没有目睹，只是耳闻，从他们回家以后语焉不详的交谈中，得知一鳞半爪。听得最多的，是把他们从家乡运到打工地的那条浙赣铁路，以及沿途火车站的站名：上饶、鹰潭、贵溪、向塘、弋阳、萍乡等一长串。成人以后，我乘火车经过江西，亲眼看到这些站名，似曾相识，分外亲切。原来，在我的少年，曾经反反复复听村里的打工者提起这些站名。

当然，跟这些站名关联的，并不是愉快的事情，而是灰色的记忆。那时的火车票虽然便宜，但对打工者来说也是一笔不小的开支。回家乘火车的车费，能省就省，能逃就逃。平时，打工者聚在一块，最喜欢吹的牛皮，就是自己如何的机灵，是怎么一毛不拔混进起点站，混出终点站的，神气活现。相对老实一点的，在起点站买一张短途票，中途并不下车，等到快到终点站的时候，再补一张短途票，而把中间大部分里程逃掉，就可以堂而皇之地进站、出站。当然，列车员也不是吃干饭的瞎子和聋子，经常搞突然袭击——查票。逃票的打工者即使被查到了，只是补票而已，要罚款是难上加难,因为他们囊中羞涩,没钱。假如真的碰到身无分文的主,要钱没有,要命一条,列车员也是无可奈何。日复一日,年复一年,在铁路线上,一次又一次地上演了"猫捉老鼠"的游戏,表面上是打工者个人的诚信问题,实际上是社会上普遍的贫困问题。

没有文化,没有技术,村里人到江西去打工,卖的是力气,干的是重活,有的到煤矿挖煤,有的到林场伐木,有的到工地挖土。譬如去工地挖土,打工者用的是原始的运输工具双轮车,一车要拉一千五百斤泥土,可见劳动强度之大。打工者一无专业技能,二无防范措施,因此伤亡事故屡屡发生。我的一位堂兄曾与人结伴去江西伐木,几个伙伴一起把一棵大树锯断,大树轰然倒下,砸中其中的一个,当场毙命。

辛辛苦苦打了一年工,节衣缩食,年底结算,运气好的略有结余,也不过几十元最多百来元钱,运气差的,颗粒无收,混个肚皮。临近年关,要回家过年,有的打工者没有路费,只得向同伴借,借不到的话,只好把铺盖卖了,作为路费。我的一位邻居兴冲冲到了江西,因为思念朝夕相处的妻子和呱呱坠地的女儿,还没有开工就要回家,只得把铺盖卖了做路费。

除了西南边的江西,另一个打工者的"淘金地"是南边的福建。福建境内崇山峻岭,尤其是闽北山区,生活格外贫困。当时,有的娘亲吓唬年幼的女儿:"再不听话,把你货(即'卖')到福建去。"

我从同村的打工者口中听到的两个火车站名,是福建的光泽和邵武,位于闽北的山区,山高林密,人迹稀少。去福建的打工者更加辛苦,一天到晚翻山越岭采草药,把采来的草药卖给当地的供销社。据姆妈说,我的一位堂伯父当时常年在福建采草药,一半靠力气,一半靠运气,因为赚不到钱,连续几年都不回家,留下妻子儿女一大帮,日子过得比人家更苦。

改革开放以后,家乡出门打工的人少了,做手艺的人多了,有木匠、泥水匠、补鞋匠等,不再局限于江西和福建,足迹遍布全国各地。当然,跟纯粹卖力气的民工相比,他们都有一技之长,境况自然改善了。更为有利的是,他们走南闯北,见多识广,看到同一种商品在不同地区的差价,从中发现了商机,找到了致富门路:把家乡廉价的服装和小商品贩卖到外地,比做手艺赚钱更快、更多,于是纷纷弃工从商。他们"走千山万水,说千言万语,吃千辛万苦,想千方百计",搞活流通,促进经济,从中也赚到了自己创业路上的"第一桶金",成为浙商的雏形,也成为创富的英雄。

单身的小伙子出门去江西、福建打工,成家立业以后,在家里守着老婆孩子,不再外出,平时参加生产队劳动,农闲时搞一点副业,以改善生活。贩树就是其中的副业之一,村里几乎家家户户都干这个营生。

家乡的地形分成两大部分,东南部是盆地,俗称山外,西北部是山地,俗称山里,一座大山横亘其间,分出两个世界。山里山外人员和商品的交流,要翻山越岭,即使修了公路,也是盘山而建,险象环生。山外人建房屋、打家具都要消耗大量的木材,需要从山里贩运,贩树(即"贩木材")行业应运而生。

当时贩树的主要运输工具是独轮的手推车,一者适合在崎岖的山路上推行,二者装载量不大,适合小商贩的小本生意。前一天,村里的小商贩推着一辆空空的独轮车,往山里去,带上两条云片糕,作为干粮;第二天,村里的小商贩推着满满一车木头,汗流浃背,气喘吁吁,从山里回来。据说,小商贩一路进得山去,一路收购木材,近的要走二三十里山路,远的要走五六十里山路,一个来回,路程还要翻倍。

从山里贩来的木材,运到集市上销售。在赶集的前一天,为了卖一个好价钱,小商贩预先要对木材进行一番"梳妆打扮"。尤其是比较弯曲的木材,要找一个平整的侧面,进行砍削,找到一个好的卖点。最有意思的是椽子,大小不一,粗细不均,不太好看。为此,有人将四脚长凳倒过来,在两条凳脚之间放上比较粗大的椽子,用藤条捆扎牢固,然后将弯曲的或者细小的椽子塞进中间,忽悠买主。

一头愿卖,一头愿买,小商贩连接生产和消费两端,对搞活木材流通、满足市场需求,功不可没。但是,那时政策不允许贩运木材,把它当做投机倒把进行查处。在连接山里、山外的盘山公路上,森工站设置了检查站,汽车或者拖拉机运载的木头,如果没有有关部门的证明,要被拦下,轻则罚款,重则没收。

小商贩的独轮车,适合在山路上推行,可以避开设在盘山公路上的检查站。每个小商贩贩运的木材量不大,天长日久,积少成多,也是一个不小的数目。后来,森工站的工作人员改变在盘山公路上守株待兔的办法,主动出击,往往在晚间到一些小商贩经常路过的山坳里突查。一个要追,一个要逃,于是上演了一场猫捉老鼠的"游戏"。作为强势的一方,森工站工作人员带着手电筒徒手追赶;作为弱势的一方,小商贩要么推着一车木材,要么扛着一根木材,在崎岖的山路上,黑灯瞎火,深一脚浅一脚地逃跑,万一跌落山沟,那就万劫不返了。小商贩拼着老命,也要保住这点血本,艰难险阻都已置之度外了。

贩树的利润,当然比种田可观得多,但这是百分之百的辛苦钱。村里有人从年轻时候开始,长年累月贩树,平时失饥伤饱,提心吊胆,年过四十,落下一身伤病,无钱医治,一时想不开,就喝下农药,告别人间。

造了一个燥水库

> 公社里的水库建了几年,没有多少水源,中途下
> 马;大队里的洋瓦厂办了几年,没有多少市场,只有关
> 门。巨大的代价买了一个深刻的教训:不讲科学,不讲
> 市场,光有满腔热情,一味蛮干,终要碰壁。

"水利是农业的命脉",我们县里虽然在新中国成立以后建起
了通济桥水库和金坑岭水库,大部分农田得到灌溉,旱涝保收,可
我们郑宅公社地处灌区的尾部,每到伏旱季节,盼星星,盼月亮,很
难盼到救命水,毕竟远水救不了近火。怎么办? 还是自力更生吧,
一九七七年,公社里决定在我村东北向四五里地的小金山下,修筑
一座水库,叫做"金山水库"。

那几年,村民们对这个水利工程倾注了极大的热情,在公共场
合开口闭口就是"金山水库",似乎跟自己的亲生儿子似的。有一
位大队干部一说起"金山水库",就眉飞色舞,唾沫横飞:"根据设
计的图纸,光是水库的大坝,就要建三十三米!"并说县里的某某

领导、公社的某某书记,都亲自到工地现场视察,推土机已经开进去了。

闻名不如见面。有一天,我跟姆妈来到了金山水库的工地现场,到处红旗招展,"鼓足干劲,力争上游,多快好省地建设社会主义"的宣传标语写在木牌上,插在工地上。我东张西望,根本没有看到什么推土机,倒是人山人海,肩挑人扛,来来往往,川流不息。

姆妈从几百米之外的地方,用扎箕挑一担泥土到大坝上,获得一根竹签,挑十担泥土获得十根竹签,记一分工分,如果一天想挣十分工分,需要挑一百担泥土获得一百根竹签,根本不可能。我在边上,与其说是参加劳动的,不如说是去玩的,最多帮姆妈划一划泥土,毕竟是十岁的小孩。当天姆妈挑了多少担泥土,我已记不得了,只觉得挣这个工分不容易。

为了修建金山水库,有钱出钱,有力出力。我估计钱是县里拨下来的,全公社的每个大队、每个生产队都要出力,参加义务劳动。水库修在丰产大队的土地上,占用了部分农田,所以大家还要出田。从此以后,我们生产队的一丘田,就划给丰产大队种植了。

修呀修呀,金山水库断断续续修了两三年,别说是三十三米高的雄伟大坝,就连有没有三点三米高,也难说得很。后来,这个水利工程终于下马了,因为这是一个"燥水库",兴师动众,劳民伤财,只修了一个小池塘。因为修建水库有一个前提,必须要有一定的集水面积。而金山水库的库区就是半边低矮的山坡,缺乏纵深,只有一条小水沟,水流滴滴答答的,连小溪也算不上,哪里来那么多雨水?

那时候,正是粉碎"四人帮"以后,大家都干劲冲天。公社里忙着修水库,大队里忙着洋瓦厂。一九七七年,我们深二大队要修建一座洋瓦厂,作为社队企业,以壮大集体经济,因为大家都懂得"无工不富"这个浅显的道理。

对全大队的社员来说,这是一件兴师动众的大事。洋瓦厂的砖瓦窑用青砖累砌,在外面用泥土夯筑,像一只鸡蛋。大家都很佩服特意从嘉兴请来的砌窑师傅的本领,没有任何仪器,只凭经验和目测,就将窑壁砌得椭圆。外层累积的泥土,当时没有挖土机,都是社员们用扎箕从附近的田里挑来的。当时,姆妈经常去砖瓦窑挑土,挑一担泥土得到一根竹签,最后折算成工分。

当时没有压土机,泥土全靠夯锤夯实。所谓夯锤,就是一块正方形的厚石板,四周安装了四个铁环,每个铁环上各系一条粗麻绳,四个人同时拉起麻绳,夯锤离地跃起,同时放松麻绳,夯锤自然落下,从而压实泥土。夯锤夯土的关键在于步调要一致,所以必须喊劳动的号子:"杭育,杭育,杭育……"我因人太小,泥土挑不动,喜欢凑热闹拉锤夯,号子喊得比大人还要响。

砖瓦窑砌好了,正式投产。大人们忙着工作,我们小孩子忙着游戏,把它作为一个"游乐场"。

第一个好玩的地方是取土处。烧砖瓦的泥土,不是田地表层的黑土,而是深层的黏土。工人们剔除表层的浮泥,像蚂蚁搬家一样,一锄头一锄头,慢慢地把黏土挖走。天长日久,本来是平整的稻田或者突兀的高地,变成了一个池塘,我们曾经在里面捉过鱼,真有点沧海桑田的味道。这种黏土因为韧性好,不易开裂,正好适合给小孩子做泥手枪。于是,我们也去凑热闹,用小锄头挖一些粘土,捧回晒场,不断摔打,使其坚韧,然后用铅笔刀割成泥手枪,最后用碎碗片刮平、磨光。小孩子人手一把泥手枪,学着电影里的小兵张嘎,瞄准一个"坏蛋","嘌——嘌——嘌——"连开三枪,神气活现。

第二个好玩的地方就是和泥处。把黏土摊成一个圆饼形,先泼上适量的水,然后牵来一头水牛,让它在黏土上踩踏转圈,一圈、两圈、三圈……不知道要转上几百上千圈,直踩得脚下的黏土"熟透"为止,有点像用牲畜拉磨。我们从小只知道水牛会耕田,想不到居然会踩泥,兴味盎然,经常围着转圈的水牛傻看,待上老半天。

第三个好玩的地方是烧火处。烧火工人把整捆的松枝或者麦秆扔进砖瓦窑的炉口,燃起熊熊大火。还有一个专门的烧火师傅,根据瓦坯的干度、季节的气温和湿度以及燃柴的烈度等多种因素,判断闭窑的火候。

在烧火之前,在砖瓦窑顶部的圆形天窗上盖一块水泥板,用泥土围好,上面放水,叫做"天池"。炉火一烧,水泥板受热,"天池"里热气腾腾,小孩子纷纷上前围观,既好奇又害怕,只怕掉进天池。有一次,烧火师傅喝醉了酒,在"天池"察看的时候,不慎掉了进去,烫坏了一大片皮肤。

除了看窑顶"天池"上冒出的腾腾热气以外,我们还在砖瓦窑的外面跑上跑下,比谁跑得快。这里种植了密密麻麻的白杨树,摘下叶子,扯去叶面,只剩下一条筋,在汤罐里面浸上半天一天,捞出以后,柔韧无比。小孩子就比谁的筋韧度强,用两根筋对拉,这是当时有趣的游戏之一。

在二十世纪七十年代末,浙江萧山一带建房流行用洋瓦。盖好之后,瓦跟瓦之间互相勾连,联成一起,雨水顺着凹槽往下流,既不怕风,也不会外面下大雨屋里下小雨,尤其是翻漏时很方便,因为人可以从上面踩过去,哪片瓦破了换哪片就行。后来,农村里开始建平顶的钢筋水泥房,洋瓦顿时英雄无用武之地。不知过了几年,大队里的洋瓦厂倒闭了;又过了几年,废弃的砖瓦窑也倒塌了。

短命的沼气池

> 变废为宝的沼气池,诚然是一件功德无量的好事。把好事办好,还要因地制宜,科学论证,先试验,后推广。凭着一股为民办好事的热情,匆忙之中在盆地地区推广沼气池,最后成了无米之炊,结果一阵风上马,一阵风下马,房前屋后到处留下废弃的沼气池。

自从村里通了电,照明用上了电灯,可当时没有电饭煲和电炒锅,烧饭做菜依然用柴火,还是不方便。

七十年代末,村人突然听说有一种清洁能源——沼气,既可以照明,又可以烧饭,而其原料就是野外随处都有的青草,可以变废为宝,化腐朽为神奇。电力需要花钱,而沼气不要花钱,这是它的魅力所在。村人为之欢欣鼓舞,于是在短短的几个月里,村前屋后一下子冒出了许多沼气池。

沼气池是一个圆柱体,大约两米直径,三四米深,用来积聚发酵沼气的有机物。圆柱体的一侧有一个与之相连的斜向圆洞,像与喷壶相连的喷壶嘴,新的草料从这里源源不断地塞进沼气池,在沼气池里腐烂发酵,源源不断地产生沼气。

想当年,修建沼气池可不是一件容易的事。在江南水乡,泥土挖到半米,就遇到地下水。越挖越深,地下水越涌越多,汩汩滔滔,舀不胜舀,抽不胜抽。尤其是在做池底的时候,地下水源源不断地涌上来,要用300号和400号的普通水泥及时封堵,使其凝固,事后还要防止渗漏,可麻烦了。沼气池的池壁,使用预先用钢筋水泥浇好的圆筒,从下往上垒起来,还算便当。好在这一切由技术娴熟的师傅坐镇指导,麻烦归麻烦,不会出什么大问题。

当时,建一个沼气池需要的材料费,要二三十元钱,以购买力而言,或许相当于现在的两三千元钱吧。师傅的工钱由政府补贴,所有的帮工非亲即故,亲帮亲,邻帮邻,只管饭菜,不要工钱。

沼气池修好以后,因青草等有机物腐烂发酵产生的沼气,通过塑料皮管输送到室内,既可以做饭,也可以点灯。用沼气做饭烧菜,要配一个专用的沼气灶,跟现在的煤气灶相仿佛,转动阀门,"咔嚓"一声,沼气就从气孔里流出来,然后用火柴点燃。

最有意思的是沼气灯,灯外面套着一个纱罩,打开沼气的开关,将灯点燃,让纱罩全部着火燃红后,慢慢地升高或后移喷嘴,或开大风门,以调节空气的进风量,使沼气、空气配合适当,猛烈燃烧。在高温下,纱罩会自然收缩,最后"啪"的一声响,发出白光,即成沼气灯。

我在大伯伯家里看到连接沼气池的压力表,上面刻着度数,表示压力的大小。今天做了饭、烧了菜、点了灯,沼气消耗了,皮管内的压力变小了,度数就低了;过了一个晚上,新产生的沼气又补充进来,皮管内的压力又变大了,度数就高了。看起来,沼气真是一种取之不尽、用之不竭的清洁能源。

正像自来水不是自己流来的,沼气也不是自己产生的,需要源源不断地补充原料。沼气池里的原料,底料是猪圈里的栏肥,数量有限,一年不过添加一次两次,更多的是依靠草料。可惜老家地处盆地的边缘,地势相对平坦,田间的草料有限。当时生产队里养了几头牛,几乎把路边的青草啃光了,哪里还有更多的青草去"喂"沼气池这个大肚子的"无底洞"呢?总不能天天跑上三五里地,到山上去割草吧!就这样,割草成了一件不胜其烦的事情。"三天新鲜,四天厌倦",渐渐地,主人懒得天天去割青草了。没有草料来发酵,沼气池就成了无米之炊、无源之水。

就这样,沼气池在家乡热热闹闹、风风光光地流行了一年半载,等这股新鲜劲过去之后,纷纷偃旗息鼓,就像夜空中一颗一闪而过的流星,只留下一点遗憾。

亲上加亲六代亲

> 亲上加亲，这是几千年来形成的婚姻习俗。近亲结婚隐藏着极大的生育风险，夫妻频频生下痴呆儿，不利于人类的繁衍。好在如今科学战胜愚昧，近亲结婚成为一段不堪回首的历史。

亲戚，又叫姻亲。女儿出嫁，儿子娶妻，才有亲戚。寻踪溯源，亲戚只有姑表、姨表两条线，其他亲戚关系都是这两条线的延伸。

小时候，因为亲上加亲的缘故，我不太搞得清亲戚之间的关系。就拿舅舅来说吧，结婚以后，见了他的丈人叫"表叔"，见了他的丈母娘叫"小姑"，弄得我丈二和尚摸不着头脑。

后来，姆妈告诉我两家的亲缘关系："我的姑婆嫁给了黄宅夜渔市村的一户黄姓人家，生下一个儿子，比我爹爹小，我们叫表叔；后来，我的小姑嫁给表叔，表哥表妹做夫妻，我们还是叫小姑；再后来，表叔和小姑生下一个表妹，长大以后嫁给我的弟弟，也是表哥表妹做夫妻，我们还是叫表叔和小姑。"

原来如此！第一代、第二代嫁过去，第三代嫁过来，三代血缘，亲上加亲。本来都是亲戚,相互之间知根知底,肥水不流外人田,干脆内部组合,所以表哥、表妹结婚的现象屡见不鲜。亲上加亲,成为家乡的一种婚姻风俗,一直延续到我的童年。

舅舅与舅母两家的三重亲缘,还不算多,我们王家与上祝村的叶家甚至有六重亲缘,"真是一部十七史,不知从何说起"。

清朝末年,上祝村的一户叶姓人家,薄有田产,膝下却没有一男半女。于是,从兄弟家过继了一个侄儿,作为儿子,还想再领养一个女儿,儿女齐全。恰在那时,后郎村的一户张姓人家,正在为家里两个待字闺中的女儿发愁,又添了一个孙女,三个都是"赔钱货",如何嫁得起! 经人牵线搭桥,后郎村的张家将这个三个月大的孙女,送给上祝村的叶家做养女。

到了民国初年,等叶家这个过继的儿子长大以后,娶了我们王家的一个女儿,就是我的大姑婆。这是王、叶两家的第一重亲缘。

大姑婆为了照顾贫穷的娘家,将三弟叫到夫家,帮他们放牛,既能减少一个"食口",还有一点收入。后来,叶家领养的女儿长大了,就许配给放牛娃弟弟,这就是我的爷爷嬷嬷。这是第二重亲缘。

到了第二代,大爷爷的大女儿长大了,嫁给大姑婆的大儿子做媳妇,表哥表妹做夫妻。这是第三重亲缘。作为交换,大姑婆的小女儿嫁给我大爷爷的大儿子,也是表哥表妹做夫妻。这是第四重亲缘。

大约是大姑婆特别恋家的缘故,又从娘家娶了一个远房侄女,做另一个儿子的媳妇,姑侄关系变成了婆媳关系。这是第五重亲缘。

到了第三代,大姑婆的大女儿许配到山雅畈村黄家之后,生了两个外孙女。大外孙女长大以后,许配给三弟的长子,表舅舅、表外甥女做夫妻,便是我的大伯伯和大伯母。这是第六重亲缘。

在"民国"的近四十年时间里,王、叶两家你嫁我娶,你娶我嫁,亲上加亲,层层叠叠,居然缔结了六重亲缘。

还有一种亲上加亲的现象,是姐妹俩先后嫁兄弟俩的。我的二爷爷和小爷爷是亲兄弟,二嬷嬷和小嬷嬷是亲姐妹,小爷爷和小嬷嬷的婚姻,就是二爷爷和二嬷嬷撮合的。

小时候,我亲眼看过相互换亲。黄宅公社有一个叫做小毛师的篾匠,常年在我村做生活,一来二往,混得熟了,热心人便主动给他家里的一双儿女牵线搭桥。正好我的堂伯伯也有一双儿女,年纪般配。双方大人同意了,还要征求儿女本人的意见,两对兄妹便在公社里相亲,俗称"看人",一见钟情,定了终身,结为连理。

在我的少年时代,小姑姑老是念叨着娘家的亲人,依然热衷于亲上加亲。她主动找大伯母商量,想把大表姐许配给大哥。大哥不乐意,小姑姑的主意落空了。等大哥订婚的时候,小姑姑又来找大伯母,想把大表姐许配给小哥,提议兄弟俩的订婚仪式一起办。小哥也不乐意,小姑姑的主意又落空了。

遗传科学表明,血亲过近的亲属间通婚,容易把双方生理上的缺陷传给后代,影响家庭幸福,危害民族健康。有一年,我跟姆妈去邻村的碾米机房碾米,看到一对中年夫妻,人家在背后对他们窃窃私语,原来丈夫是嫡亲小舅舅,妻子是嫡亲大外甥女,家中养了一窝痴呆儿,不胜其苦,真是前世不修,今世作孽。为了优生优育,一九八〇年修订的《婚姻法》规定,除了禁止直系血亲结婚以外,又明确禁止三代以内的旁系血亲结婚,从法律上彻底杜绝了近亲结婚的现象。

大爷爷和小姑婆

> 人生的不幸，莫过于"幼年丧父，中年丧偶，老年丧子"。大爷爷和小姑婆这对百余年前出生的同胞兄妹，一辈子勤劳节俭，却历经家庭的变故和社会的动荡，是一个世纪以来苦难国人的一个缩影。

俗话说"穷人的孩子早当家"，大爷爷在十四岁那年临危受命，稚嫩的肩膀毅然担负起一个大家庭的千斤重担，实是情势所迫，事出有因。这不由勾起了我的一段家族痛史。

我的太太公（即"高祖"）王有泮娶妻郑氏，生了大太公（即"伯曾祖"）王可托和太公（即"曾祖"）王可鉴。大约是一八六一年前后，一度占领金华的太平军（俗称"长毛"）已被清兵打得溃不成军，纪律涣散，见人就杀，见房就烧，老百姓深受荼毒。在兵荒马乱中，太太公不幸被"长毛"所杀，留下了孤儿寡母三个人。

屋漏偏逢连夜雨。太太娘（即"高祖母"）郑氏惨遭丧夫之痛，看着两个年幼的儿子，痛不欲生，终日啼哭。这时，在一旁的小叔子发话了："你再哭也没有用,有泮(太太公的名字)活不转来了。给你两条路:一条是我们两家并作一家,你给我做小(老婆),你的儿子就是我的儿子;另一条是你改嫁,你的儿子由我来抚养。"

太太娘不甘忍受做小老婆的屈辱,在与丈夫死别以后,又与儿子生离,改嫁到十里外的泉塘沿口村。从此,两个年幼的孤儿跟随叔叔一起生活。后来,孤儿之一的太公王可鉴长大成人,生了四个儿子和四个女儿,大儿子就是大爷爷,三儿子就是我爷爷,小女儿就是小姑婆。

一九〇八年,太公王可鉴因病去世,留下孤儿寡母一大群,除了稍大的三个姑婆以外,大爷爷才十四岁,二爷爷和爷爷这对双胞胎才十二岁,小爷爷才十岁,小姑婆才八岁。就这样,我家连续两代都是孤儿寡母,太太公死于战乱,太公死于疾病。命运的无情,让十四岁的大爷爷早早地当了家,成了一家之主。

说是十四岁,十足才十三周岁。要是今天这个年纪的独生子女,还是个父母娇惯的"毛毛头"。太太(即"曾祖母")是个小脚女人,不能下田,当不了家。大爷爷是家里的长子,长子如父,他不当家谁当家?

别看大爷爷年纪小,可自幼早慧,刻苦耐劳,也算是一个年轻的"老把式"了。当年太公上山砍柴,大爷爷也嚷着要跟去,居然砍了小小的两把,挑回家来,那年他才七岁,相当于如今幼儿园大班的孩子。看着太公下田犁地,大爷爷也嚷着要耕田,居然耕得像模像样,那年他也才九岁,相当于如今的小学一年级的孩子。

大爷爷一生勤劳,却屡遭不幸,少年丧父,中年丧妻,独自把四个儿女拉扯大,很不容易。据说,当年大嬷嬷在世的时候,大爷爷把银元给她用。过了几天,大嬷嬷把银元如数奉还,因为她智商低,不认识钱。勤劳能干的大爷爷,少了一个聪惠的内当家。

当我记事的时候,大爷爷已经是年近八旬的驼背老人了,岁月的沧桑在他的身上烙下了深深的印记。当时,他的牙齿都掉光了,一天三餐吃稀饭。整粒米烧的稀饭,不容易煮烂,也浪费柴火,所以事先把大米捣成碎米。他每天都驼着背,来到我家,把一小碗米倒进木臼里,然后慢慢地捣碎。

当时,大爷爷还参加生产队的田间劳动。按村里的规矩,老人家都是五分工,相当于壮劳动力的一半。他挣的工分,养活自己绰绰有余。他一辈子都在积蓄,晚年除参加生产队劳动以外,还四处寻找荒地,或者是溪滩上,或者是道路旁,或者是坟地边,能够开垦的,都要开垦,种上棉花,收获以后卖给供销社,成为主要的副业。

俗话说"养子防老,积谷防饥",大爷爷把子女们都拉扯大了,自己也老了,却不要他们赡养一分钱。因为他的勤劳肯干,生活节俭,进多出少,积少成多,从某种意义上来说,有点像葛朗台,所以腰包里的钱永远也用不完。

我八岁那年的夏天,像牛一样耕耘了一辈子的大爷爷病倒了。在病榻上,捱了一段炎热的时光,他像一盏耗尽了油的灯,走了。他留给子女们的是几百元钱,这在七十年代中期的乡村,是一个天文数字。

与大爷爷一样,一辈子历经劫难、饱经风霜的,还有他的小妹妹,也就是我的小姑婆。在人生的最后时刻,大爷爷油尽灯枯,得以善终,而小姑婆却是愤而绝食,含恨而死。

记得儿时最开心的是春节去小姑婆家拜年。小姑婆家在西南面的前陈公社钟村大队,离家有十里路,算是我最远的亲戚了。每年去她家拜年,一路的风光,都让我这个从不出远门的"洞里狗"大开眼界。

当时,小姑婆已经是一个七十来岁的老太婆,满脸都是密密麻麻的皱纹,粗糙得像松树皮。小姑婆年纪虽老,人还不服老,那双先裹后放的小脚像萝卜棰(即清洗萝卜的一种木制工具,纺锤形,形似小脚),走起路来"噔噔噔"地像一阵风,不输年轻人,身子骨非常硬朗,说起话来中气十足,声若洪钟,没有半点衰老的疲态。看得出,小姑婆跟大爷爷一样,在艰难困苦中,早已练就了一副钢筋铁骨。

据爹说,小姑婆苦哈哈地过了一辈子。年轻时嫁了一个泥水匠,丈夫半路撒手人寰,留下两男一女,小姑婆又当妈又当爹,一个人独自把他们拉扯大。一般的女人生育以后,坐月子时不能吹风,否则会终身落下头痛病。而小姑婆生育的第二天,便自己下床,用一块围裙将孩子裹好,扎在背上,拿起一把竹耙,外出耙垃圾,作为柴火烧,没有休息,没人服侍,更不用说吃补品了。而她一辈子无病无痛,老了身子骨依然很硬朗。

拜见了小姑婆后,我跟着爹来到大表伯伯家吃中饭。大表伯伯患有黄疸肝炎,脸部浮肿,面色蜡黄,平时不能干重活,只有半歇半作。看到我们,他一脸微笑,慢条斯理地说:"亮(爹的名字),我想造两间新屋,你来做木工。"爹为了不扫他的兴,随口应承。因为大表伯伯夫妻俩都有肝病,无钱医治,只得熬着,把三个孩子拉扯大已是不易,哪有余钱造房子? 或许只是他自我安慰的美梦吧!

此后,我年年跟着爹去小姑婆家拜年。过了几年,大表伯伯夫妻先后因肝病去世。再过了几年,他的儿子、我的表兄弟海江长大成人,娶了妻子,生了女儿。第二年,海江也跟大表伯伯一样,因肝炎不治身亡。

人生的三大不幸,莫过于"幼年丧父,中年丧偶,老年丧子",小姑婆不幸都碰到了。她八岁的时候,父亲死了;二十多岁的时候,丈夫死了;七十多岁的时候,儿子死了;八十多岁的时候,孙子也死了。在她的晚年,丧了儿子丧孙子,这是不幸中的更不幸。她一生中最亲近的四个男人,没有一个能够安享天年。按乡下的迷信说法,是她的命太硬,不仅克夫,连儿子和孙子都被她克死了。

"该死的不死,不该死的都死了。"到了耄耋之年的小姑婆,在送走长孙以后,失去了生命中最后的一根支柱,心灰意冷,决然绝食。一个礼拜以后,一辈子劳作不息、无病无痛的小姑婆,带着伤心,带着悲痛,带着绝望,结束了多灾多难的一生,离开了这个灰暗冰冷的世界。

送嬷嬷灵魂"上路"

> 在乡村流传千年的丧葬习俗,繁文缛节,禁忌多多,折射出古人重鬼神的生死观。痛失亲人,家属理应以悲痛为主,而不是讲排场、比阔气、争面子。移风易俗,应该从提倡重养轻葬做起。

我读小学三年级那年,嬷嬷用她那双"三寸金莲",走完了八十年的人生旅程,安详地合上了眼睛,仿佛是睡着了,没有呻吟,没有痛苦。

家里的大人,赶忙将嬷嬷生前床上垫的稻草、草席等遗物,全部搬到台门口,架在柴火堆上焚烧,加上烧纸和锡箔,上面还有一双草鞋,俗称烧"无常草鞋"。按乡间的说法,阴间的城隍老爷和判官掌握着生死簿,上面详详细细地记载了每个人的阳寿。阳寿一到,便差遣解差无常持牌传拘灵魂。所以,人死以后,就要将亡魂和无常送走,烧的烧纸和锡箔,给无常用,烧的草鞋,给无常穿,免得亡魂在途中受到无常的勒索和虐待。这时,我们子孙四代反穿衣服,作为临时的孝服,每人手持三支清香,一齐跪在台门口,嚎啕大哭,送嬷嬷的灵魂上路。

按家乡的丧俗,在老人临终之时,子孙必须侍立左右,直至断气,俗称"送终"。家里生了儿子,有了后代,便松了一口气,欣慰地说:"这下好了,将来有人'送终'了!"似乎生子的目的就是为了有朝一日"送终"。

送走嬷嬷的灵魂,还要给她的遗体"穿衣裳"。当时,我看门口的天井里,放了一条四尺凳,大伯伯站在上面,嘴里咬着一只筷子。边上一个人正在给他套衣服,一件一件又一件,从夏天的汗衫,到春秋的夹衣,到冬天的棉袄,从贴身的内衣,到出面的外套,一年四季里里外外的衣服层层叠叠地套在他身上。只见套寿衣的人将大伯伯身上的所有衣服一齐脱下,手持没有秤锤的秤杆,假装称重,口呼:"千斤万斤,黄金万两!"让逝者穿这么多、这么重、这么值钱的衣服,以示子女的一片孝心。这时,听到楼上有人呼应:"千斤担由你挑去,万两黄金留给子孙。"大伯伯闻言,将嘴里的筷子折断,将四尺凳踢翻。

"穿衣裳"作为丧俗的一道环节,有迷信的成分,也有科学的道理。老人死后,身体僵硬,如果将一年四季的衣服一件一件地穿上去,不仅麻烦,还有可能将手臂折断。请长子作为模特,先一件一件套在他的身上,再一起脱下来,一次性套在死者的身上,就方便多了。至于孝子为什么要站在四尺凳上?是免得把逝者的寿衣弄脏,为什么嘴里要咬一只筷子,是不让孝子说话。

给嬷嬷的遗体穿好衣服以后,将其移到门板上,抬到堂楼,放进预先安排的棺材里,俗称"进棺"。在棺材的底部摊放木炭,放进稻草,垫好被褥,放好枕头、脚踏,盖上寿被,在嘴里放一点银子,俗称"含口银",再放进石灰包,然后盖棺。木炭和石灰包可以吸附潮气,保持干燥。此时,棺材还留一条缝,希望奇迹发生,死者还能起死还阳。

但这样的程序也有例外的。一种是死在外面的,算"孤魂野鬼",另一种是未满三十六岁,算"麻痘鬼",死后都不能进堂楼,只能在村旁搭一个临时的棚子,上面用地垫覆盖,作为临时的停灵之所。

接下来是给嬷嬷布置灵堂。在堂楼里悬挂白色的孝帐,里面是棺材,外面是拜堂,摆设一张香几、一张漆桌和两把椅子,扎上白色的桌围椅披,香几上摆放遗像,漆桌上摆放香碗。堂楼的横梁上贴上白色的横批"当大事",两边柱子贴上白色的挽联"日落西山不再回,水流东海知难返",意谓人生的生老病死,就像日落西山、水流东海等自然现象一样,属于无法抗拒的规律。

接下来的两天时间,我们家属在灵堂里接受嬷嬷生前亲朋好友的祭奠。我们直系亲属要通宵守灵,俗称"守夜"。从一更、二更、三更、四更、五更,几位姑姑都要啼哭一次,好让嬷嬷知道时间的流逝。当年我还是十来岁的小孩,从来没有熬过夜,到了后半夜,瞌睡懵懂,老是问姆妈,快天亮没有。姆妈叫我跑到村东头,看看东方的启明星亮了没有,要是亮了,离天亮就不远了。

嬷嬷去世以后,族里的亲房将噩耗分头报与亲戚知道,俗称"报老"。无论阴晴雨雪,"报老"者腋下都要夹一把雨伞,伞柄上扎了一根苎麻丝。到了亲戚家门口,将雨伞放在门口,伞柄朝下,"报老"者进入家门,说:"某某某老了!"而不能说:"某某某死了!"我心里估摸,在家乡的方言里,没有后鼻音,因此"丧"与"伞"同音,"伞"成为"丧"的象征,至于伞柄的苎麻丝,或许与披麻戴孝是一个意思。

接到"报老"以后,亲戚马上赶制一床婴儿被一样大小的寿被,放进竹篮,夹了烧纸、香和蜡烛,用一根毛竹扁担扛来。这时,老早守候在台门口的亲属,上前从亲戚手中接过毛竹扁担,扛至灵堂,将寿被挂在孝帐上,层层叠叠,将烧纸、香和蜡烛摆在香几上,密密麻麻。亲戚上前致祭,焚香跪拜,姑姑们按着哭丧的调子,在孝帐后面高声号哭,告诉嬷嬷某某亲戚送被来了。据说,哭丧的调子被家乡的浦江乱弹音乐吸收,成为一种专门的腔调。哭丧也有一定的曲词,循环往复,我还记得有这么几句:"啊呀嘞——姆妈哎——娘啊——你怎么这么早就去了哇——留下我们以后靠哪个呐——"

到了第三天,是出殡的日子。出殡之前,所有送殡者先饱餐一顿,俗称"吃羹饭"。把长豇豆和老豆腐切碎煮熟,放进锅子的滚水里,撒上淀粉,搅拌均匀,做成黏稠的豆腐羹,浇在用饭甑蒸出来的米饭上,叫做"羹饭",类似于现在的盖浇饭。因为是白事,加一碗白切肉,蘸着白色的毛盐吃。按乡下的说法,吃了老人的羹饭,可以祛除百病,延年益寿,所以讨羹饭吃的人很多。

出殡之前,"收拾老人"(即专门从事丧葬仪式的老人)先揭开蒙在嬷嬷脸上的"头面",让我们亲属见上最后一面。再把孝帐上的寿被取下来,一床一床地盖在她的遗体上,边盖边喊送被人的名字,俗称"盖被"。最后,"收拾老人"在她的遗体上撒一把大米和茶叶,在枕头边放一副袖珍的担子,高喊:"口燥茶叶,肚饥白米。

后(即爷爷的名字)嬷嬷,千斤担你自己挑去。"然后盖棺封材。

接下来,由我们亲属按先近后远的顺序进行祭奠。直系亲属都要行"四跪四拜"的大礼,在跪拜的时候,双膝、双手和额头都要碰到地面,俗称"五体投地",远房亲属只要拈香弯腰鞠躬即可。再由"八仙"祭奠,就是抬棺材的八个青壮年男子。

祭奠已毕,大伯伯手捧遗像,爹手捧香碗,伯母、姆妈和姑姑、姑夫们披麻戴孝,腰间系一条反手搓的稻草绳,率领所有送殡人,跪在灵柩前。血缘稍远的送殡人,头戴"头白",用一块四方的白布或者纱巾对角折成三角形,缚于额前,脑后打结。由"八仙"请出灵柩,用手抬至预先摆放的两条四尺凳上,用长钉将棺材盖钉住。接着,"八仙"用棕绳将灵柩扎牢,俗称"架索"。这时,村里的妇女纷纷举着"稻草火把","噼噼啪啪"地燃烧着,送到村口,以防亡魂撞入家门。

"架索"已毕,两个敲锣人在前面敲七下锣:"咣——咣——咣——咣——咣咣咣——",带领送殡队伍,迤逦而行,直奔坟山。"收拾老人"走在队伍的最前面,每隔一段路程,往地上撒几张烧纸,俗称"分路纸",大约是在阴间交买路钱的意思,免得孤魂野鬼来骚扰。途中有一条小溪,小溪上有一座桥,我们亲属过桥之后,转过身来,一齐下跪,恭迎灵柩过桥。

到了坟山,"八仙"将灵柩停放在预先开挖的圹上。这时,由姑夫们解开扎在灵柩上的棕绳,俗称"解索",并给"八仙"一个红包,俗称女婿的"解索钱"。我们送葬的亲属围着灵柩正转三圈,反转三圈,边转圈边撮土,放在灵柩上,以示眷恋。礼毕,所有亲属原路返回,由"八仙"修筑坟茔。

筑好坟茔,再由一位亲属挑祭品和酒水,祭奠新坟,俗称"还山",并给"八仙"充抵四餐午饭。送葬回来,所有参与丧事的亲戚都要吃一顿丰盛的"散伙酒"。晚上,"八仙"与亲属聚餐,丧事完毕。

嬷嬷去世之后,我们亲人要给她"做七",逢"七"之日都要家祭。一共有六"七",七日为一"七",第一"七"只有六日,叫做"骗死人"。"三七"是大"七",死者的鬼魂在解差的押送下回家,所以要家祭,供上酒肉等物,摆两副杯筷,其中一副给鬼魂,另一副给解差,一只真筷一只麦秆(或稻草),是怕解差吃得太多了,而鬼魂却吃不饱。"四七"是不允许办的,叫"活人不庆四十,死人不过四七"。相传第六"七"的时候,鬼魂要摸到亲朋好友家作客,所以也要祭奠,俗称"摸六七"。万一哪家没有供品,就是猪槽里的泔水鬼魂也要喝上一口,那么这户人家以后牲畜就养不大了。过了"六七",还有"百日"和"周年",均需祭奠。此外,每逢清明和冬至,也需上坟祭奠,直到拜了百岁冥寿,才能免祭。

家乡的丧俗,忌讳甚多。嬷嬷去世以后,家家户户门前都挂起一把米筛。米筛反面的篾条纵横交错,形成一个个眼,俗称"千里眼"。按迷信的说法,有"千里眼"把门,野鬼就不敢撞进来了。"能通阴阳"的风水先生,不仅要用罗盘选风水好的坟地,还要根据死者的年庚八字,掐算冲忌的人,写成告示,张贴在大厅的柱子上。与死者冲忌的人要躲起来,直到敲了七下出殡锣以后,才能出来看热闹。

家乡素来有"红白喜事"之说,大凡年迈者去世,是一件丧事,更是一件喜事。从新陈代谢的角度来看,也不无道理,但从人伦道德来看,我总觉得有些不忍。嬷嬷去世的时候,我作为在他们身边长大的小孙子,心中的哀痛,无以言表,确是一件丧事;而我那些已经成年的表哥们,嘻嘻哈哈,喜形于色,却是一件喜事。按以前的风俗,姐妹出嫁之后,相互之间并不拜年,平素姨表亲们难得一见,如今趁外婆去世的天赐良机,拖家带口,鱼贯而来,济济一堂,热热闹闹,难怪他们掩饰不住兴奋了。

因为给嬷嬷送殡的亲戚和亲属实在太多,迤逦而行,长达半里,还特意拐到小镇边绕一圈,颇为风光,可丧葬的费用高达两百元,相当于当年寻常人家娶亲的一份聘礼呢!

两个舅公两种结局

> 大舅公多子，却晚景凄凉，小舅公无后，却安度晚年，兄弟俩的遭遇颠覆了"养子防老，积谷防饥"的观念，印证了"有囝有因一世苦，无囝无因一记苦"的俗谚。积谷固然可以防饥，养子未必能够防老，亟待建立惠及全民的社会养老机制。

俗话说："养子防老，积谷防饥。"千百年来，国人素来信奉"多子多福"的观念。积谷固然可以防饥，而养子未必能防老，多子也未必能多福。我的两位舅公，大舅公多子，小舅公无后，具有讽刺意味的是，兄弟俩晚年的境遇，恰好相反。

在我的少年时代，七十多岁的大舅公每年都要来我家玩两天。虽然我家的经济状况比他家差，但大伯母和姆妈总是热情相待，请他住上几天。每次临走时，大舅公都会向大伯母和姆妈借钱，每家各给五元钱。在那赤贫年代，五元钱是什么概念？当年木匠在东家做一天木工，只有一元五角钱，农民在生产队里劳动一天，只有几角钱。就购买力而言，当年的五元钱或许相当于现在的五百元吧。

说好听点是借钱，说难听点是要钱。大舅公不知道是真糊涂，还是假糊涂，每次都要借，却从来只字不提还的事情。其实，我们也没有想他还，权当孝敬长辈的一份心意。

在那个大集体的年代，大舅公的生产队里出产茶叶，集体经济较好，年终分红也较多。按说大舅公应该生活得不错，但他的四个儿子相互推脱，大儿子说从小外出谋生，爷娘没有给他造房、娶妻，不养；二儿子说年轻时离家当上门女婿，没有分到家产，不养；三儿子、小儿子说大哥有工作都不养，他们当农民的，更不养，全然忘却了爷娘从小的养育之恩。大舅公驾鹤西去的时候，家里还有三百元存款，存折由大舅婆保管，生前一分零用钱也不给他。

据爹说，在年轻的时候，大舅公身材魁梧，声若洪钟，在郑家坞火车站当售票员，也算是当地的一个人物。他一生养了四个儿子和一个女儿，按理是多子多福。长子高中毕业以后外出谋生，到贵州铜仁参加地质工作，后来自学成才，成为一位诗人；次子年轻时离家，做了上门女婿；还有两个儿子，在家务农，都精明能干，智谋过人。

大舅公去世的时候，我已经读初中了，代爹去奔丧。在大舅公的灵前，焚香跪拜已毕，准备第二天出殡时送老人家一程，入土为安。这时，表叔找到我，冷冷地说："你今天好回去了，明天不要送大舅公了。"要我早一天回家，无非是他们可以少招待我一天吃住。我闻言怆然，想起大舅公生前屡次来我家借钱的情景，不由悲从中来，也只得怏怏而回。

与大舅公相比,我从小很少见到小舅公。我读小学的时候,他快七十岁了,身子骨很硬朗,还在大队里开碾米机,干年轻人的活。因为一辈子没有生育,他们只有夫妻两个人,负担轻,家里还有几百元的积蓄,也算是小康人家。

小舅公的一生,带有一点传奇色彩。生于民国元年的他,处在一个水深火热的时代,命运却跟同龄人不同,一辈子并没有吃过什么苦。他年轻时去浙江绍兴学做银匠,后来改学开柴油机,算是有一技之长。后来,遇到机会,他当了警察,做了警官。"日本佬来的时候,人家是靠两条腿逃的,我是坐汽车逃的。"这是他来我家做客的时候,亲口对我说的。后来,他还接到了警察局局长的委任状,只是还没有来得及赴任,衢州就解放了,于是回家务农。

俗话说"不孝有三,无后为大",小舅公夫妻终身不育,在外人看来算是倒霉。当年,嬷嬷曾建议他领养我爹,把外甥当做儿子,可他宁可"断脚后跟",也不要人家的孩子。不想因祸得福,他却因此逃过重重劫难。到了一九五八年,大多数人家拖儿带女忍饥挨饿,吃树叶、树皮、树根,他因为没有子女,负担轻,也没有饿肚皮。

有一年,他生了一场重病,把毕生的积蓄都花光了,平生第一次遇到迈不过去的门槛。正当他愁眉不展之际,政府刚好出台优抚五保户的救助政策,每年给予一定的生活补助,使其老有所养,颐养天年,条件无非是百年之后,把那间不值钱的破房子收归国有。

就这样,幸运之神一而再、再而三地眷顾他。在有惊无险中,岁月慢慢流逝,不知不觉,小舅公走完了九十二年的人生。九十多岁的老人,油尽灯枯,自然熄灭,按老家的说法,是"熟"了,未必有多少痛苦。

"有囝有囡一世苦,无囝无囡一记苦",两个舅公的不同结局,再一次印证了家乡的这句俗谚。

童 养 媳

> 一个是从小离开爹娘的童养媳,一个是养大以后
> 再出嫁的大姑娘,两个姑姑家境一贫一富,不料命运殊
> 途同归——受尽折腾,吃尽苦头。她们的悲惨命运,是
> 二十世纪受苦受难的传统妇女的缩影。

"奶婆精,三日不打上铜青(即"铜绿")。奶婆骨,三日不打游
蛇歪(读作 ku)"。小时候,二姑姑每次回娘家,都给我唱这首叫做
《奶婆歌》的民谣,她唱得悲悲切切,泪光滢滢,一遍一遍,不厌其
烦,有点像祥林嫂嘴里的"阿毛"一样。

在我的家乡,奶婆既指丫环,也指童养媳。按家乡的风俗,大
家普遍认为童养媳是要经常打的,如果三日不打,是要轻骨头的,
人就会像铜器那样生绿,游蛇那样歪斜,由此便形成了一种可怕的
集体无意识。《奶婆歌》短短的二十个字,精炼地概括了童养媳从
小挨打挨骂的悲惨命运。二姑姑为什么对《奶婆歌》念念不忘?
因为她就是一个六岁离家的童养媳。

新中国成立前,爹娘一把屎一把尿把女儿抚养成人,含辛茹苦不说,将来出嫁时需要置办一副嫁妆。对于挣扎在贫困线上的贫苦人家,一副嫁妆实在是不能负担之重。

有的人家狠狠心,生了女儿就溺婴;也有的人家好一点,生了女儿就送人;还有的人家将女儿养到五六岁,早早地送给有儿子的人家做童养媳,长大以后再配做夫妻。这样,男方领一个童养媳,可以省却一份难以承受的聘礼,添一副吃饭的碗筷,添一个干活的帮手;女方送一个童养媳,省一副嫁妆,少一个"食口"(即"吃饭的人")。

双方家长两厢情愿,各得其所,苦就苦了童养媳本人,从小离开了爷娘,没人疼,没人爱,只有打,只有骂,吃不饱,干重活,有病家里也不会尽心医治,不少人中途夭折。家里死了一个童养媳,如同死了一头牲口。家乡有首歌谣,唱的是童养媳干活、挨饿与挨打的情形:"童养媳,吃饭汤,饿得肚里叽里呱,偷碗白米熬粥汤。公看见,公来打,婆看见,婆来骂,丈夫看见抓头发,姑娘看见叽叽呱。白天干活到半夜,半夜还要磨三箩麦。"

民国初年,爷爷嬷嬷结婚以后,接连生了几个"赔钱"的女儿。等到第二个女儿长到六岁,就送给邻近花坟头村的蔡姓人家做童养媳,不久夭折了。等到第三个女儿长到六岁,再送给这户人家做童养媳,就是我的二姑姑。

当我懂事的时候,二姑姑已经是一个五十多岁的老太婆了。她每次回娘家,都要唠唠叨叨诉说童养媳的苦处,怪爷爷嬷嬷在做童养媳的第二个女儿死了以后,还要送她去,继续做人家的童养媳,明明是往火坑里推。爷爷嬷嬷听了很不自在,有些厌烦,所以对她很是冷淡。

有一次，二姑姑来我家做客。正好大人都不在，我就自作主张，给她烧了三个鸡蛋，盛到一只高脚碗里，还不满，觉得不好看，于是又添了两个，凑成五个。接过那满满的一碗鸡蛋，二姑姑喜笑颜开，感慨地说："小囡真乖！这是我这生世在娘家吃得最多的鸡蛋。"

二姑姑这辈子所受的苦，套用一句戏文，就是"人人都说黄连苦，我比黄连苦三分"。第一遍苦，像天下所有的童养媳一样，从小离家，受尽公婆的打骂；第二遍苦，中年守寡，五女三男全靠她一个人拉扯大；第三遍苦，子女不孝，老失所养，最终在贫困和孤独中死去。

在我的童年时代，三个表哥相继长大成人。那几年，二姑姑每每跟姆妈说起三个表哥，都笑脸开花，直夸他们话语说得如何明白。谁知他们结婚以后，个个都好像变了个人，都说生活困难，自顾不暇，就是不肯尽赡养的义务。

这样，二姑姑一个人孤零零地住在那间年久失修的老屋里。有一天，老屋的一面墙壁倒塌了，算她命大，人倒安然无恙。这时，三个表哥推三托四，袖手旁观，一个也不肯出面维修。爹知道以后，买了木板和塑料布，将倒塌的一面钉好，聊以遮风挡雨。

在生命的最后时刻，二姑姑把自己的心灵寄托在万能的耶稣身上。有一年大年三十，几个耶稣姐妹知道她身体不好，特意到家中去看望，发现二姑姑早已升入天国了，终年八十九岁。

从小送给人家做童养媳的二姑姑，吃的是一种苦；养大以后再出嫁的三姑姑，吃的是另一种苦。

　　曾经看过清代吴敬梓的讽刺小说《儒林外史》，其中有一篇活灵活现地刻画了吝啬鬼严监生的形象，令人叫绝。严监生临死之时，颤颤巍巍地伸出两根指头，怎么也不肯断气。两根指头是什么意思呢？大家猜来猜去猜不着，只有他的老婆知道，是因为油灯里点着两茎灯草，严监生怕费油，老婆于是挑掉一茎。这时，严监生含笑点了点头，手终于垂下，顿时没了气。

　　数百年后，"严监生"再世，那就是我的三姑夫。我从小听说三姑夫"三根麦秆"的故事，与严监生"两茎灯草"的故事可以媲美。据说，三姑姑到灶下烧火的时候，拿起一把麦秆，塞进灶膛里，熊熊燃烧，火焰旺旺。三姑夫看了，心疼得不得了，骂三姑姑浪费柴火。我心里纳闷：麦秆不一把一把地烧，难道要一根一根地烧？

　　每年的正月初五，我跟着爹来到三姑姑家拜年，想看看这个故事的真假。果然，三姑夫坐在灶头下，挑了身边的三根麦秆，折了又折，折成小小的一卷，塞进灶膛。等三根麦秆烧完，再塞进三根，不多不少，永远是三根，一点火焰也没有喷出来，活脱脱一个《儒林外史》中悭吝乡绅"严监生"式的人物。

　　那时，市面上除了金贵的白糖、红糖和冰糖以外，还有一种"古巴糖"，颜色像红糖，价格类似白糖。记得当时红糖才四五毛一斤，而白糖要一块两毛一斤，而古巴糖才比白糖便宜五分。不知是哪位出嫁的表姐送的一斤古巴糖，三姑姑舍不得吃，拿到公社里以红糖的价格卖掉了。此事被精明的三姑夫得知以后，把她骂得狗血喷头，一直骂到死。

　　有一年，三姑姑从不到一米高的三级楼梯上摔下来，造成严重的脑溢血，最后做了开颅手续，才捡回一条命。

……『挂在驴子眼前的胡萝卜，看得见吃不着』……

为了让拉磨的驴子走得快，人们在它眼前挂了一串胡萝卜。驴子为了吃胡萝卜，拼命往前赶，可胡萝卜也拼命往前移，永远看得见吃不着。当时因为僧多粥少，考大学犹如『千军万马过独木桥』，幸运儿毕竟是极少数。对于绝大多数中学生来讲，大学仿佛是那串挂在眼前的令人眼红嘴馋的胡萝卜。

"我是你丈夫，你是我妻子"

> 是改革开放，重新打开关闭了三十年的国门。英语作为世界通行的语言，成为国人认识世界、融入潮流的工具，突然之间进入课堂，让有的中学生头大无比，甚至咬牙切齿，闹出了种种笑话。

一九八○年，滚滚的历史车轮快速驶进改革开放的八十年代，乡村的生活形态从此发生沧桑巨变。就在这一年的九月，我告别了懵懵懂懂的五年小学生活，成为浦江县郑宅中学的一名初中生。

上了初一，新增一门让人头大的英语课，我们这些乡下土包子也开始"放洋屁"了。乍一看，英文字母"ABCDEFG……"像蚯蚓一样弯弯曲曲，土话唤作"看看明，捋捋平"（即看起来是明的，摸起来是平的，就是不认识），让大多数同学搔首抓耳，无从下手，考试成绩在个位数的也不少见，有人甚至"吃鸭蛋"。

平时对英语深恶痛绝的个别男生，读到后来，突然得知"丈夫"的英语单词叫做"husband"，"妻子"的英语单词叫做"wife"，兴味盎然,跃跃欲试,于是不怀好意地对年轻的女老师说起了英语:"I am your husband,you are my wife."（我是你丈夫,你是我妻子。）说完不怀好意地大笑,跟鲁迅笔下的阿Q占了吴妈的便宜一样,说了两句"三脚猫"英语,似乎占了年轻女老师的便宜,得了精神上的胜利。

当时,学校里师资奇缺,最缺的就是英语老师。我的第一位英语老师,是临时请来代课的,不知道她姓什么,只知道叫"群凤"。"群凤"老师似乎才高中毕业,不到二十岁,长着一张圆圆胖胖的脸,透露出几分稚气。

当时学校里没有放音机,也没有英语磁带,无法跟着录音机练发音,只有跟着老师一句一句地念,仿佛小和尚念经,有口无心。如果老师的肚子里有一桶水,那我们或许还能学到半桶水或者小半桶水,如果老师自己只有半桶水,那我们自然只能湿一湿水桶底了。当时,我读初一,哥哥读高一,我们兄弟俩同时开始学英语。记得"大衣"的英语是"coat",哥哥念[kəut],而我念[kut],哥哥说我念错了,而我死不认错:"我们的老师就是这样教的,怎么会有错?!"可见,我当时是把英语老师的话当做"圣旨口"的。等到我确实知道她念错了这么简单的一个单词以后,她在我心目里的神圣形象就开始动摇了。

好在不久以后,"群凤"老师被辞退了,来了新的代课老师。到了初二,教英语的是学校里最时髦的李老师。她当时大约二十五六岁,正值青春年华,打扮入时,上身常穿一件玲珑凹凸的紧身衣,下身常穿一条上窄下宽的喇叭裤,再加上脚蹬一双高跟皮鞋,披着一头波涛翻滚的长卷发,风姿绰约,堪领我们这个千年古镇的时尚潮流。

在我的印象中,李老师的鼻梁上架了一副金丝边眼镜,显得妩媚而秀气。当时,除了朗读语文课文以外,不论上什么课,授课老师都讲土话。而她上课的时候,讲一口标准而流利的普通话,把我的名字叫得抑扬顿挫,风生水起,煞是好听。说真的,从她的模样来说,是美女,从她的水平来说,是才女,可大多数男生不买账,背后都叫她难听的绰号。

一个优秀的英语老师,为什么没有学生缘?或许是农村学生的顽劣和狭隘。甫上初中,突然碰到英语这只"拦路虎",很多人束手无策。因为厌恶英语,也厌恶英语老师,此其一;其二,当时封闭的乡下风气渐开,爱美的女性开始烫卷发、穿喇叭裤和高跟鞋,但骨子里难免还带着一种乡气。而李老师的洋气是由内到外自然透露出来的,举止得体,落落大方。乡下的初中男生初识男女之情,突然面对这样一个青春时尚的女老师,相形之下,难免自惭形秽,因自卑、狭隘进而导致嫉妒和嘲弄,甚至出言不逊了。

与青春时尚的李老师形成强烈反差的,是老成土气的徐成康老师。从外表上来讲,他又黑又瘦,朴实无华,看起来像一个地道的老农民。有一次路过他的班,听到他在教学生英语单词"good",天哪!这哪里是英语,分明是土话。由最土的老师,来教最洋的课程,真有一点戏剧效果。

功夫不负有心人,徐老师以农民的执著,教学一丝不苟。后来,他教的班级取得浦东区英语会考第一名的好成绩,可谓水到渠成,名至实归。

除了英语,我也怕数学,一看代数,心里就稀里糊涂,如坠五里云雾。在这样的状态下,我的数学成绩像搭上了过山车,忽高忽低,起伏不定,既考过100分,也考过47分。

教初一数学的是郑兴水老师,高高的个子,大约有一米八〇,一看就是一根"长竹竿"。在课堂上,他说话慢条斯理,面带微笑,从不发火。当时农村刚刚分田到户,他是一位民办教师,所以边教书,边种田。他家住在学校北面三里远的山脚下,唤作"外岭脚"。靠山吃山,他早上来学校上课,有时挑一担柴,到集市上出售;下午放学以后,有时在校园里搅拌碳酸氢铵和过磷酸钙,然后挑到承包田里,给庄稼施肥。

到了初二,数学课由王可福老师任教。他是我的同族,按辈分来说,我应该叫他"太公"(即"曾祖父"),因为我们王氏的字辈是"祖志有可思,兴文正才子",他是"可"字辈,我是"文"字辈,彼此相差三辈。他五十来岁,头发花白,眼睛老花,每当要学生回答问题的时候,手里远远地举着班级的花名册,皱着眉头,眯着眼睛,看同学们的名字,还是容易看错。

班里有一位同学叫"童中正",因为跟蒋介石同名,我们喜欢起哄,叫他"蒋中正"或"蒋光头",他也不懊恼,嘻嘻哈哈的,而王可福老师老是叫他"童正中"。同学们听了哄堂大笑,他自己却没有发觉,有点莫名其妙,一本正经地反问我们:"笑什么?! 有什么好笑的?!"还有一位是"郑端生",他老是叫"郑瑞生","哈哈哈……"教室里又发出一阵哄堂大笑。

到了初三,教我数学是张申清老师。他有一个引以为豪的学历——高中毕业于"金一中"(即"浙江省金华第一中学"),在老家仿佛跟清华、北大一样,令人艳羡不已,他自己也常说"我在金一中读书的时候……"他反反复复、苦口婆心地劝不肯用功读书的学生:"你们放心好了,再怎么用功,绝不会读成'书腐佬'(即'书呆子')。"他是我们(2)班的班主任,我是班长,虽然我的数学成绩起伏不定,但平时颇受他的青睐,经常帮他油印讲义和试卷。那时,老师用的是"题海战术",让学生不停地做习题,不停地考试,简直是"三天一小考,五天一大考",所以三天两头要油印。

还有两位数学老师,不是我正式的任课老师,曾经代过一两节课,讲课风趣幽默。

一位是陈茂坤老师,初看外表,就让人想起电影里的苏联人伊凡诺夫,细皮白肉,头发微卷,长着一个长长的鹰钩鼻。他已年过五十,浙江诸暨人,老婆和女儿每年都要来探望一两次。

最为人津津乐道的是,陈老师每个星期都要到公社的集市里买一只鸡,大快朵颐。在我们乡下人看来,实在太奢侈了,一只鸡五六块钱,差不多是一个老师一个月的伙食费,足够一个学生一学期的学杂费。作为一名老教师,他的工资自然不低,估计家里的经济条件也不错,而且乡下物价便宜,又是本鸡,价廉物美。

陈茂坤老师当时出给我们的题目很有特点,往往看似简单,实际运算却颇为麻烦,答案有一长串数字,后面可能还有好几位小数。跟陈茂坤老师形成鲜明对比的,是校长郑春湖老师。他出的数学题目看似繁琐,但繁中有简,设计巧妙,只要懂得其中的诀窍,如庖丁解牛,豁然开朗,最后的答案不是0,便是1。

郑老师每每谈起自己跟陈老师的异同,脸上不禁有自得之色。我想,这是两种不同的教学风格,如果要套用文学的语言,一种是烂漫空灵,一种是现实质朴,各有特色,孰优孰劣,自然无需我们后生小子妄加轩轾了。

在初中阶段，更让我们学生开心的是邻村的郑期聪老师。一般学生都喜欢给老师取绰号，未必有什么恶意，不过是小孩子好玩而已。郑期聪老师的大名中有一个"聪"字，跟"葱"同音，而每每春雷轰鸣以后，一夜之间，在乡野小路边钻出了长长短短的野葱——胡葱。小孩子在田畈摘了胡葱，回家交给姆妈做玉米饼，作为一种香料，俗称"胡葱饼"。于是，大家把"胡葱饼"嫁接到郑期聪老师的大名上，叫他"期葱饼"。

我读了十八年书，领教过的老师不下一百位，从来没有"期葱饼"那样的好脾气。记得还在读初一的时候，他教我们社会发展简史课，因为是副课，大家爱听不听，有的同学上课聊天，旁若无人，先是窃窃私语，继而高声谈笑。

站在讲台前的"期葱饼"看了，也不懊恼，只是提高嗓门："哎，哎，大家听一听，不要谈天。"同学们没人理他，声音反而越来越大，终于把他的声音盖过去了。这时，他还是不懊恼，只是提高了嗓门，简直就是高声叫喊了，以图压过学生的聊天声。

"期葱饼"的脑子里，有许多陈年的"老皇历"，经常要拿出来翻一翻。他说，从前的读书人社会地位很高，每年春节，祠堂里都要吃年夜饭，"新敬老人"坐在酒席的"上横头"（即"上首"）。所谓的"新敬"，就是有小学以上文化程度的读书人，这让我们很有自豪感，因为大家都是初中生，自然是"新敬"了。

"期葱饼"说，当年读书的时候，在路上遇到老师，要手捧书包行鞠躬礼，并退避路侧，保持微笑，一直目送老师远去，方才离开。俗话说"廿年媳妇廿年婆，再过廿年做太婆"，他好不容易从媳妇熬成婆婆，媳妇却不再怕婆婆了。

一人生病，全班"吃醋""喝酒"

> 脱发是老年病，我四岁就得了；高血压是富贵病，我十七岁就得了。我一个穷小子遭罪也就罢了，还连累我的同窗同学一起遭罪，陪我"吃醋""喝酒"。

上初一以后，我得了一种令人讨厌的怪病——脱发，原先浓密的头发开始稀稀落落，日渐稀薄，虽然还不至于到"三毛"的地步。

这已不是第一次了。记得从五岁那年起，我就开始掉头发，齿未豁头先童，有点未老先衰的样子。一九七二年恰逢日本首相田中角荣访华，他那智慧的头上不长毛，油光可鉴。于是，喜欢恶作剧的小哥（大伯伯的二儿子）给我起了一个令人讨厌的绰号——"田中"。每次碰到，他总是一脸坏笑，"田中"二字脱口而出。他在无意中开的一个玩笑，却加深了一个小孩子心理的自卑和精神的痛苦。

脱发不痛不痒，算不得什么大毛病，只是有碍观瞻，也没有什么特效药。爹帮我访到了一个民间土方，就是用山生姜治疗。拿一个陶制的钵头,倒将过来,底部有一圈浅浅的边沿,形同砚台。往里倒进一些醋,然后用山生姜在上面磨,磨得浓浓的,仿佛在砚台里磨墨一样。磨烂的山生姜融化在醋里,酽酽的,涂在头皮上,黏黏的。那时我还年幼,这些令人讨厌的活儿,都是姆妈帮我做的。拖了年把时间,这个怪病也就稀里糊涂地痊愈了。

谁知上学以后,旧病复发。天天在头皮上擦山生姜和醋,奇臭无比,我只好自认倒霉,"如入鲍鱼之肆,久而不闻其臭",却苦了我的同班同学,每天都要被动地闻陈醋发出的浓重的臭味,真是一人生病,全班"吃醋",实际是"被吃醋"。

为了方便治疗,我只有将长长的西洋发剪掉,剃成短短的板刷头,每次总是叫理发师剪得短些,再短些。剃头的那位老先生劝我:"小后生,你的头发已经剪得很短了,再短就难看了。"可他哪里知道我脱发的苦衷。

到了秋天,我一不做二不休,干脆剃了一个大光头,戴了一顶军帽作为遮掩。有一天放学路上,有一位同学恶作剧,趁我不防,突然摘了帽子,撒腿就跑。幸亏他跛脚,走起路来一瘸一拐的,跑不快,没跑多远就被我追上了,当时我真想狠狠地揍他一顿。

不知道磨了多少山生姜,用了多少醋,脱发依旧。有一次,姆妈去赶集的时候,向一个江湖女郎中买了一大包药粉。我明知未必有效,还是抱着一线希望,泡在水里,喝了下去。有时,姆妈也买一些中药,回家用陶制的药罐煎熬,熬出来满满的一大碗。我端起碗来,一仰脖子,"咕咚咕咚"喝个精光。什么叫"病急乱投医"?这就是。

我不知道吃了多少"良药",苦则苦矣,总不见效。后来,爹给我介绍了一位有些现代医学知识的"赤脚医生"——后溪村的郑定才,诊断的结果是脂溢性皮炎导致脱发,处方是用水杨酸酒精涂抹头皮。

从此,我告别了又脏又臭的山生姜和醋,涂上了水杨酸酒精。只要我一到教室,顿时酒气冲天,那些无辜的同学"吃醋"以后,改为"喝酒",当然是"被喝酒"了。

转眼到了高二,在学校组织的一次例行体检中,我被查出患有原发性高血压。这无异是一个晴天霹雳,我当时正在准备高考呢!

原发性高血压无法根治,只能控制,方法无非是三种:一是药物治疗,每天服用降压片,疗效显著;二是物理治疗,戴一块"手表",里面不是计时器,而是一块磁铁,据说磁铁具有降压作用,或许只是心理安慰;三是食疗,多吃芹菜等蔬菜,少吃辛辣油腻的食物,作为辅助。因为年幼无知,矫枉过正,我只吃素不吃荤,跟庙里的小和尚一样,前后"苦修"了两年。

人生最紧张的时刻来到了。对于别人来说最重要的是考试,而对我来说却是体检。好在学校的领导特别人性化,很同情我们这些"老病号",说关系到穿皮鞋还是穿草鞋的问题,要求参加体检的医师们手下留情。给我体检的校医李医师,身材小巧,一脸微笑,平时常给我看病,熟得不能再熟了。她第一次给我量血压,淡淡地说:"过会儿再量一次。"糟糕,肯定是没有通过!我的心里七上八下,一直在打鼓。过了一刻钟,她又给我量了一次,还是淡淡地说了一句:"还好。"就算通过了。我自己则紧张得手心冒汗。我一直怀疑那天的血压有可能超标,是李医师手下留情,给我留一条生路。

一九八六年的秋天,当我跨进大学校门的时候,已经脱掉了身上的无形枷锁和学习压力,一下子轻松了。新生入学体检结果显示:血压,"无殊";心律,"无殊";当然,一头浓密的黑发,更是"无殊"了!

校园里的咄咄怪事

在以耕读闻名的家乡，千百年来形成了尊师重教的传统美德，老师不是亲人，胜似亲人，成为"天地君亲师"这五维中的一维。可我也目睹了个别人玷污学校和老师的种种劣行，至今想起来令人痛心。可见，对青少年的传统美德教育，任何时候都不能放松。

在郑宅中学二层楼教室的廊柱上，刷着七个醒目的大字："五讲四美三热爱"，作为学生的行为准则。"五讲"就是"讲文明、讲礼貌、讲卫生、讲秩序、讲道德"，"四美"就是"心灵美、语言美、行为美、环境美"，"三热爱"就是"热爱祖国、热爱社会主义、热爱党"。可在初二那年，学校里发生了一件咄咄怪事，对此不啻是一个辛辣的讽刺。

有一天早上去上学，我走到校门口，发现校名"郑宅中学"四个醒目的大字，被人用烂污泥涂了，污渍斑斑，面目全非！

这样缺德的劣行，究竟是谁干的？大家都在窃窃私语，已经猜到了几分,只是敢怒不敢言。原来,这几个大字是擅长书法的冷水村的郑春湖老师写的,他正是我们的一校之长,想必是冲着他来的。我看到郑春湖老师脸色阴沉,一言不发,当时的心境,可以想见。

过了几天,涂在上面的污泥被洗掉了,重新写上"郑宅中学"四个大字,没有留下丝毫的痕迹。但没过多久,校名再一次被人涂上了污泥。作恶者不依不饶,大家觉得不可思议。我看到郑春湖老师的脸色,更加阴沉了。

一波未平,一波又起。有一天早上,"食堂爷爷"从学校的井里打水的时候,发现井底飘着一只脸盆,捞上来一看,里面竟然是一陀令人作呕的粪便。在井底扔粪便,这是猪狗不如的禽兽行为。师生们群情激奋,义愤填膺,却又无可奈何。

事发之初,学校当局没有向公社报告,而是息事宁人,一味的沉默和忍让,反而受到一次比一次更荒诞的攻击,给全校师生的心灵笼罩了一层无法抹去的阴影。

郑宅中学的所在地郑义门,千百年来以耕读闻名。大凡读过中学的人都知道,语文课本里有一篇脍炙人口的千古名篇《送东阳马生序》,它的作者是元末明初著名的文学家宋濂。宋濂年轻时曾执教于郑义门的东明精舍,凡二十余年,把这里作为第二故乡。东明精舍后来改名东明书院,新中国成立后变成郑宅公社中心小学。而郑宅中学就在中心小学的南面,两个学校比邻而居,共用一个大操场。在耕读之风绵延了几百年的郑义门的地面上,发生如此玷污学校和老师的咄咄怪事,不论是谁干的,确实令人发指。

有一天中午,我到学校的食堂里去取蒸好的中饭,老远就听到"哇啦哇啦"的吵架声,有男声,也有女声,男女声二重吵引起了师

生的围观,里三层外三层的。走近一看,吵架的原来是教语文的 Q
老师和教体育的 J 老师。

Q 老师人到中年,毕业于北京大学中文系,是工农兵大学生,斯文
儒雅,为人和善,风趣幽默。他说话鼻音很重,瓮声瓮气的,喜欢说洋
泾浜的浦江话"项颈"(即'脖子')脉涨涨起来",引起学生哄堂大笑。

J 老师还是一个大后生。有时天下雨,无法在操场里上体育课,
改为在教室里读报。我经常听到他念"世界怀"三个字,丈二和尚摸
不着头脑,久而久之,才知是"世界杯"之误,恐有误人子弟之嫌。当
时,他娘在食堂里帮忙,人称"食堂嬷嬷",吵架时也来帮腔。

在我的印象中,作为人类灵魂的工程师,老师言传身教,诲人
不倦,道德文章,堪为楷模。如今在大庭广众之下,面红耳赤地吵
架,实在有辱斯文,有损形象。

当然,我在初中里闻见的咄咄怪事,不仅于此。初二的语文老
师是一个从教的退伍军人,教学认真负责。有一天,正是期末考试
时期,教室里来了一位"时髦女郎",但见她上身穿着玉色的紧身
衣,下身穿着"扫地"的喇叭裤,脚蹬高跟皮鞋,身材窈窕,走起路
来扭动腰肢,风姿绰约,美则美矣,只是少了一点少女的娇羞。她
是初一的一位女生,主动来找语文老师,要求初二时到他的班里读
书。我不知道她的名字,只留意到她如蜜桃般的早熟。

有一天,学校里风传有位女生被人诱奸了,就是这位初一的女
生。情节很简单,镇上的几个二流子,早就垂涎于她的早熟和美
貌,便设下圈套,以招聘演员为名,把她骗到旅馆里,最终图穷匕
见。这位涉世未深的初一女生,爱慕虚荣,以致招蜂引蝶,给茶前
饭后的人们增添了一份谈资。

村里的"孔乙己"

村里有一个半吊子的读书人"金瓜",既没有工作,又不事生产,不上不落,成为新时代的"孔乙己"。当时有一个初中生被迫辍学,他爹说了一句意味深长的话:"如果将来考不上大学,弄得'像金瓜式',不如早点回家种田,老老实实当个农民。"

村里的晒场边,有一幢醒目的二层泥墙屋。泥墙上布满皲裂的缝隙,小的地方可以插进筷子,大的地方可以塞进拳头。在这幢泥墙屋里,住着村里的"孔乙己"—— 大约四五十岁的"金瓜"。每次路过这幢摇摇欲坠的泥墙屋,我都不免杞人忧天,生怕它什么时候会塌下来。

那时候,每到炎炎夏日,村里的男人,无论是老的,还是少的,只穿一条短裤,既省料,又便当。每到傍晚,脱下短裤,跳进池塘,洗一个冷水澡。有一次,我浸在冰凉的池水里,看见"金瓜"也来洗澡。令人意外的是,他脱掉外面的短裤以后,里面还有一条更短的短裤——三角裤,与一般的村民不同。

"金瓜"确实是一个与众不同的人。他初中毕业,算是村里的一个"秀才",或许比现在的大学生还稀罕。作为读书人,肚子里也有一些墨水。他的长子出生以后,他向村里的教书先生借了一本词典,要取一个与众不同的名字。大约是"八字"中缺水的缘故,名字里要补水,多多益善。功夫不负有心人,他翻过来翻过去,终于翻到两个带水的字,一个字是三个水,另一个字带三点水,一共有六个"水"了,真是妙不可言!在我们这个偏僻的小村,取名还是有些讲究的,新中国成立之前生怕孩子夭折,喜欢取狗啊、猪啊一类低贱的动物名,盼他能够成活长大,新中国成立以后喜欢取建国啊、红卫啊之类政治运动名,再么就是请算命先生来取名,八字中缺什么补什么。"金瓜"自信满满,自己解决,不用算命先生。

大约是物以类聚的缘故,"金瓜"看到读书的小后生,总是主动招呼,显得异常热情。我当时正在公社里读初中,算是村里少数几个喜欢读书的小后生之一,有幸得到他的认同。每次路遇"金瓜",他总是提高嗓门,老远就叫开了。

有一年暑假,我在家里看书,"金瓜"从门前经过,兴致勃勃地说:"我在美国的一位同学寄来请柬,叫我去玩。"哇噻!不得了啊!在二十世纪八十年代,有几个人能出国啊!还是美国呢!看我将信将疑的神色,他马上回家去取"请柬"了。

当"金瓜"风风火火地赶回来的时候,手中果然握着一张"请柬"。我接过一看,确实寄自美国,上写四个钢笔字"新年快乐!"原来是他初中的老同学从美国寄来的一张贺年明信片!

"金瓜"虽然穷困潦倒,也有风光无限的时候。他年轻时曾在江西南昌的一家农机厂工作,因参加当地的浦江同乡会,被定性为反动组织,被厂里开除了。丢了工作,跑了老婆,他怏怏而回,住在老家摇摇欲坠的泥墙屋里。

在最穷困的时候,他想到拆楼板卖钱。在乡下人看来,这是"败家子"行为。他的兄弟知道后,把驻村干部叫来,训了他一顿。为此,他意志消沉,独自躺在墙角,不吃不喝,昏昏欲睡,直到有人找他,才发觉他已经昏迷了好多天。幸亏平时和他比较投缘的一帮年轻人,把他送进医院抢救,才把他从死神那里拉回来。

家里实在待不下去了,"金瓜"借了盘缠,背井离乡,又去江西找工作。无意中,他看到当地的药材公司正在收购一种中药材"巴戟天",两元一斤。于是,他上山采药,发了一笔"药财"。商机难得,他马上赶回村里,组织一批人,一起去江西采药。那时,村人叫掘药材为"发洋财",还得凭关系、讲好话,他才肯带出去。后来,去江西采药的人多了,他就不再上山,专门负责收购。再后来,他获悉外地"巴戟天"收购价是两元八角一斤,比当地贵八角,于是把药材贩到外地,赚取差价。

那一年,赚得盆满钵满的"金瓜"衣锦还乡。他打开家里整坛的葡萄酒,任凭村人吃喝,来者不拒。一时间,那间摇摇欲坠的泥墙屋里挤满了红光满面、喝三吆四的人。也就在那一年,已经四十来岁的他忽悠了邻村一个二十来岁的姑娘。

在我的记忆中,"金瓜"每天都要喝酒,三杯下肚,红光满面,再加上身材魁梧,风度翩翩,跟大多数脸朝黄土背朝天的乡下"土包子"不同,真有点"领导干部"的风度。而且他能说会道,靠那三寸不烂之舌,尺水也能掀万丈波浪。于是,村人送给他一个绰号,叫做"千句一"，意思是"一千句话里面，只有一句是真话"。

后来，"金瓜"再也没有赚过什么大钱，加上大手大脚，发的那笔"药财"很快坐吃山空。他又以书生和商人自居，不愿像普通农民那样参加生产队里的劳动，"大钱赚不来，小钱眼不开"。长期以来又养成了吃吃喝喝的习惯，烟酒就是他的性命，断了烟酒，一天也活不下去。于是，他只好耍赖，把老婆孩子辛苦收种的粮食拿去换酒。

"金瓜"的老婆勤劳能干，是乡下少有的好女人。炎炎夏日，她带着一帮幼小的儿女，下田从事繁重的劳动，一个个汗流浃背，晒得漆黑。而"金瓜"却像教书先生一样，整日躲在家里，打开电扇，凉风习习，喝茶喝酒。

有一年，他的儿子要读高中了，母子们辛苦多时终于筹到书学费，藏在柜子的棉被里。他闻讯翻箱倒柜，找到这笔书学费，又要拿去买酒。他的老婆急了，拼命同他争夺，子女们见状，一拥而上，终于从他手里将书学费夺了回来。

"金瓜"既不能像他高中毕业的哥哥那样正儿八经当国家工作人员，也不能像一字不识的弟弟那样勤勤恳恳种田地，渐渐被亲朋好友疏远，成了孤家寡人。"城门失火，殃及池鱼"，自己被人看轻倒也罢了，还连累了妻子女儿。

有一天，村里发生了一件惊天大事，听说"金瓜"的老婆被人侮辱了。原来他经常出门喝酒，直到深更半夜才醉醺醺地回家。村里有人摸准了他回家的时间，偷偷地上了他老婆的床。等到他回到家里，要行云雨的时候，老婆说："半个钟头前已经来过了，怎么又要来了？""金瓜"闻言，酒醒了大半，才发觉被人冒充了。第二天，我赶到他家的泥墙屋前，只见他脸红脖子粗，与人高声对骂，但无人帮衬，势单力薄，也是无奈。

更窝囊的是，当他的女儿长大以后，在自家的阳台上乘凉，也受人侮辱。他向公安机关报了案，当事人抓进去了，又放出来了。这时的"金瓜"身无分文，投诉无门，真是"喊天天不应，哭地地不灵"。天可怜见，恰好县里分管政法的领导是"金瓜"母校的校友，得悉事情的来龙去脉以后，拍案而起，终于使案犯重新归案。

除了妻女受人欺凌，"金瓜"的家庭财产也不能自保。大约在我上小学之前，他刚从江西"发洋财"回来，在村里的坟地上占了两间屋基，打好地基，再筑了几层沙灰墙。有一天，人家发现在坟地上的几十间屋基里面，单单他家屋基的沙灰墙被人推倒了。后来，他重建一次，被推倒一次，反反复复，不知被推倒多少次。他肚子里也知道是谁干的，但因为兄弟姐妹都瞧不起他，无人相帮，也是无奈。

有一年，台湾开放老兵回大陆探亲。恰好"金瓜"有一位远房叔叔在台湾，以收尸为业。这位叔叔假装"阔佬"，衣锦还乡，给每位亲属赠送一百美元。"金瓜"没有分到，讨要不成，出言不逊。跟在"阔佬"身后的一个年轻力壮的外甥，从小习武，颇有功夫，一把抓住他的衣领，像老鹰捉小鸡一样，幸好及时被旁人劝开。"金瓜"是空心萝卜，外表光鲜，腹内空虚，羊肉没吃着，反惹一身骚。

久而久之，"金瓜"成为村里的一个典型。村人一说起不上不落、不事稼穑的读书人，不是说"像孔乙己式"，而是说"像金瓜式"，金瓜的名气比孔乙己还大。当时村里有一个小后生，快要初中毕业了，硬是被他爹逼着下田干活，还说了一句意味深长的话："如果将来考不上大学，弄得'像金瓜式'，不上不落，不如早点回家种田，老老实实当个农民。"

狗 叫

　　人生世上，都要尽责，对家庭、对单位、对社会。如果不负责任，总会被家庭、单位、社会所抛弃。狗叫从一个穷苦农民的儿子，到一名战士，到一名国家工作人员，最后却因见异思迁硬生生破了家庭，丢了工作，被社会所抛弃，发人深省。

　　"汪！汪！汪！汪汪汪——汪！……"村里有个二十来岁的后生，一天到晚喜欢装模作样学狗叫，边叫边缩起脖子，耸高肩膀，晃动脑袋，眼睛乌珠上下左右滴溜溜地转动，双手握成狗爪状，不停地在胸前摇动，有时甚至抬起一条腿，俨然是一条摇头摆尾的开心狗。

　　这个喜欢学狗叫的后生为此得了一个绰号——"狗叫"。村人在路上遇见他，随口就是一声"狗叫"，他也欣然接受，从无半点愠意。小孩子只知道他叫"狗叫"，久而久之，反而把真名淡忘了。

　　按家乡的风俗，爷娘要帮助已经长大的儿子娶了媳妇以后，才能分家。可"狗叫"在娶媳妇之前，就分家了，因为他素来行为乖张，不服管教，爷娘索性放任不管了，分给他一间二层高的泥墙屋。那间泥墙屋平时并不住人，堆堆焦灰什么的，俗称"焦灰屋"。有一段时间，我三天两头光临这间"焦灰屋"，所有的家具只有一个碗柜、一张桌子和一条凳子，还是旧的。

虽然家徒四壁，可游荡惯了的"狗叫"，分家以后，没人在耳边啰嗦，如龙归大海，自由自在，好不快活，因此脸上常常挂着笑容，依然三天两头学狗叫。论年纪，他老大不小了，可总喜欢带着一帮小孩子胡闹。这帮小孩子里面，除了他两个未成年的弟弟以外，还有我。

那时候，大家过着半饥半饱的日子，嘴巴里都很淡，借《水浒传》里的说法，就是快要"淡出鸟来了"。"狗叫"作为"大哥"，要树立自己的威信，也想弄一点好吃的，给我们解馋，无奈囊中羞涩，只能不断地开空头支票，无非是"明天我去买好吃的东西，大家一起吃"，结果是明日复明日，明日何其多。到了初夏季节，生产队里的小麦刚刚收割，他终于兑现诺言，用小麦换了一点枇杷。到了打霜以后的深秋季节，他家门前菜园子里的那株"金钩梨"（学名"枳椇"）树上的果头熟了，颜色深黑，形状弯曲，像万字符"卍"，挂满枝头。我们拿着竹竿，敲呀敲啊，敲了一大把"金钩梨"，嚼起来味道鲜甜。其实，在"金钩梨"熟透之前，我们因为嘴馋，老早就开始敲了，那时的"金钩梨"吃起来又麻又涩，俗称"麻口"。我想，那一树沉沉的"金钩梨"，被我们在成熟前浪费掉的，恐怕比成熟后吃掉的还要多。

"狗叫"从小在外婆家习过武，学了点三脚猫功夫，经常在我们面前露一手，哄哄小孩，绰绰有余。他更喜欢炫耀自己偷鸡摸狗的经历，抖一抖"虎胆英雄"的威风。一般的村坊多少有一些山，十几岁的小后生上山砍柴,帮爷娘分忧;可我村没有一寸山,更没有买柴的钱,只能到人家的山上去偷柴。按说几个小后生偷偷钻进茫茫的深山之中,犹如蚂蚁一般,不易被人觉察,可"夜路走得多,迟早碰到鬼",偷得多了,难免被人家发现,只得抛下已经砍好的柴,匆匆带着砍柴的勾刀、捆柴的麻绳和挑柴的"柴冲"(即木棍),逃之夭夭,假如被人追上,这些偷柴的工具便被收缴了。

十六岁那年,"狗叫"和村里的一帮小后生去深山里偷树。当时,他肩头背着一根沉重的木头,不慎摔了一跤,在倒地的时候,右手撑地,正好撑在钩刀的刀刃上,把整个手掌都切开了,割断了一根经脉,鲜血直流。同行的小后生见状,连忙用布条把他的手掌胡乱包扎了一下,就回家了。由于没有得到很好的治疗,后来伤口虽然愈合了,可一条经脉割断了,五个手指头就不灵活了;吃饭的时候,只好用筷子一把抓。

在那个淳朴的时代,"狗叫"经常弄一点桃色新闻。有一天,村里传出一条爆炸性的新闻:一个十八岁的大姑娘,特意上门来找"狗叫",正在他的爷娘家里。在乡下,几千年来男女授受不亲,没有恋爱,只有婚姻,一切都依"父母之命,媒妁之言",哪里有大姑娘家主动上门找小后生的? 于是村人奔走相告,像看新娘子一样,涌到他爷娘家门口围观。俗话说"瘌痢头儿子自家好",爷娘都爱夸自己的儿子如何聪明如何能干,可"狗叫"的娘实话实说,给大姑娘泼了一盆冷水:"我们这个囝,一天到晚不在家的,你跟着他要吃苦头的。"

"狗叫"嗅觉灵敏,喜欢东嗅嗅西嗅嗅,时刻寻找"跳出农门"的机会。有一年冬季征兵,他到公社的卫生院里参加体检。因为偷树时落下的伤残，身体这一关本来过不了，恰好他表姐在公社卫生院当医生，帮了他的忙。通过体检以后，他砸锅卖铁，把"焦灰屋"里的两根架栅锯了下来，卖了一点钱，请公社里的武装部长吃了一顿，于是就稀里糊涂地成为一名军人。在七十年代初期，农家子弟想跳出农门，不外乎两条路：文化高的青年，争取推荐上工农兵大学，但只是凤毛麟角；文化低的青年，争取参军当一名战士，将来转业以后安排工作，相对容易些。

转眼三年服役期满，"狗叫"转业复员。出人意料的是，他被安排在好单位——县人民银行机关工作，真是小狗掉进茅坑里。这其中有什么奥妙呢？原来，他以前偷树伤了手，留下终身残疾，后来在部队医院做了手术，又造成医疗事故，旧伤未好，又添新伤，变成二级残废。为了照顾"革命伤残军人"，转业以后，他被安排在县人民银行的机关，而同时转业的都安排在基层的农村信用社。我甚至听人说起，为了弄一张"革命伤残军人证"，有人施行"苦肉计"，在训练时故意给自己弄一点不会伤筋动骨的轻伤，为的就是转业以后能安排一个好一点的工作。

有一年，县里派遣由各部门工作人员组成的工作组，深入乡村，帮助老百姓排忧解难，"狗叫"也是其中的一员。"狗叫"蹲点的那个小山村，恰好发生一起恃强凌弱的村民纠纷，弱势一方有一个十八岁的女儿和一个瘸腿的儿子。"狗叫"因为给弱势一方打抱不平，赢得了姑娘的芳心，对他暗生情愫。

工作组撤回以后，"狗叫"回到了城里。有一天，他回家来，带着两个弟弟和我，一起来到离家三里远的小山村附近，叫他大一点的弟弟进村，约那个姑娘出来。正好她人不在，我们四个人白跑了一趟。后来，那个姑娘还是来到"狗叫"的爷娘家，我看她正坐在桌子旁边吃面条。

"狗叫"和姑娘都生在农村、长在农村，半斤八两，倒也般配，可"狗叫"这条"鲤鱼"毕竟已经"跳出龙门"，成为国家干部，居民户口，而那个姑娘是农业户口，按当时的择偶观念，两人门不当户不对，地位相差悬殊。当时，像"狗叫"这样在国家机关工作的转业军人，大多会找一个拥有居民户口的棉纺厂女工之类的姑娘。

不久，"狗叫"和那个姑娘成了眷属，还先后生了两个女儿。平时，"狗叫"的老婆骑着自行车，走街串户卖棒冰。有一段时间，在社会上流通的硬币紧张，卖棒冰找不出零钱，影响生意，而"狗叫"是县人民银行的机关人员，近水楼台先得月，硬币自然大大的有，老婆卖棒冰的生意也比人家好。

婚后，"狗叫"依然本性难改，在单位里闹出了一个笑话。有一天，他回单位宿舍迟了，发现大门紧锁，他没有去叫门卫，而是施展从小学来的三脚猫功夫，手脚并用，夹着墙壁的转角，三下两下爬上三楼的窗户。听到响动，她老婆从睡梦中惊醒，发现有人爬进窗户，吓了一跳，高声叫喊，还以为来了小偷！

已经为人夫、为人父的"狗叫"，不再是"灶头砌在脚背上"的单身汉了，可凭我的直觉，他对女人、对家庭却是一日新鲜、二日厌倦、三日放任的态度。有一天，我正在井里挑水，他的老婆也来挑水，叫我帮她打水，说了一声"团袋掉了"，不能用力。我当时还是一个不谙世事的毛头小伙子，猜测这是一种严重的妇科病，不知道是"子宫脱垂"。老婆"子宫脱垂"还来井里挑水，也真可怜。

一路磕磕碰碰、跌跌撞撞，凑合着过了十来年，老婆最后还是跟"狗叫"离婚了,两个女儿一人分一个。我想,作为一个地位卑微的山村姑娘,当初能够嫁给"狗叫"这位堂堂的国家工作人员,可算攀上高枝,对未来肯定充满了憧憬和期待;十年以后,她主动提出离婚,琵琶别抱,想必是心如死灰了吧。

后来,听说"狗叫"被判了几年徒刑,连饭碗都丢了,还是因为男女问题。

分田到户了

从集体时代的"出工一条龙,收工一阵风",到个体时代的"半夜三更忙割稻,天早五更去车水",农民身上沉睡已久的生产积极性得以空前激发。分田了,单干了,我家终于从缺粮户变成了余粮户,从生产队这个"紧箍咒"里解放出来了。

早也盼暮也盼,终于盼到十五虚岁,我到了参加生产队劳动的年纪,原以为能给家里赚工分了。出人意料的是,就在这一年(一九八二年)的一月,中央下发了"一号文件",在农村实行"联产承包责任制"。农民嫌这个说法太文绉绉,不通俗,干脆浓缩为简洁的两个字:"单干"。

偷懒之心,人皆有之,我那时为啥急着想参加生产队劳动呢?是不是有点犯贱?因为我爹常年在外做木工,姆妈只有五分工,家里年年缺粮,不仅要向生产队缴缺粮款,还要缴一笔不菲的公积金。这个沉重的经济压力,压得爷娘喘不过气来。我想早日参加生产队劳动,虽然刚刚参加劳动的十五岁小孩,做一天只有二分半工分,但多少总能为家里多挣一点工分,少缴一点缺粮款。

生产队的弊端是社员没有积极性,出工不出力。为了调动社员的积极性,小队里也曾动过一番脑筋。早在七十年代末,我们小队决定缩小核算单位,一分为二,变成两个小小队,俗称"拆队"。我家所在的小小队选出两位二十多岁的年轻人当正副队长,一时豪气冲天,凌晨三四点钟就起来"哇啦哇啦"地喊叫:"出工喽!出工喽!"可惜好景不长,过了一段时间,还是老方一贴。看来,只剩下包产到户一条路。

"拆队"没有达到调动社员积极性的目的,却弄出一点事情来。考虑到以后两个小小队的人员增长不均,预先抽出一丘四斗的田来,作为机动田,各种一半。等三年以后,完全归人口多的小小队耕种。三年期满,我们小小队的几位年轻人算来算去,算出我们人口多,要求耕种那丘机动田。谁知他们把另一个小小队的一户人家漏掉了,还是他们人口多,结果那丘机动田归了另一个小小队,真是偷鸡不成蚀把米。

面对单干这个沧桑巨变,村民们各怀心思,表情复杂,惋惜者有之,高兴者有之,担忧者有之。

我们生产队的老队长以脾气暴躁闻名。得知要单干了,他心情郁闷,三天两头喝闷酒,喝醉了,便在家门口破口大骂,骂那些没有正劳动力的人家,几十年来全靠他们养活,单干以后,只能喝西北风了。他骂东骂西,指桑骂槐,分明是骂我们这样的"缺粮户"(即社员在生产队做的工分的价值不抵从生产队分的粮食的价值、需要补缴钱款的人家)。我和姆妈听了,心里很是郁闷。

单干以后,我家不幸跟这个老队长成了"田邻居"。他一没有文化,二没有技术,只会死做,种的水稻,产量还不如我家高。至此,我心中不由产生疑问:在农业集体化阶段,到底是余粮户养活缺粮户,还是缺粮户养活余粮户?在人多田少的乡村,如果没有我爹这样的能人走家串户去赚钱,然后把部分收入作为缺粮款和公积金上缴生产队,生产队拿什么给余粮户发余粮款?后来,他眼睛得了白内障,又没有做手术,几乎成了一个瞎子。我经常看他在水稻田里拔稗草,头低得不能再低,眼睛几乎要碰到稻穗了,反而觉得有点可怜兮兮的。

也有的村民眉飞色舞,喜形于色。有一个家庭成分不好的村民,坐在台门口的石板上,喜笑颜开,高谈阔论:"走(人民公)社几十年了,我在生产队里什么干部也没有当过。如今单干了,种什么、种多少,都由我自己做主,既当队长,又当会计,还当粮食保管员。谢天谢地,猪肉买不起,准备明天到街上去买一块豆腐,拜一拜。"

对于单干,我和姆妈一样,喜忧参半,心里没底。喜的是,从此以后可以自己当家做主了,再也不用受人家的闲气;忧的是,我爹从小外出做木工,这辈子基本没有参加过农业劳动,光靠我们娘团三个"半劳动",耕种几亩田地,能行吗?

那一年的春天,过了谷雨节气,就开始插秧了。除了妹妹才念小学二年级、无法参加劳动以外,全家出动,包括九分工的爹、五分工的姆妈、两分半的哥哥和从来没有参加过生产队劳动的我。姆妈郑重其事,早早到街上买来了香烟、老酒和猪肉,请外公、新正伯伯和大哥(大伯伯的大儿子)来帮忙,好生招待,好像家里请手艺人一样。记得姆妈买的香烟,是两毛四分钱一包的新安江,价格居于中游,比它贵的有中华、大前门、利群等,比它便宜的有雄狮、大红鹰、五一、旗鼓和经济等。

种田的时候,我看村里的那些老把式,虽然不用塑料绳,照样种得笔直,像模像样,煞是好看。而我不仅速度慢,种的秧苗还东倒西歪,扭来扭去。最讨厌的是,种田的时候,人要慢慢向后倒退,眼前留下两行又深又阔的脚印,如果秧苗插在脚印里,就立不牢,只有返工,速度就更慢了。好在对种田地来说,爹也是一个半路出家的三脚猫,我们爷团两个的水平半斤八两,彼此彼此,他对我的要求也特别宽松,慢一点不要紧,种多了就快了,歪一点也不要紧,歪田有歪谷,唯一的要求是牢靠,秧苗一次插牢,不能浮起。

种完秧苗,经过两三个月的田间管理,不知不觉就到了夏天。看着自己田里沉甸甸的稻穗,爷娘心花怒放,脸上洋溢着笑意。夏收季节,家里不再请人,摆脱依赖,自力更生,丰衣足食。打稻的时候,姆妈和妹妹递稻,我和哥哥脱粒,爹挑谷担,五个人就撑起了以前生产队里几十个人的收割场面。

收割早稻,播种晚稻,全家人忙了十来天时间,就忙完了。而在生产队里,夏收夏种简称"双抢",这是一年中的重中之重,要持续三四十天时间,炎炎夏日,特别累人,能把肥的拖瘦,把瘦的拖死。短短的半年时间,我家从请人帮忙到自力更生,悬在心头的一块石头终于落了地。

我家五口人,分了三亩多田。其中两亩多种植水稻,包括早稻和晚稻两熟,平均亩产八百斤到一千斤,收了四千斤稻谷,再加上一千斤春小麦,总共五千斤粮食。稻谷和小麦加工成大米和面粉,以七折计算,就是三千五百斤,人均七百斤,家里粮食多得放开肚子也吃不完。而在生产队里,每个人每年核定的口粮标准只有三百六十斤。

在种植晚稻的时候,家里特意安排了小半亩糯谷,加工成糯米以后,可以做糯米饭,也可以做甜酒酿、年糕、冻米糖、杨梅馃和麻糍,以改善伙食。短短的一年时间,我家已经从缺粮户变成了余粮户。

除了两亩多水稻,我家还种了一亩棉花。到了秋高气爽的日子,一个个棉桃里吐出了一朵朵又白又肥的棉花,不仅产量高,出皮率也高。卖给供销社以后,换回了两百多元花花绿绿的钞票,这是我当时看到过的最多的钞票。从每年向生产队上缴四五十元的缺粮款和公积金,到从农田里收获两百多元的经济作物,姆妈的心里特别激动,脸上乐得像开了花。

分田了,单干了,我家终于从生产队这个戴了二十多年的"紧箍咒"里解放出来了。

不戴口罩的植保员

> 为什么我对这块泥土爱得格外深沉？因为它生长五谷、哺育人类。作为地地道道的"农民的儿子"，除了收种，我也干过除虫、灌水和施肥，体会过"锄禾日当午，汗滴禾下土"的滋味，深知"谁知盘中餐，粒粒皆辛苦"的道理。

单干以后，除了作物收种的时候比较忙碌以外，平时的田间管理相对要轻松一些，无非是除虫、灌溉和施肥。

在家乡那样的穷乡僻壤，幼年看到植保员的时候，仿佛觉得他是一个天外来客，因为他有两样独一无二的"武装"，一样是白口罩，另一样是香肥皂。在我的眼中，白口罩是白衣天使的专利品，而香肥皂则是城里人的专利品，而植保员兼而有之，可见其与众不同了。

口罩和香皂不是白拿的，因为植保员的职责就是为庄稼除虫，经常与有毒农药打交道，劳动环境相当恶劣。当然，植保员除了正常的工分以外,也可以加分,还可以休息,似乎比一般的社员多了一点"特权",也比较人性化。

当年,植保员背上的喷雾器还比较原始,像一个小型的氧气瓶。先在瓶里灌满清水,配上农药,再旋紧盖子,然后给它打气,像给自行车打气一样。等气打足了,植保员背起钢瓶,打开喷头,边走边把农药喷洒在庄稼上。过了一会儿,钢瓶里的气不足了,再回到田塍上,重新打气。这样周而复始,相当麻烦。等我稍大以后,已经有了新的塑料喷雾器,用两根带子背在肩上,左手打气,右手喷雾,直到一桶农药喷完,省去了许多麻烦。大约在八十年代末,乡村引进新的电动喷雾器,开关一开,马达"哒哒哒"地响起来,一道细细的水雾从喷头上喷出去,又散又远,效率成倍提高。

单干的时候,哥哥已经在县城里读高中,为高考而忙得没日没夜,焦头烂额。更多的时候,我成了家里小小的植保员。至于生产队里植保员的"武装"——白口罩和香肥皂,那是没有的。倒不是买不起白口罩,一者乡下人没有这个习惯,嫌戴起来闷气,呼吸不通畅,二者年纪轻有侥幸心理,总觉得喷农药的时候,只要操作得当,药水不会被吸进鼻子里,何必"脱裤子放屁——多此一举"呢。喷雾的时候就看风向,静风的日子不要紧,起风的日子,要顺风喷洒,不能逆风喷洒,否则药水就会飘进口鼻里。喷雾完毕,就到池塘里去洗澡,我用的是洗衣皂,也叫"臭肥皂",价廉物美,去污效果不错。至于更困难的人家,连"臭肥皂"也用不起,就用皂荚做的土肥皂,不是一块一块的,而是一团一团的,好像只要三五分钱,虽然外观土气,但去污力较强。

农药喷洒以后,寄生在庄稼表面的害虫一般就呜呼哀哉了。

但稻田里的螟虫一般寄生在稻秆芯里,离水面较高,喷在庄稼表面的农药杀不死它,一定要先灌水,让水满到螟虫寄生的部位,再用剧毒的甲胺磷喷洒,农药的乳剂漂浮在稻田的水面,渗透到稻草芯里,将躲在里面的螟虫杀死。

除了甲胺磷以外,一〇五九、敌敌畏、乐果等也是常用的剧毒农药。敌敌畏用来对付叮在青菜叶上的虫害,有七天的毒性,喷过敌敌畏以后,如果要割青菜,至少在七天以后,否则容易中毒。据说,如今有的菜农今天给青菜喷农药,明天就收割,卖给城里人吃,自家别说人不吃,连猪也不吃。

小时曾经听爷爷说过,以前没有农药的时候,遇到虫害就束手无策。村人习惯割芦苇叶插在田边,大骂瘟神:"入你娘,给我滚蛋!"效果可想而知。至于菜田里的害虫,先把"红线"(即"断肠草根")研成粉末,撒于萝卜菜叶上。更原始的方法是一手持一根小棒,另一手持一只畚箕,轻敲菜叶,使害虫因震动而落入畚箕,俗称"抖菜虫"。而我作为一个小小的植保员,能够背着喷雾器喷农药,已经算很现代化、科学化了。

除了及时除虫,作物的生长离不开一个"水"字。除了用水车或者抽水机从池塘里取水以外,运气好的时候,也可以从池塘、小溪和水库里放一点雨水。

每次大雨以后,村前的大池塘里都有活水,一头进,一头出。在池塘的出口,拦上几块大石头,抬高水位,积储池水。天晴以后,田里的水浅了,就放池塘里的积水,可以对付一阵子,五天七天不成问题。

池塘里的储水,放一点浅一点,放完了就没了,不如长流的溪水,源源不断,可以长期灌溉。后来,村人在村后的小溪上,筑了一道堰,重新挖掘了田埂,把水流引到村前,灌溉门前的大片农田。

久旱盼虹霓,等到池塘见底、小溪断流以后,就等从水库里放水了。县里有两大水利工程:通济桥水库和金坑岭水库,分别修建了相应的灌溉渠道。不过,水库里放出来的水,一路跑冒滴漏,到我们灌区"尾巴"的郑宅公社,水头已经"滴滴答答",像得了前列腺炎的老头子撒尿一样。就是这么一点剩水,也要一个大队一个大队轮流。轮到最后面的外婆家,全村的男劳力几乎倾巢出动,分兵把守,在渠道的每一个缺口,都要守一个人,只怕人家把水改走。每到这时,外公都要来我村附近放水,有时来我家吃饭,有时姆妈烧好饭菜以后,送到渠边。

有一年夏天,久旱无雨,好不容易盼到金坑岭水库里的水流进我村的渠道。那一天晚上,我背着一把锄头去放水,七拐八弯,把水引进了自家的棉花地,人就躲在里面。同时在放水的还有一个大人,他把水改到自家的地里。我看他走开了,又把水流改回来。就这样,他改过去,我改过来,两个人捉起了迷藏。最后,我还是暴露了,怕引起争端,眼睁睁看他把水改走了。

放水的故事,家家户户都有一箩筐,三天三夜也讲不完。乡村里很多械斗事件,就是因为放水而起。据我所知,有一次爹去放水,路过一位族兄的地头,两人争水,谁也不肯退让,于是就动起了锄头,干了一架。有一天晚上,夜黑风高,姆妈到池塘里去放水,一脚踩在田缺上,摔了一跤,跌断了手臂,为此饱经折腾,吃尽苦头。

每到伏旱季节,山背上因为没有水利设施,无法灌溉,耐旱的棉花和番薯被烤得蔫不拉几,没精打采。下午放学以后,我从山背下的小溪里挑了两桶清水,晃晃悠悠地挑到山背上,再用瓢浇到棉花的根部。只听"哧"的一声,一瓢水马上蒸发了,无影无踪。一块棉花地,就是浇上一百担清水,也无济于事。在毒辣辣的太阳下面,我感到自己的渺小和无可奈何。

至于农田施肥,那时已经有了化肥。我开始懂事的时候,普遍使用氨水,但它有一个致命的缺点,容易挥发,不易运输和保存,刺鼻的气味熏得人直流眼泪。罐车将氨水运到公社以后,用皮管灌进用水泥修好的氨水池里,再分配给每个大队。每次运来一批氨水,公社广播站的喇叭都要播送一遍,哪个大队分到多少斤。时隔三四十年,我至今能把本公社每个大队的名字倒背如流,就是这个缘故。听到广播里的通知以后,社员们把酒坛装到独轮车上,浩浩荡荡,鱼贯而来,到公社的氨水池边分装氨水。灌满氨水以后,酒坛的口子用塑料布包好,用绳子扎紧,然后糊上烂泥,以防挥发,跟装老酒相似。后来,有了固体的氮肥氨水粉、肥田粉,有了肥效更高的尿素。此外,还有磷肥过磷酸钙,有钾肥氯化钾,有氮磷钾复合肥,三种化肥都齐全了。

化肥用多了,土地容易板结,乡村里还是喜欢绿肥和农家肥。所谓绿肥,主要是青草还田,主要还是青稻草,用铡刀铡成两到三段,撒进田里,翻入土中,容易腐烂;或者是草籽,割一半留一半,烂在田里作肥料。至于农家肥,有栏肥,要卖给生产队,折算成粮食。我干过农村里几乎所有的活,就是没有挑过栏肥,成为终身的遗憾。有人粪肥,可以用在自家的自留地里,也可以卖给生产队,按担数计算。有的人家为了把一担人粪肥充作两三担,就弄虚作假,在粪缸里冲了大量的清水。为此,生产队里买了一个度数计,形状像温度表,放进粪桶里,浮在上面,清水冲得少的粪担浓度就高,清水冲得多的浓度就低,让你冲了也白冲。还有草木灰,一种是灶头的炉灰,另一种是家门口的焦灰,把稻草、青草、草皮、垃圾和泥巴混在一起焖烧,烟雾缭绕,烧上十天半月,像一座小山。小孩子对焦灰别有一番感情,因为日夜焖烧,随时可以在上面烤一点番薯或者豆子什么的,解解馋。

施农家肥,尤其是人粪肥,是一门考验人的技术活。施肥的工具是一个木粪勺,装着一根长长的木柄,盛满人粪肥以后,从肩后往前泼,越过肩膀和头部,又高又飘,才能洒得远、洒得散、洒得匀。我这个蹩脚的"小农民"曾学过几次,不仅没有学会,身上还洒了一身粪和尿。

泥土香飘识谚语

> 集体创造、口耳相传的谚语,言简意赅,朗朗上口,处处散发着泥土的芬芳,闪烁着老百姓的智慧,比文人的创作更有草根生命力。随着普通话的推广和流行,各地的谚语俗语逐渐消失,亟须搜集和整理。

在初中阶段,繁重的田间劳动让我经受了艰苦卓绝的锻炼,并深深地懂得了那些散发着泥土芬芳的谚语背后蕴藏的涵义。这些由老百姓集体创造、口耳相传的谚语,言简意赅,朗朗上口,最适合"斗大字不识几个"的农民。

早在我读小学的时候,每当夏夜在明堂里乘凉,爷爷仰望满天的星斗,对着呼呼的东风,脱口而出:"日晴夜东风,塘底好栽葱。"这句农谚说明了一个道理:在盛夏季节,如果白天天气晴朗,夜晚东风劲吹,意味着天气持续晴朗,池水干涸,池塘底部的烂泥裸露,简直可以栽葱了。

几千年来,中国的乡村都是靠天吃饭,因此预测晴雨,与农业生产息息相关。老百姓积累了许多预测天气变化的经验,凝聚成文字简短而寓意丰富的农谚。譬如"春雾不过昼,夏雾断遍流",春天起雾不过一天就要下雨,夏天起雾天要长期放晴;"雨落早五更,雨伞不要撑",起早五更下雨,一般天会放晴;"春雾雨,夏雾晴,秋雾霜,冬雾雪",短短的十二个字,点名了四季之雾与天气的关系;"立夏晴,蓑衣笠帽戏田塍;立夏落,蓑衣笠帽戏壁角",立夏日是晴天,反而以后要多雨,立夏日是雨天,反而以后要少雨;"立冬晴,一冬晴",点名立冬的天气与整个冬天天气的关联。

天气的变化,也与人们的日常生活密不可分。"食过端午粽,棉絮包袄拿去送。"意谓过了端午节,天气渐暖,不会有倒春寒了,不用再盖棉絮、穿包袄了。"六月六,浴个十八头。""十八"是虚指,极言其多,意谓酷暑盛夏,天气炎热,一天之中,要不停地洗浴降温。谚语说:"七月半,水鬼站塘墈。"意谓到了七月半,已是初秋季节,天气渐凉,冷水浴者渐少,可儿童余兴未尽,总想偷着玩水,大人唯恐发生意外,故意恫吓:"再去洗澡的话,水鬼在池塘边等着你们呢!""八月半,蚊虫虼子少一半",到了八月中秋以后,天气一凉,夏天的蚊子虼子会大为减少。

几千年来,脸朝黄土背朝天的农民,即使勤于稼穑,也未必就有好收成,还要看天吃饭。譬如清明前后,播种白豆,保全豆苗,难上加难:"一粒不出,二粒鸟'啄'(读成'de'),三粒老鼠拖走烂田缺。"有的豆种长不出来,有的豆种被鸟啄走,有的豆种被老鼠拖走,所剩无几,极言稼穑的艰难。

也有的农民,在长期的劳动中,总结出田间管理尤其是水利管理的经验:"会管水的管三丘,不会管水的管一丘。"意谓光管自己一丘田的水是不够的。如果上丘无水,则无水下流,自己的田容易干涸;如下丘无水,我不在的时候,难保人家来开我田之水。所以,只有上下三丘田都灌满,大家都有水,才算真正管好水。"年里麦,寻勿着人踏",在年里,小麦经人踩踏,来年新春会更加旺发。"有收无收在于水,多收少收在于肥",没有水要绝收,没有肥会减收。

人多地少,只有精耕细作,在有限的土地里套作农作物,才得以提高总产量。譬如在麦地里套种白豆,小满节气麦子收割以后,白豆苗已经有点高了。如果麦子长势太好,套种的白豆没有足够的阳光和养料,势必影响长势,所以谚语说:"有麦无豆,有福无寿。"前半句总结了农作物的套作经验,下半句引申为人生哲理,一般的富贵人家,养尊处优,缺少锻炼,福气是有了,往往不能长寿,贫贱人家,布衣淡饭,劳作不辍,筋骨硬朗,反而高寿。

要生存,首先要勤劳,早睡早起:"若要富,鸡啼三更离床铺;若要穷,眠到日头三丈红。""夜来睡得早,省油省灯草。"早起劳动能致富,早睡休息会节俭。

家乡土地贫瘠,人多地少,即使常年勤耕苦种,也未必能填饱肚皮,所以只有省吃俭用。因为细粮不够吃,就吃杂粮,甚至以青菜充饥。一般的人家用青菜或野菜洗净切碎,或用萝卜、胡萝卜、番薯、芋艿等去皮切成小块,或刨成丝,掺在米中,加水煮成青菜饭、番薯饭、萝卜饭、芋艿饭,不但香味适口,而且节省主粮,两全其美:"食到苦麻饭,想食九大碗"、"种好一年菜,增加半年粮"、"胡萝卜垫底,白萝卜当米"。

在语言风格上,谚语大多采用比兴手法,以自然现象来起兴,再引出社会现象,形象贴切,水到渠成。譬如,"天上无云勿落雨,地上无媒不成婚","作稷(即'庄稼')勿好苦一季,夫妻勿好苦一世","田要深耕,囝要亲生","远路无轻担,长病无孝子","天晴无雨讯,人穷无实信"。

除了言简意赅的谚语,家乡还有许多妙趣横生的俗语。老年人至今还津津乐道,像我这样的中年人,从小耳濡目染,听得懂讲不来,对于绝大多数青少年来说,却是"鸭听天雷"了。兹举数例,立此存照,以窥一斑:

爷爷看历书,不如嬷嬷看碌子:查看历书预测天气变化,不如查看房屋的碌子(即"石础",房柱下的基石)预测天气变化,意思是书本知识不如实践知识。

夜路走得多,总要碰上鬼(读成"ju"):坏事做多了,迟早会被人发觉。

黑心做财主,杀心做皇帝:只有黑心的人才能做财主,只有杀心的人才能做皇帝。

暗算别人一千,自己划上八百:暗算他人,最大的受害者还是自己。

烂糊田里滚手臼:在烂泥田里滚动手臼很费劲,比喻事情非常棘手。

会择择郎婿,不会择择田地:选择女婿,重在郎君的人品好坏,而不在于男方的田地多少。

一个吹笛,一个捏孔:吹笛本是同一个人吹气、捏管,现在分别由两人来做,反而不协调。

口稳手稳,天下走尽——口不乱说,手不乱伸,走遍天下,畅通无阻。

木莲豆腐浇酱油——木莲豆腐应该浇红糖水，可偏偏浇上颜色酷似的酱油，意谓不合时宜，三搭头，双乔皮。

半夜三更烧镬孔（即灶头）——临时抱佛脚，来不及了。

简洁、顺口、形象的谚语和俗语里，处处闪耀着老百姓的无穷智慧，我从中也得到了熏陶和滋养，一辈子受用不尽。

我帮哥哥选志愿

> 前半辈子跟爷娘过,后半辈子跟配偶过,只有情同手足的兄弟姐妹,才能陪伴一辈子,同看朝阳,共赏落日,故有"兄弟同心,其利断金"之说。无论在生活、学习上,还是在工作上,我们兄弟都有一箩筐的故事。

一九八三年夏天,我初中毕业了。短短的个把月时间,我经历了三次大考,第一次是初中的毕业考,第二次是初中中专的升学考,第三次是普通高中的升学考。

考试之前,摆在每个考生面前的有两条路:一条是漫漫长路,先考高中,再考大学,争取将来跳出农门;另一条是终南捷径,考上初中中专,马上跳出农门。

当时,我的心情颇为纠结。我从小胸无大志,人生的最大理想是吃饱肚皮。按照当时的大流,当然是走终南捷径,考上初中中专,当上国家干部,早点赚钱,为家里减轻负担,况且读高中夜长梦多,将来能否考上大学,更是未定之天。加上我初二时的班主任张土证老师,像祥林嫂一样,喋喋不休地给我们讲他一个学生的故事:考上中专,两年以后毕业分配,在一家粮站工作,小小年纪,每月就拿几十元工资,吃上国家饭,多少轻松,多少光彩,多少有味!按照当时的学制,七岁上学,小学五年,初中两年,中专两年,毕业时才十六岁,不知情的人还以为这个大孩子怎么一天到晚老在粮站里闲逛。这就是榜样的力量!

在我熟悉的圈子里,只有一个人唱反调,那就是同窗好友金建国。他说能够考上初中中专的人,属于凤毛麟角,将来考大学是手到擒来,但初中中专只相当于高中学历,毕业后分在小地方混日子,可能埋没一辈子的远大前程。

听听两方的意见,似乎都有道理。那时候,我心里也是"脚踏两船头,心中两悠悠",打算走一步算一步,相机行事。

毕业考以后,我们一班同学赶了十里路,来到位于白马公社的浦东区校,那是初中中专的考点。考试分语文、数学、物理、化学四门功课,不考英语,分两天进行,每半天考一门,不算紧张。其实,到了初中阶段,我对数学、物理、化学的功课颇感吃力,本来也没有寄予很大的希望,只是不考白不考,权当是一次练兵吧。

放榜之日,出乎意料,我四门功课的总成绩是三百三十五分,平均每门八十四分,刚刚够上初中中专的分数线,还算不错。

这个消息传到村里,一下子炸开了锅。在我家所在的那个偏僻的乡村,斗大字不识几个的邻居们,想当然地以为够上分数线,那就是"中"了,马上要变成居民户口了。邻居们带着羡慕的眼光,纷纷涌到我家门口,前来道贺。那一年,我才十五岁,还是一个小后生。

结果我没有被中专学校录取。同窗好友金建国考了三百四十分，超出分数线五分，他也没有去读中专，到底是学校不录取，还是他不想读，我不清楚。这年的秋天，我们一起进城，就读于浦江中学高中部。

跟我的这一场"燥高兴"相比，哥哥倒是真开心。我的初中中专考试成绩，名列全公社第二，他的高中中专考试成绩，名列全县第二，超过录取分数线一大截，自然是百发百中了。

在填志愿之前，我们开了一个家庭会议，除了还不懂事的妹妹以外，爹、姆妈、哥哥和我都参加了。在招生学校名录上，我看到中专学校大多是农业、林业、供销、物资、商业等行业，与乡村生活息息相关。而自我懂事之日起，就觉得供销社是一个令人神往的系统，农民需要的绝大多数生活用品，除了吃的粮油、蔬菜、禽蛋、水果，穿的土布等少部分自产自给或者从集市上自行解决以外，其余的都要从供销社购买，包括日常生活不可或缺的食盐、酱油，小孩子最爱吃的糖果、糕点，以及结婚必备的缝纫机、手表、自行车，而且还要凭票凭证供应。在供销社当营业员，仿佛是在天上做神仙，不要下田，不要晒日头，不要淋风雨，旱涝保收，老了还有退休工资。记得我们郑宅供销社有三家生活资料门市部、一家农资供应门市部和一家农副产品收购门市部，此外还有两家分销店，并在人口相对集中的大村建立了代销店。初中三年，每天吃过中饭，我们几个要好的同学几乎天天去逛街，目的地是郑宅供销社的生活资料门市部，那里有我爱吃的糖果，也有我爱看的图书。于是，我建议哥哥第一志愿填报浙江省金华供销学校，全家一致通过。不久，哥哥如愿以偿，收到录取通知书，到该校物价专业学习。

哥哥虽然跟我同一年考中专,但此时他已经复习一年。那时,高中只有两年,念完高二就可以考大学。他的语文和数理化成绩向来不错,只是英语到高一才开始学,拖了后腿。记得在一年之前,高考放榜之日的黄昏,浦江县人民广播站正在播全县高考上线人员的名单,哥哥站在楼上,全神贯注,侧耳倾听隔壁邻居家的广播,一直到名单播完,也没有听到他的名字。只见他脸色苍白,精神萎靡,像打了霜的茄子。

事后得知,那一年,浙江省的高考分数线是四百十二分,而哥哥的总分是三百九十三分,差了十九分,主要吃了英语的亏。当时,全国高校的招生人数只有三十二万,而考生数是招生数的几十倍,名副其实的"千军万马过独木桥"。应届生和往届生同场竞技,毕竟老马识途,我县每年上榜的大多是"老童生",还有重点中学浦江中学二十余名应届生,普通中学几乎年年"剃光头"、"吃鸭蛋"。

好在大家都深信"水浸石头烂"的道理,今年不行明年再来,明年不行后年再来,只要不停地复习,总有考中的一年,就这样屡战屡败、屡败屡战,直到"中举"。甚至有人在复习了八年之后,才考上大学,真有点"八年抗战"的味道了。

跟大多数落榜生一样,哥哥选择了复习班。令人意外的是,他没有继续留在重点中学浦江中学复习,而改到离家较近的普通中学白马中学,也没有继续报考大学,而是改考高中中专。他做出这样的抉择,一者是短腿英语课程可以免考,二者是高中中专的学制只有两年,可以早日参加工作,为爷娘分忧。

这辈子我们兄弟俩久经考场,身经百战,我的考运似乎比他好一点。哥哥比我大三岁，一九七二年春季上学，一九七六年冬季五年制小学毕业。当时，中小学已经改为秋季上学，所以在一九七七年的上半年，他又读了一个学期，既不算小学，也不算初中，叫做"过渡班"。在那个疯狂的年代，社会上盛行读书无用论，学生无心读书。有一个星期天，哥哥要去外婆家玩，可还有家庭作业没有做好，怎么办？他便背着书包去外婆家，游玩读书两不误。这么一件寻常的小事，在当时特定的环境中却非同寻常。正好隔壁邻居是学校的老师，经他一传，整个学校无人不晓，哥哥一时成为全校同学的榜样，自然也是我的榜样。

从前店联校到郑宅中学，从郑宅中学到浦江中学，哥哥一直品学兼优，几乎垄断了班长一职。我跟在哥哥后面，亦步亦趋。从此，在老师和学长们的心目中，我的名字不叫"向阳"，而叫"胜利的弟弟"。做模范生的弟弟，有好处，容易获得老师的青睐，有其兄必有其弟，也有压力，不能给哥哥丢脸。

同胞的手足之情，记忆最深刻的不是学习，而是劳动。在小学阶段，每到星期六下午，只要不下雨，我和哥哥一起进附近的山坳耙松毛，来回要走十公里路。我拖着一把竹耙，将散落在山路上的松毛耙起来，装进他挑着的竹篓里。当然，挑竹篓的重活他干，耙松毛的轻活我干，谁叫他比我大三岁呢。

到了初中阶段，因为分田到户，每年暑假，我和哥哥经常抬着三四百斤重的抽水机，迈着沉重的步子，战战兢兢地行走在狭窄而泥泞的田塍上，生怕摔倒。到了"双抢"季节，我和哥哥一起打稻，穿着浑身湿透的制服，拖着沉重的脱粒机，深一脚浅一脚地挣扎在滚烫而稀烂的水田里，其中的艰辛非常人所能道。

牙齿和舌头都要打架,何况是朝夕相处的兄弟,而且两人年纪相差不大。每当动起手来,我必然是全力以赴,用十分力,而他手下留情,只用三分力,有时还故意高喊:"啊哟!啊哟!"故意营造一种已经把他打痛了的错觉,给我一个台阶。有一次,我们两个在明堂上打架,我居然把他打出了鼻血,其实出手并不重,因为他的鼻子从小被人打伤,稍微碰一下,就要流血。为此,我挨了爹的一顿打。

我从小跟着爷娘和哥哥睡一张床。六岁那年,妹妹出生了,从此我和哥哥离开了爷娘,另睡一张床,前后十年,直到他离家到金华读书为止。

兄弟俩同榻而眠,寒冬腊月只有一床被子,约好睡觉的时候,要持相同的姿势,朝相同的方向,否则头碰头、屁股对屁股,棉被盖不拢,容易挨冻。在夏天,约好相互搔痒痒和掐痱子,哥哥叫我先给他抓一百下,他再给我抓一百下,两下扯平,结果他总是赖皮,一般只给我抓五六十下,就不抓了。有时候,深更半夜,他还装神弄鬼,故意卟我。开始时我不相信,也不害怕,慢慢的,装得多了,真的害怕起来,最后居然问他:"你到底是人,还是鬼?"达到目的的他于是"哈哈哈"地笑了起来。

有一次,我不知何故被姆妈打了一顿,心里有气,为了报复,就在谷柜里抓了一把稻谷,撒在米瓮上。姆妈发现以后,把米倒出来,重新筛了一遍。她先问是不是我弄的,我矢口否认;再问哥哥,哥哥自然否认。姆妈生气了,劈头盖脸打了他一顿,他就讨饶,违心承认是他弄的,让我内疚至今。

"陈奂生"进城了

　　　进城了,来到一个与传统乡村截然不同的新环境,
但农家子弟的身份没有变,发奋读书的品格没有变,勤
俭节约的意识没有变。多少莘莘学子吃着自家做的霉
干菜,发奋读书,考上大学,戏称"博士菜",成为寒门
学子寒窗生涯的见证。

　　一九八三年秋天,在乡下待了十五年的我,像梁晓声笔下的
"陈奂生"一样进城了,但不是做小买卖的,而是读书的,就读于浦
江中学高中部。

　　在乡下蜗居了十五年,乍到城里,所见所闻,一切都觉得新奇。
在公社里读初中时,那个颇有名气的千年古镇,虽然也有两三里长
的街道,只是窄窄的,才几米宽,像细长的面条,猪肚的小肠,弯弯
绕绕;而城里的高中,坐落在全县最宽的街道边,门前的大街大约
有二十来米宽,通体笔直,切得像糕一样,还与县政府毗邻而居,多
少借了一点官气;公社里的楼房,多是砖瓦结构的二层楼,而县城

的高楼大厦,都是钢筋混凝土结构,不是四层楼就是五层楼,在我的眼中,已经是高耸入云了。

当然,最大的不同还是人。在乡下的初中,大多数老师上课讲一口土话,除非朗读课文,只有个别老师讲普通话,属于"稀有动物",而高中里的老师,无论是本地人,还是外地人,大多数老师都讲普通话。一般而言,外地的老师普通话讲得字正腔圆,标准一些,尤其是杭州和上海等大城市出生的,而本地的或者金华地区的老师,多少带着一些家乡的口音。

最有意思的是,大约是入乡随俗的缘故,外地老师不会讲浦江的土话,但在日常生活中偏偏要讲。尤其是我的班主任张其纲老师,作为杭州人,普通话讲得特顺溜,但他一开口讲浦江话的时候,那个别扭,那个难受,听得人浑身都要起鸡皮疙瘩,而他自己或许还在自鸣得意呢!在家乡的方言中,"很"叫做"危险","很好"叫做"危险好"。学校的党支部书记王江新老师是浙江东阳人,带着浓重的东阳腔,向我们这些浦江的学生鹦鹉学舌:"危险好,危险好,危险了还好?!"说得大家哈哈大笑。

更大的不同是,初中的同学人人都是农民,半斤八两,彼此彼此;而高中的同学,有不少是城里的居民,比起身份,已经是天壤之别了。再加上城里的同学,都是走读生,家庭条件普遍比较优越,而且不用参加农村劳动,衣服穿得干净时髦,人也长得白白净净,确实有点儒雅书生的模样。而我们这些来自乡下的同学,长得黑不溜秋,穿得土里土气,年纪虽然不大,但常年在田间从事繁重的体力劳动,已经在外表上深深地打上了"小农民"的烙印。

与我们乡下的同学寒窗苦读不同,城里的同学有两个极端。

一种是尖子生,估计爹娘就是知识分子或者领导干部,"龙生龙,凤生凤,老鼠生来会打洞",家庭条件好,遗传基因也好,加上不用参加田间劳动,有更多的时间和精力发奋读书,成绩特别优异;还有一种是差生,自我感觉良好,就是将来考不上大学,也可以招干或者顶职,在学校里混混日子。我班一位姓毛的男生,是家里的独子,被爷娘视作掌上明珠,受到百般宠爱,说话嘤嘤嗡嗡,奶声奶气,自然被我们这些农家子弟所不屑。还有一位姓陈的女生,身材长得颇为高挑,跟我们坐在教室的后面,我看她上课下课都在"用功",痴痴迷迷,沉醉其中,看到精彩之处,时不时发出会心的微笑,无非是琼瑶、亦舒等人的言情小说。

在城里待久了,居然发现还有一种介于城里人和乡下人之间的尴尬人。说他们是城里人,不错,是生在县城,长在县城,住在县城,地地道道的城里人;可他们虽然住在城里,却像乡下人一样,也是农民户口,家里也有一亩三分薄田,爷娘也要下田劳动,是城里的农民。当年,县城分成城东、城南、城西、城北四个大队,我经常看到城里的农民推着独轮车,载着人粪肥,出城劳动。与我高一同班的一位姓楼的同学,爷娘就是城东大队的农民。

上学以后,高一的新生住在学校西北角的宿舍里,后面就是县政府的大会堂,有幸经常"被聆听"各种会议的讲话发言。宿舍是一层的老房子,每间十余平方米,两侧摆放着四张上下铺的木床,住八位同学。因为年久失修,木床摇摇晃晃,我睡在上铺,稍一转身,就发出"吱吱咯咯"的响声。睡在下铺的小个子,本有失眠之症,我一动弹,他更睡不着,于是用脚"嘭嘭嘭"地踢上铺的床板。那一年,我睡在上铺,战战兢兢,一动不动,像坐禁闭一样,难受极了。

到了高二文理科分班以后，我搬到学校最前面的四层楼。这里有校办商店、校医室、教师办公室和教师宿舍，师生混居。我们高二(2)班的二十几位住校男生，挤在一间三十来个平方的房间里，上下铺的钢床并成一排，挨挨挤挤，仿佛农民工宿舍。因为床连着床，我们没法从床的前面爬上爬下，只能从床的侧面钻进钻出，像钻狗洞一样，直到高中毕业。

在枯燥的学习之余，我们也想找一点乐子，最有趣的是"翻床"。一屁股坐在下铺，双手紧扣上铺的床沿，双脚蹬地，腰肌发力，一个跟头，整个人从下铺翻到上铺，考验人的手劲、脚劲、腰劲和协调身体各个部位的巧劲。我当时正是十六七岁的小后生，身体不重，引体向上可以做十八个，玩"翻床"游戏自然是小菜一碟。

我们寝室的八个住校生，个个来自乡下，人人带着一袋大米，一日三餐到食堂里蒸饭吃，足够吃上半月一月，人人带着一罐咸菜或者一桶霉干菜(戏称"博士菜")，也够吃上半月一月。只有个别家庭经济条件好的，才能吃炒鸡蛋，那简直是凤髓龙肝了。等我把那罐咸菜吃完了，还没有到回家时间，就到食堂里买菜，早上买三分钱的豆浆，中午买五分钱的青菜，留一半到晚饭再吃。

学校里师生众多，光靠井水淘米蒸饭，太不方便，于是想装自来水。可水源从哪里来？在学校的东面，有一条小溪，叫做东溪，流水潺潺，长年不断。有人动起了东溪的脑筋，在溪滩上挖了深坑，溪水未经沉淀和消毒，就源源不断地吸进学校的自来水塔，再流向低处的自来水龙头。到了汛期，东溪里洪水滔天，浑浊一片。我们拿着饭盒淘米蒸饭的时候，一拧开自来水龙头，就从里面喷出一股发黄的浑水……

难得的"放风"

> 人生就像一座围城,城外的人想进去,城里的人想出来,学业亦然。关在里面,心里向往的是外面的景色。在那贪玩好动的年纪,我也曾溜出去亲近自然景色,领略秀美山川,给沉闷枯燥的高中校园生活,增添了一抹亮色。

进入高中,如入樊笼。每天从早上五点五十分起床,到九点半熄灯,不是从教室到寝室,就是从寝室到教室,两点一线,除了吃饭,就是读书,日子过得相当无趣。

记得刚上小学的时候,家长把顽皮的孩子送到学校里去,叫做"关进学堂里";放学以后,老师留学生补课,叫做"关夜学"。一个"关"字,曲尽其妙,真有意思。如果说小学里是被"关"的,仿佛关禁闭;高中里都是自愿"关"的,仿佛闭关练功,都为了那大学!

那时,我们这帮十六七岁的小后生,正是好动爱玩的年纪,偶尔也禁不住诱惑,溜出学校去逛逛,领略一下大自然恩赐的山光水色,为沉闷的读书生涯找一点乐子,权当是难得的"放风"吧。给我印象最深的地方,当数塔山、仙姑山和南山。

塔山就在学校的东面,隔溪相望。浦江中学在明清两代是县学,紧邻塔山,有一座宋代建造的龙德古塔,传说中犹如一支如椽巨笔,南边紧邻学塘和钟楼,学塘是一副砚台,钟楼是一柱松墨。每当旭日东升,霞光将古塔的倒影映入学塘,呈巨笔蘸墨状。在善观气色的阴阳先生眼里,因为有这样的好"风水",难怪浦江自古以来文风鼎盛,人才辈出。人家姑妄言之,我们姑妄听之,权当是一说吧。

每每在晚饭过后,约上老同学金建国,我们一起步出校门,往东走两百米左右,就看到一座石牌坊,上面的横额上镌刻着上海图书馆馆长顾廷龙先生书写的四个大字——塔山公园。

过了石牌坊,石板路的两旁摆着许多地摊,鳞次栉比。摊在地上的大多是周易八卦图,坐在边上的是巧舌如簧的相士,大约是进城的村民,也有个别的长须飘飘,似乎有点仙风道骨。看相这一行,我不知道三百六十行里有没有,在我的童年,曾经作为封建迷信受到取缔,八十年代又死灰复燃。

再往上走,是一块平坦的高地,有一口小小的池塘。池塘边有一棵身躯伟岸的千年古樟,枝叶婆娑,遮天蔽日。遥想七十年代,我随爹进城看病,曾来此一游,当时古樟下有一个烈士陵墓,安葬着新中国成立初期为剿匪而牺牲的公安战士,不知道后来迁到哪里去了。

拾阶而上,来到重点文物保护单位——龙德寺塔的跟前。这是浦江县的标志,进城的人迷路了,抬头看看高耸入云的古塔,就可以判定大致的方位,好像茫茫大海上的航标。该塔在建造之初,内有木楼梯迤逦而上,直达塔顶。后来因为雷击,塔刹掉下来了,木楼梯烧毁了,只剩下砖塔。在宋代,塔下还有一个寺庙,叫做龙德寺,香火鼎盛,如今已荡然无存,只能发一发思古之幽情了。

龙德寺塔的西侧,一亭翼然。坐在亭上,极目远眺,但见街道纵横,房屋栉比,整个县城尽收眼底。八十年代初,塔下建造了几幢五层的高楼,几乎跟亭子齐高,因此可以推算,塔山估计只有二三十米高。

那时,高一语文有一篇朱自清的名篇《荷塘月色》,写到荷塘边上的小路,"有月光的晚上,这路上阴森森的,有些怕人。今晚却很好,虽然月光也还是淡淡的。"老师要求每个同学以此为范本,做一篇写景的散文。我依样画葫芦,写了一篇《游塔山记》,依稀记得有"淡淡的月色,透过薄薄的轻云,穿过婆娑的树影,在青石板上洒下斑驳的随影,凄清极了"之类的文字。教语文的赵星火老师把我的作文在班级里念了一遍,并提出委婉的批评:消沉悲观,有"少年不知愁滋味,为赋新词强说愁"的意思。

那时,我正处在读书生涯的最低潮。一直以来作为尖子生,受到老师的青睐和同学的羡慕的我,到了县城以后,发现各路英才荟萃,强中更有强中手,很多原来的尖子生不再冒尖了,难免有失落感。加上受数学和物理两门课的拖累,我的成绩不上不下,泯然众生了,所以长叹短嘘,情绪低落。

为了散心,我跑得最远的地方是城北的仙姑山,传说中那是轩辕黄帝的幼女元修得道成仙的地方。

有一天,我约同班的陈士宣同学,有说有笑,走了十几里山路,来到山脚。山高路陡,爬了一小半路程,我俩已经气喘吁吁了。这时,有一位住在山腰的村民,刚从山下买了一担化肥,挑上山来,神闲气定,步履轻快,"噔噔噔"地跑到我们前头去了,真让我们脸红。

爬到山腰,一口池塘,几竿修竹,就是仙姑山村。这里曾经有个昭灵宫,是祭祀仙姑的所在,那时早已夷为平地,无影无踪了。

仙姑山的奇特之处,是山上有山,在连绵起伏、波澜不惊的群山之上,奇峰突兀,犹如手指朝上,直插云天。

再往上爬,山路越来越陡,越来越狭,我们已经踩在神女峰上了。过了"天门",突然从远处飘来迷雾,顿时茫茫一片。过了一会儿,云开雾散,天清气朗,俨然是一座云雾飘渺的蓬莱仙山了。

最奇的是,山上有山的上面,还有一块巉岩——头岩。头岩的陡峭程度,绝对超过九十度。我们紧紧扣住前人在岩壁上开凿的小坑,作为抓手,手脚并用,小心翼翼地向上攀爬。大多数登山者,望而生畏,功亏一篑,也有勇敢的小脚老太婆,居然爬上头岩,令人惊叹。

坐在头岩上,山风劲吹,极目四望,群山蜿蜒,一齐拜倒在山上之山仙姑山的脚下,仿佛是佛子朝观音,显得那么渺小和驯服。近处的金坑岭水库,犹如一面闪亮的镜子,熠熠生辉;远处的浦阳江,像一条银色的丝带,蜿蜒东去。正如明代文学家宋濂所说的:"浦阳以仙华为屏,大江为带,中横亘数十里而山势盘行周遭若城,洵天地间秀绝之区也。"

"工欲善其事,必先利其器",要登山,要有一双合脚的登山鞋,而那天我们穿的却是一双塑料拖鞋,一路上"踢踢踏踏",拖泥带水,但并没有减少我们的兴致。那时候,乡下人都喜欢在夏天穿塑料拖鞋,无论是挑担,还是远足,抑或登山,因为便宜。

除了这次穿拖鞋登山的经历,我还有雨中登山的经历。那是春日的一天,班里的好多同学相约去爬南山。为什么会选中山不奇、水不秀的南山呢?因为那里有县里唯一的电视转播塔。八十年代初期,原先稀罕的电视机也进村入户,有时信号不好,图像模糊,大家众口一词:"南山关系!"南山已经成了电视转播塔的代名词。

从学校到南山脚下,不过五华里。我们一路蹦蹦跳跳,不过半个小时。虽然老天拉下了脸,阴沉沉的,可年轻人总有侥幸心理,出门不爱带伞,全然不把爹娘"手不离伞,包不离饭"的教诲放在心上。一爬两爬,爬到山腰,下起倾盆大雨,个个淋得像落汤鸡。"既来之,则安之",眼看心仪已久的电视转播塔就在眼前,淋点雨算什么,一鼓作气,直捣山巅,没有一个人打退堂鼓。

下山的路上,忽晴忽雨。我们身上穿的衣服干了又湿,湿了又干,而心中却充满了喜悦,仿佛刚刚相会了思念已久的情人。

剪喇叭裤和吃"花生米"

> 从清朝初年的"留发不留头，留头不留发"，到民国初年的"留头不留辫，留辫不留头"，国人喜欢把个人的头发跟国家的命运联系在一起。八十年代又给烫头发按了一条新罪状——"精神污染"，还有穿喇叭裤。种种迹象表明，从人治社会走向法治社会，任重道远。

刚上高一那会儿，正好赶上一个运动——抵制"精神污染"。期间的种种做法和传闻，如今想来，有几分可爱，也有几分可笑，更给人们留下几分回味。

有一天，学校里召开全体师生大会，一位姓胡的副校长在主席台上致辞："今天，我们召开一个'精神污染（读成 nian）'的大会。""哈哈哈……"，台下一片哗然。胡老师意识到自己的口误，连忙改口："今天，我们召开一个抵制'精神污染'的大会。""哈哈哈……"，台下又是一阵哄笑。

在老家，父辈从小读书的时候，学的就是"蓝青官话"，"我"读成"鹅"，"染"读成"验"，也是稀松平常的了。就这样，一个貌似挺严肃的运动，居然有了这样一个幽默的开端。

二十世纪八十年代初，国门始开，欧风东渐，引进来的除了先进的技术和管理之外，也难免夹杂一些腐朽的文化，譬如港台的黄色录像，确是名副其实的"精神污染"，就如打开窗户，吹进来的除了新鲜空气以外，还有苍蝇和蚊子。于是，当时社会从上至下发起了抵制精神污染的运动。令人啼笑皆非的是，运动一来，轨道就跑偏了，真正的"精神污染"没有反，烫头发和穿喇叭裤这两种生活方式，居然作为"精神污染"的两条罪状，首当其冲。当时普遍的做法，就是学校勒令烫头发的女学生，将头发拉直，穿喇叭裤的学生，将喇叭口改窄，变成直筒裤。

那时，经历了"文化大革命"十年的压抑，埋藏在人们心底的爱美意识复苏了，各种潮流像决堤的洪水，奔涌而下，势不可挡。最明显的变化是，城乡的理发店改成美发店，新增了一项应时的服务——烫头发，先是大姑娘、小嫂子鱼贯而入，后是大嫂子接连入场，甚至连小伙子也加入潮流，烫起了"爆炸头"，美发店生意格外火爆。店外也挤满了好奇的围观人群，好像哥伦布发现新大陆似的。当时，我家对门的一个大姑娘和一个小姑娘，也烫了头发，在村里引起轰动。虽然人们口头上依然是"头发螺丝卷（读成 gen），骂人不要本"，将卷头发和爱骂人两件风马牛不相及的事情，牵扯在一起，但卷发女郎在路上的回头率却是提高了。

还有，穿惯了直筒裤的人们，当时改穿喇叭裤，与人的形体正好相反，上细下粗、上窄下宽。初中的男同学郑继生特别爱臭美，身材修长，最喜欢穿喇叭裤，走起路来，那个硕大无比的喇叭口晃荡晃荡，像扫地一样，确实有点夸张。我刚上高中的时候，为图新鲜，也穿过一条麻纱做的喇叭裤，一走一晃，像一把扇子，除了凉快，蛮好玩的，并非什么大逆不道的"洪水猛兽"。

不久，抵制"精神污染"运动戛然而止。据说上面有指示，为了防止运动扩大化，在正当的审美追求和"精神污染"之间简单地画上等号。

那一阵子，社会上的流氓阿飞蠢蠢欲动，虽然杀人放火的不多，滋扰治安的却不少，引起了不小的民愤。鉴于这样的形势，接下来就开始"严打"了。当然，作为一个高一的学生，我当时还没有多少法律意识，懵懵懂懂，不知道"严打"的法律依据，只知道当时报纸上提的口号是"从重从快"，要开杀戒了。

我们学校的隔壁是县政府大楼，门前有个宣传栏，张贴着县里的最新动态。我每次出门逛街的时候，有意无意之中，总要瞄上一眼，从中了解一点信息。有一天，我从宣传栏里看到，在这次"严打"中，有两男一女三个人要"吃花生米"（即"吃子弹"）了。他们的罪行，通过漫画的形式，逼真还原，下面还配了简短的文字，可谓图文并茂，形象生动，所以我至今还有印象。

其中之一的张某是一个好吃懒做的无赖，平时不事生产，整日在街头闲逛，诈吃诈喝，弄两块钱，买一瓶酒，吃一碗面，如此而已。记得有这样一个真实的故事：有一天，他经过县城的后街，街边的一家裁缝店里一位女裁缝无意中看了他一眼。于是，他借故耍赖，责问女裁缝为什么要看他！那位女裁缝自认倒霉，只好给他两元钱买酒喝，才算了结。其实，我看列数的罪行，大多是这样一些诈吃诈喝的鸡毛蒜皮的小事情,整日游荡,骚扰妇女,惹是生非,引起民愤。风头一来,在劫难逃。按照罪罚相当的原则,他或许罪不至死,鉴于民愤极大,他确实罪该万死,最后还是吃了一粒"花生米"。

与张某一起的吃"花生米"的,还有一个戴某。他也是一个泼皮无赖,平时干一些鸡毛蒜皮的坏事,被公安派出所拘留以后,居然扬言要把它炸掉。其实,他没有豹子胆,未必真敢去炸公安派出所,只是撞在风头上,就在劫难逃了。据说,戴某的家属对法院的判决不服,到处申诉,还是无法改变最终的结局。

与以上两位小流氓不同的是,还有一位货真价实的女杀人犯张某,还是一个二十来岁的大姑娘,正是如花似玉的年龄。她的悲剧是爱上了一个不该爱的人——有妇之夫,又不能正确对待感情上的波折,为了夺取那个心爱的男人,竟然残酷地剥夺了他无辜的老婆的生命。那个"他"的老婆,当时是一个大队里的妇女主任,得知这位姑娘爱上了自己的老公以后,信心满满,主动找她谈心,希望帮她化解这个心结,没想到等待她的是一把血淋淋的菜刀。

后来,这三个人先后被枪毙了。那阵子,政法机关经常在县人民广场召开公判大会,然后将罪犯一路游街示众,押赴刑场。我挤在校门口,伸长脖子,远远看到卡车载着死刑犯,缓缓驶来,围观的人山人海,水泄不通。记得那两个男犯游街的时候,耷拉着脑袋,脸色苍白,而那个杀人的女犯,剪着齐耳的短发,胖胖的圆脸,穿着一双土制的布鞋,昂首挺胸,目中无人,居然还有点视死如归的味道。

这时,我的脑子里突然闪过"生的伟大,死的光荣"的刘胡兰大义凛然,视死如归的形象。可惜这个年轻女杀人犯的勇气和胆略,用错了地方。

女丈夫与女秀才

> 面对困难，临危不乱，从容应对，堪称"女丈夫"；从小读书，识文断字，工于计算，堪称"女秀才"。她就是我的大伯母，一辈子急公好义，有问必答，有请必到，有难必帮，不愧为劳动妇女的楷模。

我从小整日泡在大伯母家里，那里有小猫小狗小兔等许多小孩子喜欢的小动物。她时常做一些好吃的美食，我作为最小的侄子，总能沾光，饱饱口福，一饭之恩，至今难忘。

说起大伯母，村里人都会竖起大拇指。别看她身材娇小，只有一米五多一点，可浑身上下蕴含着无穷的热情和能量。无论发生什么事情，她都临危不乱，镇定自若，从容应对，不愧是"女丈夫"。久而久之，家里形成了一种思维定势：一旦出了什么事情，爷爷嬷嬷脱口而出："找梅鹤（大伯母的名字）。"姆妈同样脱口而出："找嫂嫂。"

在乡村，虽然有公社、大队和小队等基层组织，但与人们的日常生活息息相关的,却是盘根错节的宗族势力。高踞宗族顶端的是宗祠,分几个甚至十几个同姓的村坊,每个村坊再分若干房头。同一房头里面,相互叫做"亲房",是一个紧密的互助组织,大到婚丧嫁娶、建房砌灶甚至打架斗殴,都要抱团取暖,一致对外;小到杀一头猪,都要将猪血和内脏分给"亲房",每家一小碗。每个房头都有一个主心骨,此人见多识广、能力较强、急公好义、无私奉献,往往是长子和长孙。我们这一房有十几户人家几十个人,若论长子,是大伯伯,可他长年走家串户,在外做木工,很少回家,亲房的大小事情都靠大伯母一手操持。

大伯母小时候读过四年书,颇能识文断字,也会计算,曾经当过村食堂的会计。在村里同龄的妇女当中,她是名副其实的"女秀才"。一般的家庭妇女都不识字,夫妻一辈子男耕女织,不出远门,也用不着识字,但有的家庭妇女,老公在外地打工,或者在部队里当兵,书信来往,因不识字,总要找她帮忙,帮助看信和回信。

最难能可贵的,是大伯母的急公好义,有问必答,有请必到,有难必帮,不论亲疏,别说是本家亲属,就是冤家对头,只要有求于她,无不奔走效劳,可谓"招之即来,来之能战,战之能胜"。每每在危难之时,我看她总是一声不吭,咬紧牙关,知难而进,从不退缩,比一般的男人还坚强。她曾受过农村接生员的培训,给村里的穷人接生,不仅分文不取,有时还要倒贴红糖。因此,她对医院很熟悉,有谁生病了,总是请她陪同。

记得一九八三年寒假的一天,爹在家里,突然肚子疼痛,浑身发抖。我和哥哥将他抬到郑宅乡卫生院(当年九月,公社改为乡,再过两年,乡改为镇),被医生诊断为急性盲肠炎,建议马上转县人民医院,做盲肠切除手术。

慌乱之中,姆妈叫我跟爹一起上县人民医院,请大伯母陪同。到了医院,我负责照看爹,大伯母忙前忙后,忙着办理诊治和住院手续。因为她经常帮人跑医院,熟门熟路,爹不久被推进手术室。一会儿,主刀医生从手术室里出来,将一小段血淋淋的盲肠丢进桶里。爹的病来得快,去得也快,正月初四就出院了,只花了四十二元钱。回到家里,爹居然能下猪圈挑栏肥了。

爹这次死里逃生,转危为安,一家人特别感激大伯母。如果没有她的陪伴,光靠我这个刚上高一的小后生,毫无经验,是断断办不好这些繁琐手续的。按道理,姆妈应该跟我一起陪爹就诊,可现代大医院门类很细,像她这样既不认识字、又不出远门的农村妇女,进医院仿佛进迷宫,不辨东西南北,非但不能帮忙,反而还要添乱。危难之际,姆妈拜托比自己大十五岁的大伯母,就是信赖她的情义和干练。

除了对爹这个唯一的小叔子,大伯母对所有的晚辈都很关心。有一年底,四嫂嫂(二伯伯的小媳妇)住院待产,在正月初一生下一个儿子。因为她的公公(我的二伯伯)早年亡故,婆婆(我的二伯母)改嫁,身边没有大人服侍。大伯母不计年轻时与二伯母之间的嫌隙,主动承担起婆婆的责任,跑进跑出,忙前忙后,照顾服侍,无微不至,在医院里度过了一个忙碌的新年。后来,因为小孩多病,四嫂嫂到处求医问药,不得要领。还是大伯母经验丰富,一语点醒,才药到病除。

"绿鹅"的诱惑

> 青春期的冲动,宜疏不宜堵。可当时的家长不懂疏导,老师羞于疏导,导致有的同学久经压抑以后情绪决堤,行为失控,危害他人,危害社会,最终还是危害自己,葬送前程。

有一个从未接触过异性的男孩子,有一天见到一位漂亮女人,问他爹是什么东西。他爹谎称叫"绿鹅",是"祸水",要躲得远远的。不过,令他爹感到意外的是,儿子从此居然萌生了"带一只绿鹅回去"的心愿。

这是十四世纪意大利文艺复兴时期的文学家薄伽丘在他的《十日谈》中讲的一个有趣故事。六百多年后,在万里之外的东方国度,作为一个初中生的我,也萌生了与这个儿子相仿佛的心愿。

人非草木,孰能无情。任何青春的躁动,只要"发乎情,止乎礼义",无伤大雅,无非增加一点茶余饭后的谈资。也有个别的同学,青春的躁动越了常轨,伤了人伦,犯了律条,吃了苦果。

记得我们高一男生的宿舍,在学校的西北角,都是一层的平房,前面两排住着初中女生。有一天,班主任说最近校园出现异常,在晚上熄灯以后,发现有男生偷偷摸到女生宿舍,从窗口偷窥。大家非常诧异,纷纷猜测:这个胆大包天的人到底会是谁呢?不久,这个疑问便水落石出:学校保卫科的人员蹲守了几个晚上,终于把他逮住了,不是别人,而是一位与我从小一起玩大的老同学。不久,他被学校勒令退学了,理由是"精神失常"。

第二年,我们班上发生了更加尴尬的事情。有一天,两位女生去上厕所,发现有人事先躲在里面偷窥,居然是同班的一位矮个子男生。男女同学在女厕所里照面,情何以堪!矮个子平时口若悬河,滔滔不绝,吹牛从来不打草稿,说他哥哥是政协委员,其实只是一个普通的木匠,谎言被人戳破以后,他仍神情自若,一点也不脸红。毕业以后,矮个子回到家乡的一个小学里去代课,旧病复发,变本加厉,糟蹋了一个小学里的女生,从而招来牢狱之灾。

因为青春的躁动,除了个别同学有越轨的行动,大多数人只是心里想一想,嘴里讲一讲,笔下写一写,无非是一种精神上的宣泄。

当时,校园里流行厕所文化,有人在排解之时,即兴发挥,比旅游景点里到处留下的"某某某到此一游",似乎更有一点"文化"内涵,我经常看到有人在挡板后面奋笔疾书写一些打油诗。

有一个礼拜六下午,大部分同学回家了,寝室里只剩下我和D同学。D同学生性好动,喜欢猎奇,趁机将每个同学的枕头翻了个遍。突然,他眼前一亮,找到了P同学珍藏的一本日记,打开一看,内容相当"精彩",里面居然详尽地记录着他的单相思。原来,P同学爱上了高三的一位貌若天仙的女生。有一天,他从外面回校,在校门口碰到了这位梦寐以求的女生,正是天赐良机,想打招呼又不敢,只有在心里大声地呼喊:"我的 R（该女生名字简写）啊!"传神阿堵,活灵活现。

不光是男生,同班的女生年方二八,豆蔻年华,自然不是不食人间烟火的道学家,有时难免也有一点青春的躁动,甚至弄出一点响动来,在学校里吹起了一点不大不小的涟漪。在一个寒冬的长夜,学校里统一熄灯之后,她们躺在床上,兴致盎然,叽叽喳喳,给班里的男生评选所谓的"十君子",不知不觉吵到后半夜的一点钟。正好被值夜的女老师撞见,一怒之下,将她们一个个从被窝里揪出来,拎到教师办公室,训了一顿。可怜这班忘情的女生,穿着单薄的棉毛衫和棉毛裤,在寒风中冻得瑟瑟发抖,成就了一段经典的故事。

坦白地说,自从上初中以后,"绿鹅"的影子也一直萦回在我的脑海里。初一那年,我的嘴巴上长出了胡子,脖子上隆起了喉结,声音也变得低沉了,作为男人该有的性征,也都有了。隔壁的奶奶看在眼里,笑盈盈地对我说:"你说话雄鹅声了,后生了。""嘎嘎嘎……"大约雄鹅叫声低沉的缘故,家乡叫男孩子发育变声以后的声音为雄鹅声。到了初三那年,身体突然像拔节一样,"噌噌噌"一个劲儿往上长,从一米五九长到一米七一,是不折不扣的小后生了。随着体内分泌的男性荷尔蒙的增加,我对"绿鹅"渐渐有了朦朦胧胧的好感,尤其是看到漂亮女生,抑制不住一阵心跳,口中不言,心向往之。

但我是一只上不了台盘的"癞蛤蟆",农业户口,木匠儿子,要钱没钱,要貌没貌,借用时下流行的说法,就是一点谈情说爱的资本也没有。加上生性木讷，拙于言语，断断不能讨得异性的欢心，还有一点自知之明。所以，中学六年的读书生涯，先后同窗共读的，说多不多，说少不少，也有几只"绿鹅"，但理智告诉我，绝不能有半点痴心妄想，否则就是自寻苦恼。最多趁人不备的时候，偷偷地多看几眼，权当是免费欣赏一道校园里的靓丽风景。

"绿鹅"时时诱惑着青春萌动的我，生理上的苦闷无涯无际，像一条虫一样，不停地噬咬着我的心。当时，虽然初中都开设了生理卫生课，但一般的老师羞于启齿，故而只发课本不上课，说是让同学们自学，等于不学。只有我们前店联校一位年迈而风趣的老教师——"纲老师"，按照《生理卫生》的书本，在课堂上详详细细地讲给学生听，让羞涩的女生红着脸，低下了头，也让个别调皮捣蛋的男生如获至宝，哈哈大笑。我们村里有一个比我大四五岁的男生，本来就有些十三点兮兮的，这时越发得意，逢人就说"子宫"、"阴茎"等从生理卫生书上学来的新名词。

既然无法排解"绿鹅"的诱惑带来的苦恼，只能靠自己慢慢调节，寻觅宣泄和转移情绪的通道。有一天，我突然从《东海》杂志上看到一篇《斯为美》的文章，女主人公的形象一下子抓住了我的眼球，像久旱逢甘霖、他乡遇故知一样。

从此，她就成了我的梦中情人，我把平素多余的精力和富余的感情，都寄托在虚无缥缈的"她"身上，因此省却了许多现世的烦恼和纠结，平安度过了"危险期"。

"独头倌"与"台湾老板"

> "羊有跪乳之恩,乌有反哺之义",有的人不如禽
> 兽,禽兽懂得恩义他不懂。"人要脸,树要皮",有的人
> 打肿脸充胖子,死要面子活受罪。这一对难兄难弟的
> 经历,不啻是对自私者和虚荣者的绝妙讽刺。

有一个星期六,我从学校回家,帮爹娘干农活。下午,我从地
里摘棉花回来,还未进家门,就听到邻居秋楼的老婆边哭边喊:
"秋楼食药水(即'喝农药')了!秋楼食药水了!"

蝼蚁尚且贪生,秋楼自寻绝路,到底有什么想不开的呢?事情
的起因并不复杂:村里的一排百年老屋年久失修,轰然倒塌,也包
括秋楼的一间。为了重建房子,他起早摸黑到村前的小溪里捞沙,
再用独轮车推回来。没有儿子,也没有朋友,对一个习惯于独来独
往的七旬老人来说,谈何容易!在闲聊的时候,他感叹自己老了,
力不从心了。边上有个神经兮兮的人点拨了他一句:"办法怎么
没有?食一点药水就好了。"于是,有人看他拎着一瓶剧毒农药甲

胺磷，从镇里回来，走上了这条不归路。剧毒的甲胺磷，不要说喝一瓶，就是喝一滴，也会致命。

秋楼就这样走了，村人没有同情，没有眼泪，没有叹息。

提起秋楼，因为他说话素来直来直往，口无遮拦，被村人目为"独头"，被人称作"独头佬"。在生产队里，秋楼是一个耕田的好把式，赚的工分多，分的粮食多，分红的钱也多，让缺粮户很羡慕。他后娶的老婆曾不无得意地说："我们秋楼当年在讨我的时候说过的，叫我天天坐在家里玩玩好了，不用做生活。"当时，秋楼大的两个女儿已经出嫁，家里只有老婆和小女儿，负担轻，粮食多，餐餐白米饭，让人看了流口水，因为当年家家缺衣少食，人人饥肠辘辘。

对于妻女，他是贤夫慈父，对于他爹，却是逆子。当年，他爹已年过八旬，行将就木。因为他不肯赡养，老人只好寄居在外地的女儿家中，随手把家中不值钱的瓶瓶罐罐一起带去。秋楼垂涎老爹的这些瓶瓶罐罐，吵了几次架以后，只得将他从妹妹家里接回来。

老人家干了一辈子体力活，生得人高马大，饭量也大，每餐也要吃两碗饭。秋楼骂他"老不死"，还嫌他偷懒："人家活到八十几岁还在干活，你为什么不干活？"所以，每餐只准老人吃一碗，只有半饱，至于下饭的菜蔬，一年四季都是一碗没有半点油腥的霉干菜，而他自己和妻女经常吃肉。

秋楼眼巴巴等着他爹死，可老人却偏不死，"身体健康，健康健康，永远健康"。秋楼三天两头跟村里的小伙子说："哪个要是把我家的'老不死'结果了，就送哪个五块钱。"有一次，他爹忍无可忍："你这个畜生，是谁把你养大的！"秋楼顿时勃然大怒，随手将饭碗砸了过去，不偏不倚，砸在他爹的脸上，血流如注。秋楼的暴行,激起了村人的公愤,大队治保主任拿着粗麻绳,带着一干人,赶到他家,要把他捆起来,押送到公社里去。秋楼做贼心虚,闻讯离家,躲风头去了。

有一年的大年三十清晨,我还赖在被窝里做美梦,听说秋楼的老爹已经走了。老人家卧床数天,无人服侍,更不用说上医院了。去世前一天,老人家依然神志清醒,还对前去探望的村人说,饭吃不下去。其实,也没有什么好吃的,即使是在弥留之际,也是一样的白饭加霉干菜。老人家一生辛劳,晚景凄凉,差一天就到九十岁了。

将老爹草草掩埋以后,秋楼自己也是七旬老人了。第二年,因为无力重建倒塌的老房子,他走上了不归之路。所以,村人在背后说他是"报应"。

在生命的最后几年,秋楼经常外出打听失散三四十年的弟弟冬楼的下落。新中国成立前,篾匠冬楼被抓壮丁,一九四九年随国民党军队从浙江定海逃到台湾,音信全无,生死未卜。八十年代初期,两岸开放通邮,家乡不断收到台湾老兵寄来的寻亲的书信。因此,村里有人调侃他:"如果你家冬楼还活着的话,说不定还会给你寄美元呢!"说得他一愣一愣的,将信将疑。

到了一九八八年,阔别家乡四十年的台湾老兵,纷纷回祖国大陆探亲扫墓。冬楼第一次回老家探亲的时候,老爹已经不在了,哥哥秋楼也已经不在了。当时,我正好放寒假,目睹了这个陌生的台湾老兵与其亲属上演的一出闹剧,令人啼笑皆非。

冬楼回大陆后,一直住在岩头公社三步石村的姐姐家。那一天,他带着外甥等一干人马,浩浩荡荡回老家,一副衣锦还乡的样子,颇有点"阔佬"的派头。阔别四十年,父辈已经不在,兄弟辈非死即老,都是花甲老人,冬楼出手大方,给每个堂兄弟送了一百美元。

这一下他的本家炸开了锅,分到美元的喜笑颜开,没分到的骂骂咧咧。更有一个不事生产的远房侄儿即前文提到的"金瓜",讨要不成,恼羞成怒,破口大骂。冬楼的一个外甥从小习武,颇有几下功夫,一把抓住这个出言不逊的堂表哥的衣领,几乎要揍他,旁人好不容易才把他们劝开。

半路杀出讨钱的"程咬金",让冬楼措手不及,预算严重透支,只好倾其囊中所有,几乎连内裤也要搭上了。没有路费,他只得向亲属借钱,灰溜溜地回台湾去了。

我也有点好奇,揣摩这个台湾来的"阔佬"到底干什么营生。后来得知,冬楼逃到台湾以后,住在台中市。作为一个没有文化的老兵,一直没有固定的工作,也讨不到老婆。晚年捡了个收尸的"美差",背着死人从人家家里出来,每经过一层都要停留一下,等待那层的居民用红包来打发,否则就赖着不走。

自那以后,我再也没有见到冬楼。据说,他后来又回来过几次,但自从那次吃了哑巴亏以后,就学乖了,住在姐姐家,再也不敢回老家充"阔佬"了。而且,打了一辈子光棍的冬楼,居然在晚年讨了一个二十几岁的大姑娘,还生了一个女儿,不由让人感叹:金钱真是一个好东西!

又过了几年,老"荣民"冬楼走了,留下一个年轻的妻子和一个年幼的女儿!

带着镣铐跳舞

> 曾几何时，我国被称为"诗的国度"，做诗是读书人不可或缺的基本功。而今，即使在大学校园里，学中文的学生和教中文的先生已大多不会做诗，传统文化的传承面临着断层之忧。

一九八四年的梅雨季节，暴雨如注。学校边上的东溪，洪水滔天，卷起惊涛骇浪。有一天，一个小孩不慎被洪水卷走，命在旦夕。有一位路过的中学老师，跳入溪中救人，不幸牺牲，于是坐落在塔山上的浦江烈士纪念碑，后面又新镌了一个新名字——赵建波。

因为被烈士舍己救人的壮举所感动，还在高一读书的我情不自禁地写了一首类似歌行体的长诗。其实，那只是按现代汉语押韵的顺口溜而已，不讲平仄和对仗。我把它抄在教室后面的黑板报上，引起同学们的瞩目，偶尔从他们的窃窃私语之中，听到了一句半句赞许之声。不知天高地厚的我，就越发手痒了。

后来，我又写了一首顺口溜，内容是描述小舅公坎坷的一生，寄了过去。小舅公收到以后,大喜过望,不想我这个最幼的侄外孙,还有一点古典文学的修养,并把我的作品喜滋滋地拿给隔壁的一位中学老师看,有一点夸奖的意思。

大约是我的爱好,引起了同学的注意。有一天,同班的 F 同学送给我一本"文化大革命"时期出版的有关诗词格律的书,是他当小学老师的爷爷生前留下的。作为小青年的我拿到了这本不易学的书,如获至宝,津津有味地看起来,才知道诗歌是讲究格律的,除了押韵,还讲究平仄和对仗,还要起承转合。因为年少好奇,不知天高地厚,从此开始依样画葫芦,涂涂写写,歪歪扭扭,未必像样,更谈不上好了。

开始学的时候,押好了韵,平仄不调,调好平仄,对仗不工,对仗工整,格律严格了,意境不佳,有点手忙脚乱,顾此失彼了。老早有人说过,现代人做格律诗,是"戴着镣铐跳舞",束缚手脚的条条框框很多。不过舞跳得多了,也慢慢地熟悉了,所谓"熟读唐诗三百首,不会吟诗也会吟",无非是熟能生巧罢了。

其实,我与诗歌结缘,最早是在一九八〇年,也就是上初一那一年。当时,在公社的百货商店里,花了两三毛钱,稀里糊涂地买了一本《诗经》,以为是一本的诗集。书才到手,就后悔了,原来不是诗歌的集子,而是有关《诗经》的介绍。一个乳臭未干的十二岁小孩,直接从上古的《诗经》入手,学诗的起点未免太高了。不过,既买之,则安之,硬着头皮,勉强诵读,意外得知"经"字的本义,不是经书,而是织布时的经线。不过,这可以作为我从小爱诗的一个明证。

后来上了大学,终于从头痛的数理化中解放出来,我像一匹脱缰的野马，自由自在地游荡于浩瀚的文史之中。所以，有更多的时间，更闲的心情，来琢磨诗歌了。当时，在我们中文系，一百多位老师中，能写格律诗的寥寥无几，四百名学生中，能写格律诗的独我一个，也算不合时宜的畸人。

　　记得古代汉语课采用王力先生编的教材，老师叫我们死记硬背诗歌格律，什么"平平仄仄仄平平，仄仄平平仄仄平。仄仄平平平仄仄，平平仄仄仄平平"，颠三倒四，稀里糊涂。而我老早就在这本格律书里学会了如何推敲平仄，只要确定是平起式还是仄起式，首句入韵还是不入韵，然后根据"一句之内，平仄相间；上下两句，平仄相对；上下两联，平仄相粘"的规律，避免"三平调"和"孤平"，自己推算，活学活用，一切"OK"了。考试的时候，正好出了一道诗歌格律的难题，任课的黄老师走到我身边，看我答题。因为我在写作中活记诗歌格律，他在教学中死记诗歌格律，他看了我的方法，频频点头，露出惊喜的神色，或许是觉得"弟子不必不如师"吧。

　　畸人偶尔也能派上一点用场。一九九〇年春节，台湾高雄的中山大学组织了部分师生，进行"苏杭诗词之旅"。我校作为地主，点名要求中文系的几位学生参与，我有幸叨陪末座。台湾的大学中文系开设专门的诗词写作课，学生懂得格律；而我们的大学中文系开设古代文学课，只有诗词赏析，没有写作。好在同行的一位浦江老乡兼师姐，生于书香门第，家学渊源深厚，做了几首清丽的小诗，让对岸的师生折服。我也滥竽充数，胡诌几句，其中一首是《雪》："卿家本是白衣仙，谪下红尘落九天。玉质冰心独峻洁，清姿逸态自蹁跹。谁家船上寒江钓？谢氏门前轻絮旋。他日春回人世后,委身泥淖侬徒怜。"用了典故,掉了书袋,比台湾的学生还上品一些,给学校争了一点面子。

一九九三年春天,我准备离开学校,奔"钱途"去了。我想,工作以后可能不会有闲暇和闲情再来吟诗作赋了,于是在走出象牙塔的前夕,把十年来做的几百首诗梳理了一遍,画上一个句号。因为怕老来以后"悔少作",所以删去大半,留下自以为还过得去的一百多首,编成《泥絮集》,也算是人生旅途中的雪泥鸿爪吧。

长跑和远足

> 法国文豪雨果说过："世人缺乏的是毅力，而非气
> 力。"有了毅力，每天可以长跑三千米，不论刮风下雨；
> 有了毅力，回家可以跋涉廿四里，尽管孑然独行。

体育一直是我的弱项，长跑更是弱中之弱。高中三年，我坚持每天长跑 3000 米，把长跑从弱项变成强项，心脏也强健起来，每分钟的心跳次数只有 52 次。

小时候，村里的伙伴们三天两头举行跑步比赛，作为游戏，不过那只是百米短跑。有时候，邻居放的风筝断线逃走了，我们也跟在他后面追一程，不久就追不动了。小学一年级，学校举行秋季运动会，其中一项是 1500 米长跑，有一位老师跑着跑着，脸色苍白，中途晕厥，被其他老师架了下去。这是我第一次看到长跑的惨烈，心里不免产生几分畏惧。

到了三年级，公社里举行小学生运动会，每个小学都要派员参加。我因人高马大被老师选中，赶鸭子上架，参加了跳远和中长跑

两项比赛。记得中长跑的距离是 500 米,但在跑了 100 米以后,我就气喘吁吁,两只腿像灌了铅一样沉重,远远地落在队伍后面。虽然勉强坚持到了最后,但在众目睽睽之下,感觉像游街示众一样。这是我第一次体会到中长跑的可怕,心里又增加了几分畏惧。

到了高一,我知道身体不仅是"革命的本钱",还是考大学的"门槛"。将来参加高考,如果文化课合格,体检不过关,也是白搭。怎么办?唯一的出路在于加强锻炼。当时,年轻气盛的我横下一条心,选择了最能锻炼毅力的长跑,而且是三千米长跑。

"铃铃铃……"每天早上五点五十分,起床的铃声一响,我就穿着短裤、背心和球鞋,跑出校门,跑上大街,跑到乡间的公路,这一跑就是一千五百米。慢慢走两步,缓一口气,再沿着原路跑回学校,也是一千五百米。一个来回,就是三千米。高中三年,我坚持天天长跑。

长跑有一个从不适应到适应的过程。刚开始跑的那几天,没跑多久,就气喘吁吁,只觉胸口发闷,呼吸困难,很想当逃兵。可转念一想,既然是自我加压,就没有理由半途而废。就这样,在意念的支撑下,我坚持跑完了全程,除了小腿肌肉僵硬以外,浑身酸痛,一直痛上好几天。直到十天半月以后,才慢慢地适应了长跑的节奏。等到跑过了前半程的极限,后半程就轻松自如了。有一天,体育课进行长跑达标测试,有的同学因为平时缺少锻炼,没有过关,而我轻轻松松跑完了,成绩优秀。

比长跑更能考验一个人耐心的,就是远足,那不是三千米,而是几十里,不是几分钟,而是几小时。在高中的三年时间里,从学校到家里,这二十四里路,我不知道用双脚丈量了多少次。

在老家,农村子弟能考上浦江中学的,属于凤毛麟角。或许是命运的眷顾,在爷爷膝下的兄弟当中,居然先后有四个考上浦江中学。在"文化大革命"之前,大伯伯家的大哥和二伯伯家的小哥考上浦江中学初中部。当年大哥小哥上学,每次都是爷爷送去,帮他们挑大米,挑了一程又一程。一九八〇年,等我哥哥上浦江中学高中部的那一天,刚好送爷爷的棺材上坟山。当时,公社里通了汽车,上学、回家都可以乘乡村公交车,多花几毛钱,免去了长途跋涉之苦。

一九八三年,我也上了浦江中学高中部。每三个星期回家一次,从家里挑三十斤大米和一大罐腌菜回学校,还有两元零用钱。虽然我爷爷年轻的时候,曾经帮人家挑石灰,是上百斤的担子,上百里的路程。但到了我们这代人,肩膀太嫩了,挑三十斤的担子,无法走完二十四里的路程。每次上学,我先把大米挑到邻村的汽车停靠站,再花三毛五分钱,乘汽车进城。

当时的三毛五分钱是什么概念?相当于买一本书的钱!当时的图书价格都很便宜,很少有上一元的,大多数是三四毛一本。当时,我是一个小小的书迷,买了天津书店出版的厚厚两册《古文观止》(上、下),拿在手里像砖头一样,沉甸甸的,也才两元七角五分钱。为了多买几本课外书,我就打起了车费的主意,步行回家。

星期六,吃过中饭,我肩扛一根竹扁担,挂着一只空布袋,走出校门,踏上了回家的路程。出了东门,过三里亭、五里亭、七里村、十里亭,到了岩头乡。一者是因为年轻,二者是在乡下长大,"不识庐山真面目",还不懂得欣赏田园的四季风光,前半程沿着公路步行到岩头乡,实在枯燥得很。

从岩头乡到家里，还有十里路。我不再沿弯曲的公路走，而是径直走乡间小路。最让人兴味盎然的是沿途的村庄，从小只闻其名，未曾谋面，现在终于把沿途的村庄和名字对号入座了。特别是每次路过上祝村，我总要行注目礼，因为那是我大姑婆、堂姑姑、隔壁姑姑的夫家，嬷嬷的养母家，堂伯母的娘家，大伯母的外婆家，我家跟这户人家有六重亲缘。可惜到我读高中的时候，上两辈的人都已不在了，只剩下一个同辈的表兄，因为年少害羞，从来没有进去探访。

这二十四里路，一刻不停地走，需要两个小时。习惯孤独寂寞、喜欢特立独行的我，尽管有时一个人能沉默老半天，可真要孤孤单单地走上两个小时，不免有些乏味。人类毕竟是社会的产物，要是有两三个同学结伴而行，一路上相互交流，有说有笑，会轻松得多。也曾想找两个同行的伙伴，可我的这个想法在别人眼里有点像天方夜谭，应者寥寥。只有一次，从小一起长大的老同学东晓陪我走了一趟，后来再约他同行，他死活不肯，大约是走怕了。

如今，在网上打开老家的电子地图，我数着沿途熟悉的村庄名字：三步石、上祝、元丘、白虎头、桐店、后叶、山头店、前店、水阁，终于看到我的家——相连宅，情不自禁地回忆起三十年前步行回家的青葱岁月。

同名的烦恼

> 取名是一种文化。文人学士从四书五经取名,有了"方鸿渐"、"孙柔嘉",算命先生从阴阳五行取名,有了"炳炎"、"森林",乡村老太喜欢从动物取名,有了"猪"啊"狗"啊,新中国成立后喜欢从政治运动中取名,有了"建国"、"跃进"、"四清"、"文革"和"武卫",从一个侧面看到时代演变的痕迹。

上了高中以后,学校里"向阳"结块,泛滥成灾,除了我这个默默无闻的"王向阳"以外,还有大名鼎鼎的"张向阳"和"朱向阳"。我们三个"向阳"都是带把的,还有一个不带把的"邵向阳",好像比我们低一级。我常想,普天之下,到底有多少个"向阳"?

每当一个新生命诞生,总要取个名字,村里人爱取名阿毛阿狗什么的,方便叫唤,同时也多少寄托了一点长辈的期望,因而国人向来对取名颇为讲究。大凡文人骚客,在乎名字的出典,先秦的典籍便成了取之不尽、用之不竭的底本,小说《围城》中的男女主角方鸿渐、孙柔嘉就分别出自于《易经》与《诗经》。

新中国成立以后,取名的流风为之一变,人们不再苦心孤诣地从四书五经里死抠硬挖,而是从接连不断的政治运动中顺手牵羊,拿来就用,什么"解放"、"建国"、"抗美"、"援朝"、"跃进"、"兴无"、"四清"、"文革"和"武卫",应有尽有,一个不漏。其实,根据名字的变迁,可以从一个侧面看到时代演变的痕迹。

"公社是颗红太阳,社员都是向阳花。花儿朝阳开,花朵磨盘大,不管风吹和雨打,我们永远不离开它。"在我的童年,这首《社员都是向阳花》,不知道从广播喇叭里听了多少遍。我不由浮想联翩,爹给我取名"向阳",会不会是听了这首歌?

后来看了电影《平原游击队》,片中的"李向阳"家喻户晓,这是个抗日的英雄,大大的英雄。我又浮想联翩,爹给我取名"向阳",会不会是看了这部电影?

再后来读了贴在人家门上的对联:"近水楼台先得月,向阳花木易为春"、"向阳门第春常在,积善人家庆有余"。我依然浮想联翩,爹给我取名"向阳",会不会是看了这两副对联?

反正,跟我一起在"文化大革命"期间出生的人,取名"向阳"的多如狗毛,一时蔚为风气。可能还有几个大同小异的"红卫"、"红阳"和"卫东"。

我第一次看到同名的高材生"张向阳",是在高一的时候。有一天,我到高一(4)班找老同学金建国,他指了指边上一个黑黑瘦瘦的男生,说那就是聪明绝顶的"张向阳"。据金建国说,"张向阳"手里一天到晚捧着一本小说之类的闲书,读书很不用功,可数理化功课门门优秀,语文外语成绩也不错,是个文理全才。有一天,金建国的母亲笑嘻嘻地对我说:"建国有两个很要好的同学,一个张向阳,一个王向阳,一个理科,一个文科。"

我跟"张向阳"素昧平生,因为老同学金建国的缘故,把我与他联系在一起,与有荣焉! 后来,"张向阳"考上了清华大学,本科、硕士、博士连读。据说在大学里,他依然一副优哉游哉的样子,还是一天到晚跟同学打老K。有一年,"张向阳"与未婚妻回老家来,两个书生,男的到田头除草,不怕累,女的在家里喂猪,不怕臭,都是出生农家,不改本色,夫唱妇随,其乐融融,成为家乡的一段佳话。

等到过了N年以后,我在杭州大学中文系读研究生。有一天,寝室里突然来了一位身材高挑的美女,说误将寄给我的信拆开了,现在物归原主,并致歉意。我正要发作的时候,她道明了原委,原来她也叫"王向阳",也是中文系的学生,只是还在读本科,看到收件人是"杭州大学中文系王向阳"的信件,想当然就拆开了,仔细一看不对劲。听她这么一说,我也想起来了,此前收到过浙江树人大学的一张明信片,想了老半天,就是想不起哪位同学在这个学校就读。至此,我才恍然大悟,明信片上的那个"王向阳",不是在下,而是眼前这位跟我同名同姓的姑娘。到了大学毕业前夕,她来我寝室辞行,顺手送我一颗私章,上刻"王向阳"三字,因为从今以后,她不再叫"王向阳",而叫"王向霞"了。

其实,同名的烦恼,早在我上小学一年级的时候,就已经碰到了。要命的是,乡下喜欢聚族而居,一个或者几个村落,都是本家,同名之外,又加同姓。我的小学同学中,就有两位"王国强",一高一矮,一胖一瘦,一个是前店村的,一个是水阁村的,班主任老师把村名跟人名结合起来,给他们取了新的名字,前店村的唤"前国强",水阁村的唤"水国强"。

更巧的是,班里还有两个"王立新",生于"文化大革命"的第二年,是"破旧立新"的意思,同样是前店村人,这也难不倒班主任,干脆给杀牛佬的儿子"王立新"改名"王文立",从此就"文立""文立"叫开了,长大以后也没改过来。

后来,因为同名同姓的缘故,我还差一点闹出一个笑话。我从小看到家中的相框上,插着一张一寸的黑白照片,相纸已经发黄。照片上的妇女面貌倒很清晰,年纪四十开外,剪着齐耳短发。从我记事起,就听爷娘说起这位"林同志"。她的全名叫"林招娣",是温州人,一九六五年搞"四清"运动,她来到我们村,在我家同吃同住,前后一年光景,非常融洽。"林同志"搞完"四清"回温州,临走时送给我爷娘一帧照片留念,此后便杳无音信。三十年多后,父母早已从少年夫妻变成老来伴了,还常念叨,要是"林同志"还健在,该是七旬老太了吧!

有一天,在一本通讯簿上,"林招娣"三个字忽然映入我的眼帘:莫非就是三十多年前与我家结下一段因缘的"林同志"?真是"踏破铁鞋无觅处,得来全不费工夫"!心头一热,就提起笔来,将爷娘几十年来的牵挂写成一封洋洋洒洒的长信。为了慎重起见,投书之前先打了一个电话。

我的心里扑通扑通跳个不停,谁知接电话的竟是我以前的同事,听说我找她妈,莫名其妙。闹了半天,才知此"林招娣"非彼"林招娣"。

恰同学少年

> 我所在的年级唯一的文科班,是一个藏龙卧虎之地。在同窗同学中,有的擅长文学,有的擅长艺术,有的擅长科学,有的擅长组织,正因了那句耳熟能详的诗词"恰同学少年,风华正茂"。

到了高一,我偏科的毛病越来越重,数理化一条腿短,文史地一条腿长。据说当年考清华大学的时候,吴晗数学考了0分,钱钟书考了15分,还是被破格录取。可在"学好数理化,走遍天下全不怕"的时代,看的是总分,并不能因为文史成绩优异而破格,因此这成了我的"三座大山"和"催命符"。

好在天无绝人之路,正在我一筹莫展之时,文理开始分班了。文科班上语文、数学、英语、政治、地理、历史六门主课,理科班上语文、数学、英语、政治、物理、化学、生物七门主课。我二话没说,选择文科,将"三座大山"中的两座——物理、化学推翻,只剩下一座——数学。当时,高一(4)班班主任李秀媛老师力劝她的学生读文科,因为文科培养管人的综合型人才,理科培养管事的技术型人才。我所在的高一(6)班就此烟消云散了,选择文科的同学被编入新组建的高二(2)班。

在家里,我上有兄,下有妹,与孔子一样,排行老二;在高二(2)班里,我的学习成绩比上不足,比下有余,也是排名老二,雷打不动,似乎是千年老二。当时,看看走在我前面的标兵,渐行渐远,后面的追兵,渐行渐近,心里未免焦躁。

总是走在我前面的标兵,姓陈名艾,与她的姐姐陈茵一样,姐妹俩的芳名分别是一味中药。因为她的双亲悬壶济世,爸爸是县人民医院的主治医生,妈妈是县人民医院的护士长。其实,她生在杭州,随父母从繁华的大都市,到了偏僻的小县城。

从小在大都市里长大的陈艾,拿手好戏是作文,眼界高远,立意新颖,遣词流丽,用语省净,让我们这些乡下孩子难以望其项背。她曾经代表班级和学校,多次参加各个层级的作文比赛,背回了一大沓荣誉证书,含金量最高的当数浙江省中学生作文比赛一等奖,轰动了整个学校。

俗话说:"养不教,父之过。教不严,师之惰。"相反,陈艾获了省里的大奖,自然是父亲教女有方,老师教学有道。从省城领奖回来以后,语文老师喜滋滋地跟全班同学说起在省里领奖的情景,眉飞色舞,好不开心。陈艾的爸爸也被请到班里,与同学们交流心得。这位浙江医学院五十年代的毕业生,给我们讲了一个杠杆原理,说读书要像杠杆一样,给我一个支点,就能撬动整个地球。

大概是精通爸爸的"杠杆原理"之故,陈艾不仅语文英语好,历史地理好,数学也好,样样精通,每次考试的平均成绩均在90分以上。

高中毕业,临别之际,陈艾在我的毕业留言册上写下了一句贝多芬的名言:"扼住命运的咽喉!"可惜我这辈子左右摇摆,总是扼不住命运的咽喉,辜负了她的一番好意。

后来大家参加高考,陈艾考了549分的高分,毫无悬念地中了全县文科的第一名,跨进了著名的复旦大学。

除了一向以来鹤立鸡群的陈艾,我们这个文科班也不乏各种各样的才俊,藏龙卧虎,各擅胜场。

论能力,当数朱海燕。她是班里的团支部书记,因为工作需要,善于与同学们打成一片,男生都喜欢叫她一个中性的名字——"老朱",她也欣然接受,以示平易近人。

中学的学生干部跟大学不同,不仅要抓工作,更要抓学习,如果学习成绩不好,考不上大学,一切都是白搭。所以,跟我这个平民百姓相比,"老朱"确实要忙得多、累得多。她又是学校的文艺骨干,各种文艺演出,甚至是学校里的运动会,都少不了抛头露面。有一年的元旦文艺晚会,她作为节目主持人,演了一出传统婺剧,又参加集体舞蹈的演出,在飘逸的裙子里,穿的是单薄的棉毛裤,而窗外白雪皑皑,北风呼啸,想必她一定冻得够呛。

别看"老朱"长袖善舞,也有尴尬之处,生在城里、长在城里、学在城里,却是不折不扣的农业户口。她最初的人生目标并不高,跟我这个乡下土包子差不多,就是有朝一日变成居民户口。后来,我们一起考入杭州大学,分在不同的系科,再续同学前缘。再后来大学毕业,她吃上商品粮的时候,户粮关系已经一文不值,人的观念总是跟不上时代的变化,也算是一个黑色幽默吧。

论风雅，当数周沧桑。他长得浓眉大眼，炯炯有神，又是姓周，大家都说有"周公"之貌。其实，他和浙江绍兴的周树人、江苏淮安的周恩来一样，是以写《爱莲说》而流芳百世的宋代大儒周敦颐的后裔。后来语文课上苏东坡的词《念奴娇　赤壁怀古》，内有"人道是，三国周郎赤壁"、"遥想公瑾当年，小乔初嫁了，雄姿英发"，于是有人不怀好意地寻他开心："周郎，谁是你的小乔？"

或许是祖上的风水好，周沧桑文采风流，当了班里的语文课代表。我想，语文课代表跟语文老师之间，应该如鱼得水、相得甚欢，可他屡次被语文老师叫到办公室，接受训话。不过，从办公室回来，他一路笑嘻嘻，去时笑嘻嘻，回时也笑嘻嘻，仿佛受了嘉奖，这也是他的人生涵养吧。

他爷爷是一位技艺高超的花匠，平时雕一些饼馃模子，这是我早就听说的。后来上了大学，看到《红楼梦》里公子小姐行酒令，觉得很有意思。于是，请这位能工巧匠的后人给我刻了一副骰子，当然不是"么二三四五六"，而是酒令，附庸风雅，吸引了好多惊奇的目光。

论才情，当数郑可青。七十年代，在我们郑宅公社，后溪村有一户人家有五个女儿，都会打麦秆扇，日子过得红红火火，远近闻名。除了"五朵金花"以外，这户人家还有一个独养儿子，喜欢给麦秆扇包柄，他就是郑可青。

我跟他在高中文科班同班。本来平平常常的"郑可青"三个字，从城里人的金口里吐出来，居然富有诗意，"郑"同"秦"音，"青"同"卿"音，我马上想起《红楼梦》里贾蓉的妻子"秦可卿"，于是淳朴厚重的"郑可青"，摇身一变成了风姿绰约的"秦可卿"了。

那时,文科班里的不少同学正做着文学梦,雄心勃勃,编了一本文学内刊《萤火》,自写自编自印,不定期出版。在《萤火》上,可青的文章一篇接一篇,汩汩滔滔,文思泉涌,看似朴素,实则华滋,深情真挚,感人至深。

当时,可青有句口头禅——"我的叔叔"。他的叔叔郑志法是"老三届",金华市第一中学毕业,当过十年乡村的民办老师,恢复高考以后,考上浙江师范学院,时任浦江县委宣传部副部长。在我们这些毛头小伙子的眼里,那是一个可望而不可即的"大官",成了自强不息、跳出农门的人生楷模。

因为近水楼台,他有时住在叔叔家里,偷看叔叔在大学里写的日记,自己也写起了日记,洋洋洒洒。从此,一发而不可收,写日记成为他一生的嗜好和专长。

在高中时代,我有幸得到了许多名师的教诲,他们大多是敬业爱岗的老教师,担任教研室主任之职。当时,同学们崇拜这些名师,就像今天的粉丝无比崇拜他们的偶像一样,从一个侧面也反映了当时尊师重教的风尚。给我印象最深的,不是他们的教学水平,而是风趣幽默和平易近人。

我最早聆听的名师,是教高一化学的朱希焕老师。化学本来就是我的弱项,平时兴趣缺缺,不过是勉强应付。我已经记不得那时即将退休的朱老师教书的好处,只知道他的幽默和风趣。他是个和善的老头,上课时神情严肃,大家知道是装出来的,并不害怕。当时,小个子同学杨旭光坐在第一排,十分调皮,每次跟朱老师一唱一和,像对口相声似的。"杨——旭——光!"朱老师讲的是一口地道的"蓝青官话",抑扬顿挫。杨旭光站了起来,摇头晃脑,常常答非所问。朱老师假装生气,忍不住批评几句,杨旭光没有脸红,反而满面含笑。一老一少,一对一答,给我们枯燥的生活增添了几许乐趣。

另一位名师是教高一数学的陈汉才老师。陈老师是我班女同学陈红红的爹,平时总是满脸含笑,一节课几乎从头笑到底,边在黑板上解题目,边用他那带着浓重萧山口音的普通话,反反复复地唠叨:"介容易格喏,还有啥花头格嘞?!"可是"介容易"的数学题目,常常让我们搔破头皮,做不出来。

到了高二文科班,教我们地理的名师是厉福金老师。他瘦小个子,皮肤白皙,说话慢条斯理。在课堂上,他握着一根作为教鞭的金属棒,对着地球仪,缓缓地说:"宇——宙! 赤——道!"我听了以后,"扑哧"一声,忍不住笑了。后来混得熟了,斗胆打听他的籍贯,才知是淳安人,讲的自然就是淳安式的普通话了。淳安属于杭州地区,他当年从浙江师范学院毕业以后,怎么会分配到属于金华地区的浦江中学呢? 他说以前行政区划经常变更,淳安县有一段时间属于金华地区。原来如此! 对于我们这样的后生小子来说,听着这些老皇历,真有点"白头宫女说天宝"的味道了。

从高二的下学期开始,又有一位名师来教我们了,他就是语文老师傅明夫。让同学们钦敬不已的是,这位老先生居然编了一本古汉语小词典。说是小词典,确实是小,跟平常的通讯录的开本差不多,是一种小范围流通的内部出版物。在我的印象中,编书是一件神圣的事业,可以"藏之名山,传之后世"。

我因为喜欢古典文学,平时也受他的一点垂青,不过有一次在关键时刻却掉了链子,给他丢了脸。记得那天听语文课的,除了我们全班同学以外,还有好些慕名而来的同行。那是一堂新课,还没有学习生词,他就叫学生来念,想趁机显摆一下,并把这个天赐良机留给了我。他在黑板上写了一个"谥"字,然后满怀期待地问我:"这个字读什么?"自然读"shì",皇帝驾崩了,都要取一个"谥号",对于平时爱读古书的我,本是小菜一碟。可那天鬼迷心窍,一念之差,我居然把它读成"yì"。他的脸上分明写满了失望,讪讪地叫我坐下。

我从小记性好,擅长背书,死记硬背的政治课是我的强项。八十年代初,高中里的政治课包括马克思的辩证唯物主义、历史唯物主义和科学社会主义理论。大家像小和尚念经,有口无心,死记硬背,背了忘,忘了背,反反复复。

教我们高一政治的徐老师以严厉闻名。在课堂上,如果有同学对应该回答出来的题目,却回答不出来,他马上拉下脸来,劈头盖脑就是一句:"豆腐渣喝酒醉!"我不知道这句话的确切含义,私下揣测:对于会喝酒的人,吃了酒糟根本不会醉,而豆腐渣的外形虽然有点像酒糟,吃了以后更加不会醉了,不该醉却醉了,或许有糊涂透顶的意思吧。

到了高二,教政治的是赵受男老师。赵老师矮矮的个子,虽然是教书先生,人颇勤快,还要帮助妻子做小买卖。每天早上,他都要将一捆一捆长长的糖蔗背到校门外的大街上,由他爱人负责卖糖蔗;傍晚之前,他又将剩余的糖蔗一捆一捆背回校内。那时,中学里举行政治小论文比赛,我在他的指导下,运用从量变到质变的原理,写了一篇要防微杜渐的文章,居然得到全县一等奖、金华地区二等奖,奖品是一本《政治经济学小词典》。

　　教我高三政治的是吴战超老师,是元末大儒吴莱之后。我一辈子也不会忘记,在高考前夕的关键时刻,他还来我们班里辅导,没有空调,也没有电扇,挥汗如雨,滔滔不绝,有的是他对学生的一颗炽热之心。我高考时政治课得了八十九分的高分,端赖吴老师的教诲,师恩如海,至今难忘。

　　还有一位很有意思的老师,就是教高一历史的蒋贤宾老师。他年轻时在杭州大学历史系读书,有幸参加余姚河姆渡遗址的考古发掘,居然顺手牵羊,背回了满满一袋鹿角。听说出土了六七千年前的鹿角,我们的眼睛都发光了,谁知他吊起我们胃口,又给我们泼了一盆冷水:"全部扔掉了!"

　　"好风凭借力,送我上青云",如果把我们这些跳出农门的后生小子比作风筝的话,那么高中时代的任课老师就是把风筝送上天的"好风"。

千考万考,只为一考

> "万般皆下品,唯有读书高",隋唐以来的科举制度给寒门学子打开了仕进之门。现代的高考制度,作为一种至今最公平的人才选拔制度,给学子提供了"跳出农门"的通道,也一定程度上扼杀了个性和创造性。

每年的七月七日、八日、九日,总有一大批经过千考万考的考生,报名参加这"定终身"的一考——高考。捱到一九八六年的夏天,我在经历了漫长的煎熬以后,怀着忐忑不安的心情,走进了浦江中学的考场,是祸是福,在此一搏。

趁着等待发试卷的空隙,我望了望窗外,法国梧桐的叶子被骄阳烤得垂头丧气,躲在枝叶后面的知了"吱吱吱"叫个不停,头顶上的电风扇转得"哗哗哗"直响。半是天气炎热,半是心情紧张,我手心上不断冒汗,只得用毛巾不停地擦拭。

命运好像故意要给我来个"下马威",第一门考的是我最头痛的数学。一开始还算顺利,做到最后两个题目,尽管绞尽脑汁,就是做不出来,一下子损失了二十分。应该说,对于天赋尚可的同学来讲,文科数学的题目并不难,有人考了一百二十分满分,有人考了一百十六分高分,占尽便宜。

首战失利,我的心凉了半截,做了多少年的重点大学梦,就此灰飞烟灭。这时,我的脑子格外清醒,数学考砸就考砸了,不去理它,只要接下来的五门课考出正常水平,上普通大学还是不成问题。果然,后面的五门功课,考得平平淡淡,既没有超水平的发挥,也没有不该有的失误,基本反映了我的真实水平。

所有的科目刚考完,我们就拿到了高考试卷的标准答案,一题一题地核对,一门一门地估分。最后,我的估分是五百二十分到五百三十分。果然,放榜以后,我的每门功课都在八九十分,总分五百二十一分,没有特别冒尖的,也没有特别蹩脚的,不高不低。记得那年浙江省文科的重点线是五百三十分,普通线是五百〇一分,我是比上不足,比下有余。

过了几天填志愿,我是完全跟着感觉走。在普通大学中,我填的第一志愿是杭州大学,第一选择中文系,第二选择历史系,第三选择政治系,因为我这几门课的考试成绩比较好。改革开放之初,以经济建设为中心,经济系是大热门,可是读经济系还要上数学,我是"一朝被蛇咬,十年怕井绳",惹不起总躲得起,再也不想上那该死的数学课了。至于中文,下分三个专业:汉语言文学、新闻学、古典文献。看到"古典"两字,我一下子来劲了,就向老师和同学打听这个专业到底是学什么的,大家也是丈二和尚摸不着头脑,有人无意中说了一句:或许是学唐诗宋词的吧? 这下正合我意,就是它了。直到上学以后,才知道该专业是培养古籍整理人才的,与学唐诗宋词相去不啻十万八千里。

填完志愿以后,我就回家待命,"尽人事,听天命"而已。倒是爷娘比我着急,天天伸长脖子,等待送入学通知书的邮差。大约是八月中旬的一天,在炎炎烈日下,我背着喷雾器,正在稻田里除虫。这时,爹手里拿着我的入学通知书,兴冲冲地从家里赶到田头,边走边说:"我的儿子终于考上大学了!"果然是被杭州大学中文系古典文献专业录取。

等到多年以后,妹妹也考上大学,跟我同校同系。在乡下,一家三个孩子都能考出去,很不容易。在当时,姆妈无论走到哪里,人家都向她投来羡慕的目光。她由衷地说,全靠邓小平,要是再早一点,靠推荐读大学,我们不是干部子弟,别说三个,一个也推荐不了;要是再迟一点,物价飞涨,上学收费,即使三个全考上了,一个也供不起。

这是姆妈的肺腑之言。一九七〇年,毛主席做出决定:在工农兵中挑选优秀青年去上大学,叫做"工农兵大学生",学制两到三年不等,直到一九七六年为止,共招了七届九十四万人。有一年,当生产队队长的隔壁邻居,经常邀请大队和公社里的干部来家喝酒,三天一小宴,五天一大宴,想求他们帮助推荐高中刚毕业的儿子上工农兵大学,结果还是打了水漂。

从收到入学通知书,到正式入学,期间有两个月的空档,对我来说是一种煎熬,倒不是想马上飞往所谓的"人间天堂",而是要没完没了地应答乡亲们"怎么还不走啊"的善意疑问。

按家乡的风俗,女儿出嫁,亲友都要赠送礼品,俗称"送嫁"。

我的户口和粮油关系从老家迁出,这跟女儿出嫁类似,众亲友少不得也要送一送,表一表心意。从八月底开始,众亲友陆续前来送行,馈赠礼品,多是毛毯、被单、脸盆、罐头之类的生活用品,还少不得嘉许和勉励几句。

好不容易捱到十月二十五日,到了离家的日子。姆妈给我准备铺盖,把一席篾垫背到晒场上,摊开来,擦干净,然后铺上崭新的被面和里子,夹上雪白的棉絮,一针一线地缝好,"临行密密缝,意恐迟迟归"。姆妈缝的那床棉被,是用自己田地里种植的棉花弹的棉絮,居然重达十四斤。因为我家的老屋四面漏风,基本没有御寒和保暖的功能,在寒冬腊月里,屋外的温度是零下几度,屋里也是零下几度,所以棉被特别厚。奇怪的是,平时姆妈缝被子,都用蓝线,这次却用红线。她说,按家乡的风俗,女儿出嫁的时候要用红线缝被子,以示喜气,我离家上学,也同女儿出嫁一样,从此不再是相连宅人了,所以也要用红线。

"儿行千里母担忧",临行之际,姆妈少不得有一番嘱咐:"手稳脚稳,天下走尽","梨树底下勿乘凉,菱角塘里勿洗手",意谓做人不仅要规规矩矩,还要处处避嫌。这些话我已听过 N 遍,耳朵里老早起老茧了,忽然想起一个笑话:有个儿子要出远门,他的姆妈叮嘱他路上要有耐心,千万不要发火。姆妈第一次叮嘱,儿子说好的,记下了;姆妈第二次叮嘱,儿子又说好的,记下了;等到姆妈第三次叮嘱,儿子就不耐烦了:"你已经说过两遍了,我已经记下了,怎么还要说?!"姆妈说:"我才说了三遍,你就没有耐心了!"所以听到姆妈的千叮咛万叮嘱,我也有一点不耐烦,情景跟笑话里的娘囝两个差不多。

　　离家之时,必须随身带走户口和粮油关系迁移证,这是跳出"农"门、从农民变成居民的标志。爹满脸笑容,老早拿着我的录取通知书,先到大队开了证明,然后到镇政府(前一年由乡改为镇)和粮管所,顺利办好户粮关系的迁移手续。

　　临行之际,爹没有婆婆妈妈的叮嘱,而是一声振聋发聩的断喝:"不要以为你考上大学,变成居民,就万事大吉了。今后如果在城市里无法安身,随时可以回来,家里还有两间老屋和几亩田地,可以立脚。"因为爹生于一九三九年,一生历经战乱。一九四二年,日本鬼子沿着浙赣铁路扫荡,殃及家乡,只有四岁的他在奶奶背上逃难,躲进深山老林。一九四九年,他目睹解放军的大军从门前的大路上经过,走了三天三夜,开往定海,追击国民党残余军队。而我生于承平年代,未经战火的洗礼,不识人世的艰辛。爹的一声断喝,如醍醐灌顶,让我头脑清醒,终身受用。

　　十月二十五日,我踏上了离家之路。哥哥一直送我到郑家坞火车站。我随身带了两件行李,一件是爹亲手做的樟木箱,还有一件是姆妈亲手缝的铺盖,饱含着爷娘的一片心意。

　　"轰,轰,轰……"列车缓缓启动,驶出站台,驶离家乡。我坐在车厢里,望着窗外的景色,渐渐向后退去。我摸摸口袋里的户口和粮油关系迁移证,都在身边。从今以后,从法律上来讲,我已经不是浦江人;而从感情上来讲,我永远是浦江人。

　　别了,浦江!生我养我十八年的黑色土地;

　　别了,浦江!朝夕相处十八年的亲朋好友;

　　别了,浦江!耳濡目染十八年的乡土文化;

　　……

作为一个离乡的游子,从此我像一只断线的风筝,越飘越远。只是不论飘得多远,冥冥之中,总有一条无形的线,相互牵挂,线的这头系着游子,那头系着家乡。

跋

"春风又绿江南岸",不觉在未知的生命存量中,又减去了一年。窗外的杨柳,钻出了鹅黄的嫩芽;桌上的书稿,发出了淡淡的墨香。思前想后,悲欣交集,不禁潸潸欲泪了。

这是悲伤的泪水,感念这些年来一直在背后默默地支持我写作却不幸英年早逝的老同学周沧桑。

记得是在去年九月十六日,你在"@浦江新闻趣事"上为我即将出版的新书《六零后记忆》进行市场预热:"剃头匠、补碗匠、露天电影、有线广播、摸螺蛳、玩泥巴、放风筝…… 大量珍贵老照片首次呈现,讲述六零后童年趣味生活,时而让人忍俊不禁,时而引人潸然泪下…… 旅杭邑人王向阳新著《六零后记忆》已经付梓,十月上架。封面、部分插图先睹为快。"

十月九日,你兴冲冲地告诉我,每天在微博上发一张插图,把一批人的胃口吊起来了,很多人追着问哪里可买《六零后记忆》。我说,浦江首发在东方书店,具体时间未定。当我说已经有一位网友来咨询买书事宜时,你得意地说:"我的软广告还是有点效果的。"

去年一年,你为《六零后记忆》的诞生,忙前忙后,不亦乐乎,几乎变成了第二作者。我每写好一篇文章,都要传给你看,请你帮我补充材料、修改差错、润饰词句,甚至帮我捉了许多错别字。

记得有一篇《池水·井水·泉水》,初稿写得不够详尽。你家里有一口井,门口有一口井,从小在井边长大,对井有很深的感情,就提笔给我写了一段《关于井水的一点回忆》,帮我补充信息。其中有一篇《老行当》,你看了以后帮我加了一段修理镰刀的文字,就是《"利杀戟"》。你从小对捉蜜蜂很在行,帮我在《森林乐园》一文里做了传神的描述。你还提议我补写一篇家乡的童谣,为此把以前搜集的二十世纪三十年代出版的《浙江歌谣》(第一集)传给我,作为参考,并说:"其实是浦江歌谣,但有的浦江话不精准,可以唤起一些记忆。"在老家,《月亮弯弯照明堂(即"晒场")》这首童谣家喻户晓,唱起来朗朗上口,但真要用文字记录下来,却犯了难,有些地方只知其音,不知其义。为此,我俩从字音和字义两个方面,进行了反反复复的推敲,终于有了比较圆融的解释。

有关家乡的民俗,你不仅知道得比我多,对民俗的感情也深。我每每遇到疑难问题,总是第一时间来问你,总能得到满意的答案。为此,你曾自豪地说:"我是很土很土的浦江人,所以对浦江的风物还是有些感情的。"就这样,你补充一段,我改写一段,譬如刻饼粿印、煮鱼冻、做火笼饼,一段一段,就是这样不断补充、改写出来的。

有时候,我们也有争论。譬如有一篇《鸡毛换糖》,你建议改成《鸡毛兑糖》,因为从语音上来说,是"兑"而不是"换",从语义上来说,虽然两者皆通,可"兑"比"换"有古意,也能体现家乡文化的底蕴。我怕外地的读者看不懂,一直坚持用"换"。最后,你还是说服了我,采纳了你的建议。

尤其是新书的封面装帧和版式设计,更是仰仗你的专长。你虽然不是学美术出生，但出生在花匠世家，从小对美术有直观的感悟。你说："可以用一些农村略微残破的马头墙、泥墙、矮房以及牧童、野树之类。你写的农村生活，还是要有些生活的元素。"寥寥数语，体现了你在美术设计方面的真知灼见。你还给封面设计提出了具体的构思："左上部，一个古老的马头墙昂然向天，向右延伸出一段斑驳的旧墙；下部是一段生机盎然的溪流，有流水有绿树，形成强烈的对比。马头墙或者木雕的元素，也可以用到内页做点缀。"正是你我一次一次地切磋，跟设计人员一次一次地沟通，才让新书的装帧设计逐步跟内容契合。

为了方便读者阅读，你还提醒我："要多配些相关的图片。现在是快读时代，图片能很快激起共鸣。""文字是你的个人记忆，有了老照片，就成了时代的共同记忆了。"

若论职业，你是商人，对传统文化的沦丧，比专司其职的文人还要忧心忡忡："近三十年过去，有些东西已经到了需要抢救的边缘，再过一二十年，估计要灭失一大批了。""那些旧照片中，有几张是城里的。但现在看来，物人皆非，感慨万千。记忆中的浦江已经远去，我们只是过客。"

我在《后记》里说："《六零后记忆》的写作、编辑和出版，与其说是我个人才情的体现，不如说是集体智慧的结晶。"这不是虚伪的客套，而是真情的表白，其中以你付出的心血最多。九月三十日，我由衷说："感谢你陪我折腾了一年，自我感觉从当初的五十分，提高到现在的八十分。"你欣慰地说："我就等着收新书。"

我知道，我们都是这个世界的匆匆过客，可总想拜现代医学之赐，若非绝症，余生还有二十年、三十年甚至四十年的光阴，并相约退休以后一起回老家,办一家民间婺剧团,编一本浦江方言词典,言犹在耳,谁知你竟走得如此匆匆!去年十月十七日,你在江西九江突遇车祸,遽尔去世,没有留下片言只语。而在预先规划的行程中,过几天你就要来杭州的,我期待相逢于西子湖畔。十天之后,当我拿着散发着油墨清香的新著《六零后记忆》的时候,已经天人永诀,欲哭无泪,此恨绵绵,无有绝期。

记得早在去年九月三十日,你劝我一鼓作气,再写一本乡土散文的姐妹篇。去年以来,因为有你生前在QQ里的鞭策,身后在冥冥中的护佑,我见缝插针,兀兀穷年,匆匆草成《最喜小儿无赖》一书。恰逢清明,思念故人,我把它作为心香一瓣,敬献于你的灵前。

这也是感恩的泪水。感谢这些年来在身后默默关爱我的亲朋好友:

感谢陆建强先生的鞭策。三年前,是你勉励我做好本职工作,重拾文艺专长。三年来,我按照“五加二”的节奏,工作日一心一意干工作,双休日孜孜不倦爬格子,先后出版了《戏剧的钟摆》、《六零后记忆》和这本《最喜小儿无赖》,劈出了“程咬金的三斧头”。

感谢责任编辑徐婵女士和文字编辑卢川女士的引领。作为编辑,你们以专业的标准、敬业的精神,来要求我这个业余的作者,摒弃闭门造车,从事开门写作,心中供奉读者,虽未立雪,堪为我师。

感谢郑志法先生的指导。我在家时短,离家日长,对青少年时代的经历有些模糊,对家乡的历史、文化和风俗知之甚少,作为长辈,你义无反顾地为我校改,补我不足,匡我不逮。此外,王胜利、王森林、王东晓、徐成校、郑一泓等家乡的许多亲友,也为该书的付梓呕心沥血，多有赐教。

　　"对酒当歌，人生几何？譬如朝露，去日苦多。"才过不惑，倏忽又将知天命，百年一瞬，来日无几。我只有"焚膏油以继晷，恒兀兀以穷年"，为生命中割舍不断的草根情结——家乡的传统文化竭尽绵力，以告慰逝者，报效桑梓。

王向阳写于杭州京杭大运河畔

二〇一二年清明节

图书在版编目（CIP）数据

最喜小儿无赖:一位六〇后的成长史／王向阳著.
—杭州:浙江大学出版社,2012.12
ISBN 978-7-308-10845-4

Ⅰ.①最⋯　Ⅱ.①王⋯　Ⅲ.散文集－中国－当代
Ⅳ.①I267

中国版本图书馆 CIP 数据核字（2012）第 296548 号

最喜小儿无赖:一位六〇后的成长史

王向阳　著

责任编辑	徐　婵	
文字编辑	卢　川	
封面设计	续设计	
出版发行	浙江大学出版社	
	（杭州市天目山路 148 号　邮政编码 310007）	
	（网址:http://www.zjupress.com）	
排　　版	浙江时代出版服务有限公司	
印　　刷	浙江印刷集团有限公司	
开　　本	880mm×1230mm　1/32	
印　　张	9.625	
字　　数	207 千	
印　　数	0001—7000 册	
版 印 次	2012 年 12 月第 1 版　2012 年 12 月第 1 次印刷	
书　　号	ISBN 978-7-308-10845-4	
定　　价	30.00 元	